ALEX
BARCLAY

Blackrun

Traduit de l'anglais (Irlande)
par Jean-Pascal Bernard

J'AI LU

Titre original :
TIME OF DEATH

Avant-propos

Voici douze ans, un réseau de grand banditisme fut démantelé par le FBI grâce au travail d'infiltration de l'agent spécial Ren Bryce, qui s'immergea pendant un an dans l'entourage de Domenica Val Pando, la dirigeante de l'organisation. Mais, la nuit où cette dernière devait être appréhendée, le quartier général du réseau fut incendié par un groupe rival, et Domenica parvint à s'enfuir avec son mari et son jeune fils.

Depuis, elle demeure introuvable.

Prologue

El Paso, Texas

Erubiel Diaz se demandait ce qu'il fichait là. Il avait commencé la journée malade comme un chien. L'estomac tiraillé, les boyaux vidés, le pouls détraqué, tout cela aurait dû l'alerter. Mais il avait beau se débattre dans son vomi sur le carrelage d'une station-service, son instinct lui interdisait de renoncer. Il plongea donc un doigt crasseux dans un sachet de cocaïne pure pour un de ces sniffs express qui neutralisent les états d'âme.

Dehors, un autoradio trompetait une alerte à l'orage : des grêlons gros comme des œufs de pigeon, annonçait-on. *À la bonne heure*, pensa Diaz en plongeant à nouveau dans la canicule.

Un peu plus tard, il se postait dans la cour d'une maison à un million de dollars, à l'ouest des montagnes Franklin qui coupent El Paso en deux. Musculeux et râblé, les membres courts et le sourcil fourni, Diaz portait un débardeur jaune et un bermuda noir. Tapi dans un coin, les mains sur les genoux, il formait une tache sombre dans ce décor plein de lumière, de fleurs, de plantes et d'arbres qui, à en croire la qualité de jardinier inscrite sur sa camionnette, n'auraient dû receler aucun secret pour lui. Mais seul l'arbuste près de la fenêtre du salon lui semblait familier – quelque chose avec un nom de piaf.

Ébloui par les murs blancs de style espagnol, Diaz ferma les yeux. Il en avait sa claque d'attendre. Mais, comme il s'apprêtait à renoncer, il entendit un bruit de moteur et vit s'ouvrir le portail. Il se colla contre la pierre fraîche du mur d'enceinte, le corps ruisselant de sueur. Cela faisait des jours qu'il ne s'était pas lavé.

La femme qui sortit du véhicule était grande et distinguée. Des cheveux blonds et lisses tombant sur les épaules, une peau légèrement dorée. Longue jupe à fleurs et corsage blanc, trois bracelets de bronze brillant à son poignet gracile, les ongles d'orteils assortis aux jardinières de la baie vitrée. Diaz considéra ses propres pieds, saucissonnés dans des sandales trop petites. Lui avait les orteils courts, poilus et crasseux.

Cette fille ne ressemblait en rien à celles qu'il se payait quand il avait du blé, et encore moins à la pauvre femme qui lui avait donné des gosses. Diaz consulta sa montre d'un geste machinal – il n'avait pas besoin d'aiguilles pour connaître l'heure. Ce qui échappa à son sixième sens, en revanche, lorsqu'il bondit pour plaquer la blonde contre le coffre de la voiture, c'est qu'il avait déclenché un compte à rebours décisif : il venait de signer son arrêt de mort.

Le râle de la femme fut étouffé par le grondement du tonnerre. D'une main sale, Diaz lui pressa la joue contre la carrosserie brûlante. Puis la foudre déchira le ciel, et la victime regarda la grêle dévaster les fleurs de paon rougeoyantes.

1

L'agent spécial Ren Bryce gara sa Jeep sur le parking de la Brigade des Rues sûres des Rocheuses. Elle allait couper la radio lorsque le speaker lança :

« Dans un instant, nous nous intéresserons à la liste des cinquante suspects les plus recherchés de Denver qui doit être publiée dans la journée par la Brigade des Rues sûres des Rocheuses et le bureau des marshalls américains... »

Ren se retourna vers Misty, sa border collie noir et blanc assise sur la banquette arrière.

— Et dans un instant nous serons toi et moi, au bureau, à traquer tous ces fumiers...

Ren avait adopté Misty sept mois plus tôt, après que son vieux maître eut été abattu au cours d'une enquête épineuse pour homicide. On avait alors découvert que Misty possédait un don insoupçonné, celui de flairer les cadavres. Quelques stages d'entraînement plus tard, Misty était au summum de ses capacités, même si Ren n'en avait guère l'usage dans l'exercice de son métier. Si Misty accompagnait Ren ce matin, c'était parce que celle-ci se trouvait coincée à l'hôtel pour la semaine et qu'elle refusait d'y laisser sa fifille toute seule. Grand seigneur, le superviseur de Ren

– l'agent spécial Gary Dettling – offrait à Misty une semaine de demi-pension gratuite dans la suite grand luxe des Rues sûres, dite aussi « petite salle de réunion ».

Pour installer sa Brigade mixte des Rues sûres des Rocheuses, cet anticonformiste de Gary avait choisi un haut lieu de l'histoire agricole de Denver. Derrière sa façade de brique rouge haute de trois étages, la Bourse du bétail était l'un des rares édifices de la ville à avoir conservé son intérieur d'origine, avec ses halls en marbre poli et ses grands escaliers d'acajou. Cent ans après avoir accueilli le siège de la Compagnie du bétail de Denver, le bâtiment restait fidèle à ses racines, abritant au premier étage le bureau des inspectrices du bétail du Colorado, et au second les éditions néo-western Maverick Press – de quoi maintenir quelques repères pour les derniers cow-boys du cru.

Tout anticonformiste qu'il fût, Gary Dettling n'en était pas moins un chef rigide. Il avait créé une structure novatrice, mais il la dirigeait d'une main de fer. Les neuf hommes et l'unique femme de son groupe travaillaient tous dans la même salle, et les binômes étaient exclus. Malgré tout, depuis trois ans qu'elle officiait là, Ren Bryce s'était constitué une joyeuse petite bande avec ses trois voisins de bureau Cliff James, Colin Grabien et Robbie Truax : par la force des choses, l'armoire métallique à la gauche de Ren et celle à la droite de Colin créaient une enclave propice aux messes basses.

Ayant déposé Misty dans ses quartiers provisoires, Ren gagna son bureau. Elle jeta son manteau sur le perroquet de l'entrée et suspendit sa veste anthracite au dossier de sa chaise. Ses tenues de travail consistaient en tailleurs-pantalons cintrés noirs ou gris, avec un haut de couleur variable et des talons noirs de sept centimètres. Quelques années plus tôt, après un déjeuner galant passablement arrosé, elle avait cassé sa tirelire pour un ensemble Armani qu'elle ne portait jamais et qui finirait par disparaître dans les abîmes de ses placards. Mais peu importe : les marques bon marché tenaient bien le coup.

Elle se tourna vers Cliff James, une sorte de grand nounours de cinquante-deux ans au visage éternellement radieux, celui d'un homme et père de famille heureux et accompli.

— Ma chambre d'hôtel est le genre d'endroit où une dénommée Bonnie viendrait se faire culbuter par un dénommé Randy dans le dos de son mari routier, lui aussi dénommé Randy.

— Ah bon ? Le lit est en forme de cœur ?

— Pour Randy et Bonnie, tous les lits sont en forme de cœur.

— Alors, que Dieu les bénisse, répondit Cliff. Eux et le rejeton que Randy-le-mari devra élever comme le sien…

— Mais la bonne nouvelle, c'est que je débarrasse le plancher ! J'aurai bientôt la clé d'une splendide demeure de Mardyke Street, dans le vieux Denver.

— Et par quel miracle ?

— Une amie de ma mère cherchait quelqu'un pour garder la maison. La situation devait être désespérée pour qu'elle pense à moi…

— Allons, pourquoi tu dis ça ? Tu feras une excellente gardienne. Tu es propre. Rarement là. Tu ne mets jamais les pieds à la cuisine et tu es la reine de la gâchette…

— Je te remercie pour le « propre ». Et je remarque l'absence du mot « ordonnée ».

Cliff posa les yeux sur le bureau de Ren. Cela valait tous les discours.

— Où sont les autres ? demanda-t-elle en regardant sa montre.

— Ils ont été appelés au beau milieu de la nuit pour deux braquages.

— On l'a échappé belle, dis donc !

— Parce que tu crois qu'on va s'amuser, aujourd'hui ? Tiens, regarde, ça commence.

Cliff empoigna la télécommande pour monter le son du téléviseur installé dans un coin de la salle. On y voyait Gary Dettling derrière un pupitre, encadré par des officiers de la police de Denver et du bureau des marshalls.

Avec son élégance athlétique, sa haute taille et ses cheveux bruns, Gary crevait l'écran. Sur un forum de discussion de la chaîne 9 News, Ren avait vu d'honorables citoyennes prier pour une recrudescence des crimes en ville dans l'espoir que ce bel homme obtienne une place régulière dans le journal du soir. Ren sourit à ce visage qu'elle côtoyait tous les jours.

Tu ne me feras jamais de cadeaux, Gary. Mais surtout ne change pas.

— Agent Dettling, commença le journaliste de service, pourriez-vous nous présenter en quelques mots la Brigade mixte des Rues sûres des Rocheuses ?

Gary s'exécuta :

— L'initiative Rues sûres-crimes violents a été lancée par le FBI en 1992 pour lutter contre les gangs violents, les crimes violents, et arrêter les fugitifs violents.

— Violents, violents, violents, répéta Ren. Tu entends comme on est courageux ?

Cliff s'esclaffa.

— Le fils de mes voisins, qui doit avoir dans les seize ans, pense qu'on aide les vieilles dames à traverser la rue !

Ren secoua la tête.

— Il faut reconnaître que ce n'est pas folichon, comme nom.

Le reporter poursuivit :

— Autrement dit, l'idée était de regrouper tous les moyens d'investigation ?

— C'est ça, opina Gary. La brigade mixte est une émanation du FBI, ce qui nous donne accès à toutes les ressources du Bureau, mais nous profitons également de l'expérience de terrain des autorités locales. Nous travaillons tous ensemble au sein d'une entité unique plutôt que de mener nos enquêtes chacun dans notre coin. Cette formule nous fait économiser du temps, de l'argent, et elle se révèle très efficace.

— Bravo ! approuva Ren. À l'instant même où cet homme vous parle, deux agents des Rues sûres veillent d'un œil de lynx sur Denver et sa région !

— Trois, corrigea Robbie Truax en surgissant dans la pièce et en jetant son sac à dos au pied de son bureau.

Issu de la brigade des inspectrices d'Aurora, Robbie était le grand ami de Ren. Affable, sain de corps et d'esprit, ce blondinet aux yeux bleus était au fond un boy-scout attardé doublé d'un mormon scrupuleux : pas de caféine, pas d'alcool, pas de gros mots ni de sexe avant le mariage. Robbie Truax, le puceau de trente ans.

Soudain, les visages des cinquante fugitifs les plus recherchés du pays s'alignèrent à l'écran.

Ren faillit s'étrangler.

C'est quoi, ces changements de dernière minute ?

Pour faire plaisir aux journalistes, Gary évoqua quelques-unes des personnalités les plus accrocheuses de la liste : l'enfant star brisé, l'ado serial killer, la prostituée revenue régler de vieux comptes... Pendant ce temps, le numéro de téléphone de la brigade anticriminelle défilait en bas de l'image.

Ren se leva de sa chaise pour examiner la cinquantaine de portraits épinglés sur le grand panneau de liège de la salle.

— Ne te mets pas martel en tête, lui dit Cliff. Gary sera là d'ici à une demi-heure. Il a dit qu'il s'expliquerait dès que le groupe serait au complet.

— Juste un truc...

Ren redistribua les cinq premières places du classement en plantant rageusement ses punaises dans les visages de papier.

— Tout doux, murmura Cliff.

2

Gary Dettling se glissa discrètement dans son antre, sans passer par la salle commune, mais Ren l'avait vu traverser le parking. Ce n'était jamais de gaieté de cœur qu'elle allait déranger son patron. Le bureau de Gary était un espace minimaliste : malgré son style sobre et raffiné, on n'avait pas envie de s'y éterniser. Il semblait conçu pour n'être qu'une brève halte dans la progression d'une enquête.

Ren frappa trois coups. Pas de réaction. Si quelqu'un le menaçait d'un « Haut les mains ! », Gary ne bougerait pas. Il serait plutôt du genre à enfoncer les poings tout au fond de ses poches.

Ren colla son oreille contre la porte.

— Entre, dit enfin Gary.

Elle le trouva assis sur son siège au milieu d'un espace vide et immaculé. À croire que le boss avait conçu cette pièce en déroulant une grande feuille de papier millimétré afin de reporter la position exacte du mobilier et de tracer des croix rouges sur les zones habituellement dévolues aux touches personnelles. Ren savait toutefois que l'acajou verni, la moquette bleue irréprochable, les meubles alignés au cordeau et l'austérité de l'ensemble ne reflétaient guère le personnage. Au contraire. Avant de prendre la direction de la Brigade mixte des Rues sûres, Gary avait formé les CI – correspondants infiltrés – du FBI, et il avait lui-même joué les taupes pendant si longtemps que dissimuler sa vie privée était devenu sa seconde nature. On lui connaissait une épouse, une fille adolescente et une maison à la montagne, mais son bureau ne dévoilait rien.

Après sa propre – et unique – mission incognito, Ren avait au contraire éprouvé le besoin de développer son moi profond. Le problème, c'est qu'elle n'avait jamais réussi à cerner la véritable Ren Bryce. Si bien que son espace de travail était aussi impersonnel que celui de Gary.

— Salut, dit-elle. Comment ça va ?

Gary leva les yeux.

— Qu'est-ce qui t'amène ?

— Euh… les cinquante fugitifs, par exemple.

— Oui, Ren, il y a eu quelques ajustements.

— Et tu as laissé faire ?

Il la dévisagea.

— Oui. Les marshalls préféraient ce classement. Et ça me convenait parfaitement. On ne reviendra pas dessus.

— Je m'en doute, mais…

— Ne t'inquiète pas, les trois Val Pando restent ta priorité. Ils ont peut-être perdu quelques places au hit-parade, mais…

— Là n'est pas la question.

— Tu le sais bien, Ren. On était à deux doigts de pincer les Val Pando l'année dernière. Sauf qu'ils nous ont filé entre les doigts, et depuis plus aucune trace. Les deux nouvelles têtes d'affiche, quant à elles, ont été repérées à Denver pas plus tard que ce mois-ci, alors…

— Alors il sera plus facile de rayer ces deux noms-là de la liste. Et de cette façon on aura l'air trop fortiches.

Il la regarda calmement. Avant de regarder la porte.

— J'ai compris, capitula Ren.

— Tant mieux. Où sont les autres ?

— Les derniers ne vont pas tarder.

De retour dans la salle commune, Ren releva ses mails et transféra la plupart d'entre eux.

— Quelqu'un veut un café ? lança Colin Grabien en faisant son entrée.

D'ordinaire, une telle proposition mettait au moins deux heures à lui venir aux lèvres.

Et pas de sac de sport. Tiens, tiens...

Transfuge de la brigade financière du FBI, Colin Grabien était le Monsieur chiffres et informatique de l'équipe. Un mètre soixante-dix de taille réelle, deux mètres de taille ressentie, teigneux et arrogant. Colin était le moustique, et Ren la bougie de citronnelle.

Gary arriva dans la salle commune au moment où Ren s'esquivait, sa trousse de maquillage sous le bras. La couche n'était jamais épaisse – fond de teint discret, fard à paupières marron ou gris, mascara noir sur ses cils étoilés et gloss clair sur les lèvres –, mais Ren en avait besoin pour se sentir opérationnelle, dût-elle se l'appliquer dans les toilettes pour dames peu ergonomiques de la brigade.

Le temps qu'elle regagne la salle, le reste de l'équipe était arrivé.

— Joli maquillage, lança Colin.

— Va chier, grommela Ren.

— Bon, dit Gary. Tout le monde est là, on peut donc commencer. Je vous briefe sur les deux premiers de notre palmarès, puis je laisserai Ren présenter les numéros trois, quatre et cinq.

Le téléphone de Gary vibra. Il consulta l'écran.

— Tu n'as qu'à commencer, Ren. Je reviens tout de suite.

Ren se leva de sa chaise.

— Très bien, messieurs. Petit topo sur la bande de Val Pando. Si certains ont l'impression que je me répète, sachez que ça m'est complètement égal. Tout d'abord, dossard numéro trois, voici Domenica Val Pando, latina, née le 10 février 1964. Dans les années quatre-vingt-dix, Domenica était à la tête d'un immense cartel basé au Nouveau-Mexique. Trafic d'êtres humains, de drogues et d'armes à feu, enfin, diversification dans le domaine des armes chimiques. Personne n'a revu cette femme depuis que son QG a été pris d'assaut et qu'elle s'est enfuie avec son fils Gavino Val Pando, sept ans, et son mari Augusto Val Pando, cinquante ans. Elle s'est toutefois rappelée à notre bon souvenir au mois d'août dernier en essayant de monter un labo clandestin en bordure de Breckenridge. Le but était de produire du H2S, ou sulfure d'hydrogène : un gaz incolore, inodore, et mortel en quelques secondes. Nous l'en avons empêchée in extremis, mais sans parvenir à remonter physiquement jusqu'à elle, car la garce est très maligne.

Ren recula d'un pas. Ses collègues suivirent la direction de son regard sur le panneau de liège.

— Ce portrait a déjà douze ans, précisa-t-elle.

Domenica Val Pando avait transformé sa beauté exotique à grand renfort de chirurgie et de teinture. Blonde platinée comme seules peuvent le devenir les vraies brunes, elle avait fière allure, mais une allure qui détonnait avec ses yeux d'un brun profond, légèrement globuleux, tout autant qu'avec sa bouche charnue.

— Comme vous pouvez le constater, les psychopathes n'ont pas tous le regard vide, dit Ren.

Colin fixa longuement la photo.

— Je me la ferais bien, avoua-t-il.

— Alors tes goûts s'améliorent, lui renvoya Ren avant de poursuivre son exposé. Nous allons parler du numéro quatre, mais tout d'abord un petit mot sur Gavino Val Pando, le fils de Domenica.

Ren désigna le visage de l'adolescent épinglé sous celui de sa mère. Gavino avait une peau mate, parfaite, et des cheveux mi-longs ramenés en arrière. Des traits durs avec des lèvres à la fois pleines et anguleuses, sous des yeux bruns d'enfant perdu. Ren examina la photo. Elle avait passé douze mois de sa vie à s'occuper de ce garçon, lorsqu'il avait six ans. Sans le vouloir, par la force des choses, elle s'était attachée à lui.

— Gavino va sur ses vingt ans. Notre dernière rencontre a eu lieu l'an dernier dans la prison du comté de Summit, suite à son arrestation pour consommation illicite d'alcool. Détail intéressant, Gavino avait payé ses bières avec des billets provenant d'un braquage à Idaho Springs. Bien entendu, il ne savait rien à ce sujet, et nous ne pouvions prouver le contraire, mais il va de soi que Domenica n'était pas loin. Aucun élément ne laisse à penser que Gavino Val Pando soit violent, et, comme nous n'avions rien de sérieux pour le retenir ce soir-là, nous avons dû le relâcher. Nous ignorons où il se trouve aujourd'hui, et s'il est resté en contact avec sa chère maman. Notez que le mari de Domenica, Augusto Val Pando, n'est pas le père biologique de Gavino – il ne s'est d'ailleurs jamais occupé du petit. Autrement dit, s'il est fort possible que Gavino se cache auprès de sa mère – et qu'avec un peu de chance il nous conduise jusqu'à elle –, il n'y a aucune raison pour qu'il traîne avec Augusto.

— Et quid de son vrai père ? demanda Robbie.

— James Laker, présumé mort. Nous pensons qu'il a péri dans l'incendie du QG.

Un homme doux et gentil, mais doublement floué. D'abord par la vie, ensuite par Domenica.

— Le numéro quatre de notre liste s'appelle Javier Luis. Né en 1973, un mètre cinquante-cinq pour quatre-vingts kilos, c'est un des grouillots de Domenica. Assassinat, tentative d'assassinat, vol aggravé, détention de stupéfiants, viol, agression sexuelle sur mineure… Il s'est volatilisé du QG Val Pando en 1998, juste avant la tempête.

Ren se souvenait bien du bonhomme, avec ses éternels tee-shirts noirs à l'effigie de groupes qu'il n'avait jamais vus sur scène. Comme il n'était pas grand, ses bermudas lui descendaient presque aux chevilles. Il avait une voix nasale, geignarde, et un de ces regards qui vous incitent à boucler portes et fenêtres la nuit. Ren et lui s'étaient rarement adressé la parole, et les quelques fois où c'était arrivé elle avait toujours abrégé.

— Pour finir, notre numéro cinq, Erubiel Diaz. Latino lui aussi, né en 1958, c'est l'un des nervis de Domenica.

Ren pointa un index sur un visage rond. La peau était sombre et ridée, les yeux injectés de sang, la bouche cachée sous une lourde moustache noire. Et le cou plus épais que la tête.

— Le taureau nain que voici était impliqué dans le projet de labo clandestin – non pas comme scientifique, mais comme homme à tout faire, ce qui lui vaut de figurer sur notre liste de voyous. Ce type violent et sans doute violeur à ses heures est de cette espèce honnie par les talk-shows, à savoir les pères absents. Son ex-femme l'a dénoncé il y a quatre mois lorsqu'il a refait surface à Denver, sans un sou en poche, en demandant à revoir ses gosses. Pour l'anecdote – qui ne figure pas au dossier –, monsieur a également tenté un soir de m'agresser sur le parking du Brockton Filly de Breckenridge, mais c'était compter sans mes facultés d'autodéfense.

— Unc belle dérouillée ? devina Robbie.

— Disons, un petit séjour aux urgences du centre médical de Frisco.

— Où il prétendit avoir été attaqué par un homme, ajouta Cliff.

— Et c'était presque le cas ! railla Colin.

Ren leva les yeux au ciel.

— Diaz ignorait que j'étais flic. Je l'ai mis au parfum peu après, en lui rendant visite à la prison du comté de Summit où il était retenu quelques heures pour non-paiement de pension alimentaire. Comme je n'avais aucune envie d'avouer au shérif ce que j'avais infligé à Diaz, j'ai gardé le silence sur notre petite altercation, et il a été libéré. Ce n'est qu'ensuite que nous avons découvert ses liens avec

Domenica Val Pando, liens qui ont probablement perduré jusqu'à ce jour. Voilà pourquoi, en dépit d'une médiocre cinquième place, je me dis qu'Erubiel Diaz pourrait bien devenir notre ticket gagnant.

3

Gary revint dans la salle.

— Terminé ? demanda-t-il.

— Ouaip, répondit Ren.

— Bien, fit-il en se raclant la gorge. Je vais donc vous présenter le premier de nos cinquante individus les plus recherchés.

Gary indiqua la photo d'un homme brun au front dégarni. Les cheveux qu'il lui restait étaient longs et fins, plaqués en arrière avec du gel. Ses yeux suaient la haine et son nez semblait avoir été cassé, réparé, puis de nouveau cassé. Les joues creuses, il arborait deux touffes de poils blancs sur le haut des pommettes, et une étroite fente convexe lui tenait lieu de bouche.

— Cette raclure s'appelle Jonah Jeremiah Myler, commença Gary. De type caucasien, né le 8 décembre 1957, Myler ne reste jamais plus de quelques mois dans une même ville. Il déménage régulièrement, à la recherche d'adolescents vulnérables qu'il attire dans des sectes éphémères. Son but est de les initier au sexe. Il dispose pour cela d'une poignée de jeunes rabatteurs qu'il envoie dans les rues ferrer les gamines mal dans leur peau. Les sectes qu'il crée portent des noms aussi variés que l'Armée des ressuscités, Éveils de cristal, l'Assemblée des témoins, les Divins Voyants de l'attentive…

— Tu les inventes ! le coupa Ren.

— C'est trop gros pour être inventé, estima Cliff.

— De quelle attentive ? De l'attentive observation ? De l'attentive foule de spectateurs ? De l'attentive cécité des masses ?

Gary ignora la question.

— Ne vous laissez pas abuser par le visage décharné de M. Myler. Il est plus fort qu'il ne le paraît. Le numéro deux de la liste, à présent, s'appelle Francis Gartman. Afro-américain, né le 1er décembre 1983. Recherché pour assassinat, vol aggravé, trafic de drogue, viol sur mineure…

La tête de Gartman ressemblait à un ballon trop gonflé. Chaque partie du visage semblait près d'éclater.

— Ces yeux sont terriblement vides…, s'étonna Ren. Un vrai regard de zombi !

— Gartman est un ancien boxeur, expliqua Gary. Un géant fort comme Hercule, mais qui aura encaissé suffisamment de coups pour perdre le lobe frontal.

Son speech terminé, le chef s'écarta du tableau.

— Cet exposé fut sans doute moins captivant que celui de l'agent Bryce, dit-il. Mais vous connaissez désormais le quinté de tête. Alors amusez-vous bien.

Colin héla Ren.

— Téléphone pour toi sur la une ! La nana veut parler à une femme. Elle ne s'est pas présentée.

Ren décrocha son combiné.

— Agent spécial Ren Bryce. Que puis-je pour vous, madame ?

— Je m'appelle Catherine Sarvas et je vous appelle d'El Paso, au Texas. J'ai vu votre liste de fugitifs ce matin, sur Internet…

Ren ouvrit son calepin, attrapa un crayon.

— Et vous aimeriez me faire part de certaines choses ?

— Euh… oui, c'est ça. J'ai… j'aimerais… (Un silence.) Excusez-moi, je pensais y arriver, mais non.

La femme raccrocha aussi sec.

— Ç'a été bref, nota Robbie.

Ren hocha la tête.

— Étrange, surtout.

— Qu'est-ce qu'elle voulait ?

— Je ne sais pas. M'offrir une lueur d'espoir en ce lundi matin morose ?

— Et tu comptes la rappeler ?

— Non, je vais attendre un peu. El Paso, Texas… Je me demande bien ce qu'elle avait à me dire.

Chaque lundi, Ren passait sa pause-déjeuner dans le cabinet du Dr Helen Wheeler, une psychiatre de rêve : fine, chaleureuse, compatissante, avec de superbes chaussures dont la contemplation vous aidait à décliner vos tares.

Avant qu'on la décrète bipolaire à l'âge de vingt-six ans, Ren s'était toujours crue parfaitement saine d'esprit. Les maladies mentales étaient faites pour les malades mentaux, pensait-elle, et le diagnostic des toubibs fut un véritable coup de massue. Elle, la petite prodige du FBI, la plus jeune femme à avoir opéré en infiltration totale et à avoir jeté à bas tout un réseau de grand banditisme, se retrouvait du jour au lendemain vautrée en pyjama sur son canapé à manger des cochonneries, à pleurer, à laisser sonner le téléphone, à picoler, à ruminer les regrets accumulés depuis sa naissance, et à se dire que tout était fichu et que plus rien ne valait la peine – plus rien du tout.

Son grand frère Matt lui conseilla de se faire aider. Et, comme il savait déjà de quoi souffrait sa petite sœur, il l'installa un soir devant Internet et ouvrit un site de psychiatrie où étaient recensés les principaux symptômes de Ren : le désespoir, l'épuisement, le canapé…

Elle ne fut pas longue à hausser les épaules.

— Bref, je suis déprimée. Et après ? Ça arrive à tout le monde.

Matt cliqua ensuite sur la liste des manies correspondantes. *Je déborde d'énergie. Je me sens formidable. Je veux que tout le monde me trouve formidable. Je veux sortir faire la fête. J'aime tout le monde. Je sais tout. Je me sens pleine de créativité. Je travaille dur. Je parle trop vite. J'ai un comportement exubérant. Je n'ai aucune patience. Je fais beaucoup d'exercice physique. J'ai l'esprit alerte. Je jure beaucoup. Je me sens invincible. Je suis nymphomane. Je dépense à tout va.*

Et, là, Ren fondit en larmes.

— C'est tellement démoralisant ! Ma personnalité tout entière tient dans une vulgaire liste de courses. Si j'achète des montagnes de pompes, c'est parce que je suis timbrée. Si je fais l'amour cinq fois par jour, idem, c'est que je suis barge, comme deux millions d'autres nazes. Je n'ai jamais prétendu être tellement extraordinaire, mais de me voir ainsi résumée en une formule générique… C'est comme si j'appartenais à une race de créatures dégénérées. Non mais, sérieusement, Matt, tu as vu cette liste ? Elle couvre tous les domaines de mon existence ! Et je n'y peux strictement rien, parce que c'est un mal incurable !

Matt avait pleuré à son tour, avant de répondre à sa sœur que, à défaut d'être guérissable, ce mal pouvait être traité. Et qu'elle était unique, intelligente, affectueuse, drôle, généreuse ; que toutes les femmes achetaient trop de chaussures, d'abord, et puis qu'elle était belle et qu'il l'aimait d'un amour sans bornes – sans omettre de souligner que c'était un amour réciproque, car il avait lu quelque part que toutes ces révélations et déclarations risquaient tôt ou tard de lui revenir en pleine figure. Il n'était pas rare, en effet, que le sujet bipolaire attaque le messager. À un moment donné – un jour, un mois, un an après le choc –, le malade se retournait contre celui ou celle qui avait voulu l'aider, aux cris de : « Tout ça, c'est ta faute ! Si tu avais fermé ta grande bouche, je n'aurais jamais rien su et j'aurais vécu en paix avec moi-même ! » Après quoi tombait ce jugement sans appel : TU AS BOUSILLÉ MA VIE !

Ren mit beaucoup moins d'un an à décocher ces flèches assassines, et Matt les reçut en plein cœur. Puis, six mois après avoir réglé son compte au messager, en bonne bipolaire, la sœurette était revenue, bourrelée de remords et chargée de cadeaux, pour implorer son pardon.

Ren essaya plusieurs psychiatres. Puis, voilà trois ans, elle rencontra Helen Wheeler et sut qu'elle avait trouvé sa sauveuse. Jeune sexagénaire, Helen pouvait se targuer de plusieurs décennies d'expérience ; elle savait parler aux patients de tout âge et de tout milieu. Lors de la première visite de Ren, elle la prévint : « Je ne suis pas télépathe mais seulement psychiatre. Ce que je saurai de vous, c'est ce que vous m'en direz. Ici, personne n'est obligé de faire bonne figure. Mon cabinet est l'endroit parfait pour prolonger une sale journée. »

Ren surveillait sa montre.

Dépêche-toi...

Helen passa enfin la tête dans l'embrasure de la porte.

— À nous deux, Ren. Comment ça va, aujourd'hui ?

— Bof, ça peut aller.

Les deux femmes s'installèrent de part et d'autre du bureau. Helen sourit.

— Mais encore ?

— Je ne sais pas trop. Vous avez vu les infos ? On a parlé des fugitifs les plus recherchés, et il y a Domenica Val Pando dans la liste. Du coup, j'ai l'impression d'être ramenée plusieurs années en arrière.

Elle baissa la tête. Helen patienta.

— C'est juste que... Comment dire ? C'est à la fin de cette mission-là qu'on a diagnostiqué ma maladie, et j'ai beau savoir que c'est absurde, une part de moi-même persiste à penser que sans cette foutue mission je me porterais comme un charme. Et puis il y a cette autre part qui rêve de retourner là-bas, à cette époque bénie où j'étais encore une femme équilibrée, puisque je ne me posais même pas la question.

Helen sourit de nouveau.

— Ces sentiments sont parfaitement compréhensibles, Ren.

— Pour moi, le plus difficile à supporter dans cette maladie, c'est la paranoïa. Or rien ne rend plus paranoïaque que le travail d'infiltration. On ment vingt-quatre heures sur vingt-quatre, sept jours sur sept ; on vit dans la crainte d'être démasqué à tout moment. Si je pouvais troquer une louche de paranoïa contre un baril de dépression, je signerais sur-le-champ ! Parce que je sens que c'est la paranoïa qui me perdra.

— Mais rien ne va vous perdre, Ren. Vous pouvez contrôler tout cela. Et puis vous n'êtes pas seule. Il y a une équipe derrière vous. Des gens bien, d'après ce que vous m'en dites. Alors appuyez-vous sur eux.

Ren secoua la tête.

— Il n'empêche, je repense sans arrêt à cette mission. J'ai raconté un bobard horrible pour gagner la confiance d'une personne et m'immiscer dans sa vie. J'ai pleuré des larmes de crocodile dans les jupes de Domenica, prétendant que j'avais perdu un bébé de quatre mois…

— C'était pour les besoins de la mission, Ren. Vous ne faisiez que votre boulot.

— Je sais bien. Mais parfois je me demande malgré tout comment j'ai pu aller si loin. Ce n'est pas Val Pando, le problème. Cette femme est une ordure finie. Non, le conflit se situe entre ma conscience et moi. Comment ai-je pu faire une chose pareille ?

— C'était votre boulot.

— Oui, je sais que j'ai signé pour ça. Mais au fond, le plus effrayant, c'est de voir à quelle vitesse je me suis prise au jeu. Le travail d'infiltration est tellement grisant : plus vous avancez, plus vous vibrez. Et plus vous apprenez de choses, plus il vous faut en découvrir de nouvelles. C'est une vraie addiction ! Le soir, dans votre lit, vous rédigez des notes pour votre agent de liaison. Son dossier s'étoffe, il est content, vous êtes contente. Pendant tout ce temps, j'incarnais Remy Torres. Faux nom, faux vécu. Moitié moi, moitié une autre. Si bien que, d'une certaine manière je ne savais jamais de quoi je serais capable. C'était la surprise permanente. Puis quand tout cela se termine et que votre vrai moi reprend ses droits, loin de la racaille sur laquelle vous enquêtiez, vous constatez à quel point vous êtes douée pour mentir et pour manipuler autrui. Certes, vous vous dites que la fin justifie les moyens, mais, si noble que soit cette fin, parfois, les moyens vous font honte, et vous vous sentez sale.

— Allez, respirez profondément, intervint Helen en tendant une boîte de mouchoirs.

— Merci, renifla Ren. (Elle se servit.) Zut ! Ils sont tous sortis d'un coup. J'espère que ce n'est pas mauvais signe. Que je ne vais pas chialer ici jusqu'à ce soir…

— Je suis sponsorisée par Kleenex, répondit Helen.

Ren gloussa à travers ses larmes.

— Je ne sais même pas pourquoi je pleure…

Helen reprit, d'une voix douce :

— Vous n'avez pas disparu avec Remy Torres, Ren. Vous lui avez survécu. Dix ans plus tard, vous êtes toujours là, vous, Ren Bryce, une femme accomplie, stable, qui continue de traquer ces individus sans jamais basculer de leur côté.

— Qui continue de les traquer, en effet. C'est dire si je progresse !

— Vous êtes trop dure avec vous-même, Ren. Vous êtes un excellent agent, alors cessez un peu de vous flageller, et dès cet après-midi je veux vous voir botter le cul de criminels. Comme vous l'avez toujours fait.

— D'accord. Je vais essayer, dit Ren en souriant.

En reprenant la route, son angoisse reflua. Elle ne se sentait jamais aussi loin de l'asile que dans le cabinet de Helen.

4

Ren regagna la salle commune de la brigade, ôta sa veste et posa son sac par terre.

— Vous avez mangé ? lança-t-elle à la cantonade.

— Eh oui, répondit Cliff. Il faut bien les nourrir, tous ces esprits déductifs.

Ren repéra un sac en papier brun aux pieds de son collègue.

— Et tu n'aurais pas gardé quelques restes pour ton chien ou pour une copine affamée ?

Colin leva les yeux au ciel avant d'être dérangé par son téléphone.

— Tu as de la chance, répondit Cliff. Il me reste une moitié de sandwich au bœuf.

— Génial ! Je te le revaudrai. (Elle posa les yeux sur sa corbeille à courrier.) C'est quoi, cette photo ?

— C'est moi qui te l'ai déposée, dit Cliff. Il s'agit de l'amie présumée de Francis Gartman.

— La Femme de la nuit ?

— Elle-même. Ce serait bien de la retrouver.

— OK, j'accepte de m'y coller.

Il lui tendit le demi-sandwich. Un doux fumet de rosbif froid s'échappa de l'emballage.

— La fille commence à baliser, ajouta Cliff.

— Et d'où tu tiens ça ?

— On a reçu un coup de fil. De sa mère éplorée.

Ren prit une longue inspiration. Devant elle, le portrait de Natalie Osgood, une belle Afro-Américaine aux yeux pochés, coiffée d'une perruque rousse ébouriffée.

— Laisse-moi te débusquer avant ce salopard, ma chérie…

— Un appel pour toi sur la trois ! annonça Colin alors que Ren approchait le casse-croûte de sa bouche. Je crois que c'est la gonzesse de ce matin.

Il devait être écrit que je ne déjeunerais pas aujourd'hui.

Ren prit l'appel.

— Allô ?

— Bonjour, c'est Catherine Sarvas.

— Je vous écoute, mademoiselle Sarvas.

— Madame Sarvas. Je suis mariée.

— Entendu, madame. Tout va bien ?

La femme réprima un sanglot. Elle respirait avec effort.

Je t'en supplie, ne raccroche pas.

— Je suis désolée pour ce matin. Pardon d'avoir coupé comme ça.

— Inutile de vous excuser. Prenez votre temps, et je vous écouterai dès que vous serez prête à parler.

— Merci, c'est gentil.

Quelques secondes s'écoulèrent, puis la femme reprit :

— Voilà, j'ai vu sur Internet votre liste de personnes recherchées. Et je tenais à vous signaler que… (Elle fondit en larmes.)… cet homme m'a violée !

Ce n'était pas la première fois que Ren recueillait une telle confidence, et pourtant cela lui infligeait toujours la même réaction viscérale.

— Le cinquième de la liste, précisa Catherine Sarvas.

Instinctivement, Ren se tourna vers le tableau d'affichage.

Oh, mon Dieu !

— Vous voulez parler du dénommé Erubiel Diaz ?

— Oui, c'est ça. J'ai reconnu son visage.

Ren grimaça. On aurait dit que tous les téléphones de la pièce sonnaient en même temps, comme une insulte à la détresse de cette femme. Elle pressa l'écouteur contre son oreille.

— Racontez-moi, madame Sarvas.

— Vous avez peut-être entendu parler de notre famille. Mon mari est Gregory Sarvas.

— Non, cela ne m'évoque rien.

— Ah bon. (Un silence.) Voilà huit mois, Greg, mon mari, a été abattu tout près de notre maison d'El Paso, alors qu'il ramenait nos fils de l'école.

Elle se tut de nouveau.

— Vous m'en voyez sincèrement navrée, dit Ren.

Elle tapa aussitôt « Gregory Sarvas » dans Google. Comme les résultats se comptaient par centaines, elle fit une recherche par images et cliqua sur l'une des photos obtenues. Il s'agissait d'un plan large sur l'arrière d'un 4 × 4 couleur sable. Toutes les portières étaient ouvertes, et le soleil jouait délicieusement avec les courbes métallisées. Puis Ren survola le texte de légende – *meurtre... fusillade... sur le coup... de sang-froid... à bout portant...* – et le cliché perdit aussitôt son charme.

— Nos deux fils… Luke et Michael… Ils se trouvaient dans la voiture avec Greg. Et ils sont toujours portés disparus.

— Je suis désolée, madame Sarvas.

Ren cliqua sur l'un des nombreux articles évoquant l'affaire. *Luke, dix-sept ans. Michael, quinze ans.*

— Je ne peux pas… Je n'appelle pas pour parler de ma famille, dit Catherine. Je voulais juste… vous aider.

— Je comprends bien, assura Ren. Alors vous étiez dans la voiture, vous aussi ? C'est là que s'est produit le viol ?

— Non, pas du tout. J'ai été agressée deux semaines plus tôt. En voyant la photo du gars sur Internet, je me suis dit qu'il fallait vous appeler. Je suis tombée dessus par hasard, mais je sais que c'est lui. Je l'ai immédiatement reconnu.

— Mais ce viol, vous l'avez signalé aux autorités locales ?

— Non, c'était au-dessus de mes forces. J'étais…

Sa gorge se serra.

— Ce n'est pas grave, Catherine. Respirez.

— C'était tellement atroce… Il m'attendait dans le… C'était si…

Ren attendit la suite, qui ne vint pas.

— Pour en revenir à votre mari, lui aviez-vous parlé du viol ?

— Bien sûr. Il était anéanti. Lui qui me disait tout le temps de rester à la maison pour ma sécurité… Notre propriété est très bien protégée, et je ne sais toujours pas comment cet homme a réussi à s'y introduire.

— Mais comment votre mari a-t-il réagi en l'apprenant ?

— Il… il a été formidable. Il a pris soin de moi et fait le maximum pour que je me remette au plus vite. Quand j'ai commencé à aller mieux, je lui ai demandé de signaler le viol à la police d'El Paso. Pour moi, c'était au-dessus de mes forces. La simple idée d'être examinée par des toubibs me rendait malade.

— Je comprends. Et quand l'a-t-il fait, ce signalement ?

— C'était la semaine de sa mort. (Les sanglots reprirent.) On croit toujours que ça n'arrive qu'aux autres, mais franchement rien ne laissait prévoir un tel déferlement de violence. Nous sommes une famille normale, sans histoire. Greg est avocat et nous vivons dans un quartier très agréable. Nos deux fils fréquentent un lycée prestigieux…

Un mari mort, deux fils disparus, mais elle parle d'eux au présent.

Comme si elle devinait les pensées de sa correspondante, Catherine précisa :

— Je crois que mes garçons sont toujours en vie.

Ren sentit monter la panique à l'autre bout de la ligne. Catherine Sarvas venait de révéler son terrible secret à une inconnue et d'entendre pour la première fois, de sa propre bouche, le récit de son martyre. Son courage avait atteint son pic et commençait à décliner, la laissant tel un oiseau victime d'une fringale en plein vol.

— Vous pouvez m'aider ? implora-t-elle.

Ren choisit ses mots.

— Je suis sincèrement peinée de ce qui vous arrive, madame Sarvas, et je ne peux même pas imaginer la douleur qui est la vôtre. Quoi qu'il en soit, nous ferons tout ce qui est en notre pouvoir pour appréhender cet homme.

— Et mes garçons ? Mes deux fils ? Le plus important, pour moi, c'est de récupérer mes enfants.

— Bien entendu. Voulez-vous tout de même faire une déposition complète au sujet du viol ? Ou préférez-vous qu'on s'en tienne pour l'instant à celle de votre mari ?

— Oui, je suis prête à parler. À vous, en tout cas. Je suis moins à l'aise avec la police d'El Paso. En fait… Comment dire… J'ai l'impression qu'ils soupçonnent Luke et Michael d'être pour quelque chose dans la mort de Gregory.

— Je vais leur demander de me transmettre les éléments dont ils disposent.

— Oui, merci beaucoup.

— Il fallait du cran pour nous appeler, Catherine, et vous avez bien fait de le faire.

— Que voulez-vous… Je n'ai plus rien à perdre. Merci pour votre gentillesse, en tout cas. Vous m'avez facilité la tâche.

Je ne vois vraiment pas comment.

— Alors je peux faire ma déposition par téléphone ? reprit-elle.

— Absolument. Dès maintenant, si vous voulez.

— D'accord.

Trente minutes plus tard, Ren reposa le combiné. Elle se tourna vers l'ordinateur et lut une dizaine d'articles sur le meurtre de Gregory Sarvas. Le responsable de l'enquête était un certain Kenny Dade, de la police d'El Paso. Elle le contacta et lui demanda d'envoyer son dossier sur les Sarvas par mail. Puis elle recula sa chaise et lança aux autres :

— Hé ! J'ai un tuyau sur Erubiel Diaz.

— Et moi, dit Colin en raccrochant son téléphone, j'ai une localisation pour notre numéro deux, Francis Gartman. Il a été aperçu hier soir, vers minuit, en train d'agiter un flingue dans un bar de Five Points.

— Aucun signe de Natalie Osgood ? demanda Ren.

— Apparemment, il était seul.

— Et donc, ton Erubiel Diaz ? demanda Cliff en se tournant vers Ren.

Elle rassembla ses notes, poussa un long soupir, et narra en détail ce que Diaz avait infligé à une mère de famille inoffensive dans la cour d'un pavillon de banlieue huppée.

5

Les hivers à Denver durent de longs mois, et c'est en mars qu'il neige le plus. Des blizzards surgissent de nulle part pour ensevelir les projets sous un épais manteau blanc. Mais, grâce à eux, tout devient beau. Et dans une rue comme Mardyke Street, bordée de maisons centenaires et de chênes altiers, quand la neige brille sous les lampadaires, le beau confine au magique.

Ren se gara devant la maison d'Annie Lowell. Il était 20 heures et sa journée de travail n'était pas terminée, mais on n'annule pas un rendez-vous avec une merveilleuse octogénaire.

L'accolade d'Annie sur le perron raviva le souvenir d'une époque où leur différence de taille était inversée. Annie mesurait aujourd'hui un mètre cinquante, contre un mètre soixante-sept pour Ren.

Dans son apparence comme dans sa maison, tout, chez Annie Lowell, n'était que chaleur pastel et ouatée.

— Je m'en veux de ne pas être venue plus tôt, dit Ren en entrant dans la maison.

— Allons, mon trésor, ne t'encombre pas la tête avec de telles idées.

— Je ne sais pas comment te remercier. Je suis très flattée d'avoir été choisie comme gardienne.

J'avoue que mon hôtel commençait à me sortir par les yeux.

Construite à la fin du XIXe siècle, la bâtisse était l'œuvre de William Lang, un célèbre architecte de Denver qui s'était spécialisé dans les demeures de luxe avant que l'effondrement du cours de l'argent mette les riches sur la paille et ne lui retire son gagne-pain. La chute fut si rude qu'il ne parvint jamais à se refaire et mourut dans la misère, à mille cinq cents kilomètres de la ville qu'il avait marquée de son empreinte.

Annie conduisit son invitée au salon et s'assit avec elle sur le canapé, les chevilles croisées et les mains sur les genoux.

Quelle grande dame ! observa Ren pour elle-même. *Et quel inconfortable canapé !*

Annie avait acheté cette maison à l'état de quasi-ruine pour la restaurer grâce à une police d'assurance-vie dont elle n'avait découvert l'existence qu'à la mort de son mari. Ren avait toujours connu Annie veuve, et elle savait que cette femme de principes n'avait jamais posé les yeux sur un autre homme. Elle était aussi fidèle que les trois bagues qui paraient son annulaire : fiançailles, mariage, éternité.

— Cette maison est en quelque sorte le cadeau d'adieu d'Edward, confia-t-elle. Pour moi, c'est comme s'il m'avait guidée jusqu'au pas de la porte. Dans la veste que portait Edward le jour de sa mort, j'ai trouvé un ticket de pressing pour une cravate jaune. Comme j'aimais beaucoup cette cravate, je suis passée la récupérer. Cela peut paraître idiot, mais j'y tenais. Puis, sur le chemin du retour, perdue dans mes pensées, j'ai pris une mauvaise rue et je me suis retrouvée nez à nez avec cette bicoque. Elle paraissait aussi dévastée que mon cœur.

— Je ne connaissais pas cette histoire, Annie.

— Je crois que la vie nous envoie chaque jour toutes sortes de messages. Il faut juste savoir les entendre.

Annie sourit. Son regard se fixa sur un cadre accroché au mur.

— C'est incroyable ! s'écria Ren en se levant pour examiner la vieille photo pâlie.

Celle-ci montrait Ren entourée de ses parents et de ses trois grands frères, Matt, Beau et Jay.

— Tu devais avoir cinq ans à l'époque, dit Annie. Regardez-moi cette petite poupée...

— Et les garçons, alors : tous châtains, comme papa. À se demander d'où je tiens mes cheveux aile de corbeau. Ce qu'on a pu me chambrer avec ça, à l'école ! Ce n'était pas vraiment méchant, juste un peu répétitif. Des vannes du style : « Il vit dans un tipi, le facteur de ta mère ? » Alors qu'en fait, quand on regarde bien, je n'ai même pas les yeux de maman.

Pour la plupart des gens, Ren était une énigme ethnique. On la croyait volontiers espagnole, italienne ou française. Mais la souche évidente, dès lors que l'on remarquait ses yeux bruns, saisissants, et de forme si caractéristique, c'était la souche amérindienne. Les quelques gouttes de sang iroquois qui traînaient du côté de sa mère.

— Tu étais si mignonne, roucoula Annie, et tes frères étaient fous de toi !

Elle pressa la main de Ren.

— On adorait venir ici, Annie.

— Et moi, j'adorais vous recevoir.

Le mobile de Ren sonna. Elle consulta l'écran.

— Désolée, c'est le boulot.

Le boulot, toujours le boulot.

— Alors décroche, dit Annie.

Ren s'isola dans l'entrée, murmura quelques mots dans l'appareil et revint toute penaude.

— Ma pauvre Annie, j'aurais aimé rester plus longtemps. (*Comme avec tous ceux qui me sont chers.*) Mais j'ai une urgence. Il y a ce type qu'on essaie de coincer depuis un moment, il nous donne du fil à retordre et…

— Allons, Ren. Tu as de lourdes responsabilités et je sais que tu es très prise. Je ne m'attendais pas à ce que tu t'éternises.

— Mais de là à passer en coup de vent, alors que tu me prêtes ton château…

— Ce n'est rien, je te dis. Le devoir t'appelle. Cinq minutes avec toi, c'est déjà cinq minutes de bonheur.

En serrant Annie dans ses bras, Ren vit que le couvert était dressé pour deux sur la table. Elle voulut croire que la seconde assiette ne lui était pas destinée… avant de repérer le flacon de sauce aux piments – sa marque favorite. Annie lui remit les clés de la maison, renouvela leur accolade, et c'est les yeux mouillés que Ren trotta jusqu'à sa Jeep pour gagner un tout autre coin de Denver.

Five Points était l'un des plus vieux quartiers de Denver, plus connu pour ce qu'il avait été, le « Harlem de l'Ouest », et prétendait être, un havre bobo, que pour ce qu'il était vraiment : un quartier bâtard. La criminalité avait certes chuté depuis les années quatre-vingt-dix, mais on peinait encore à se débarrasser des gangs et de la drogue, comme à convaincre les acheteurs potentiels de ces splendides demeures victoriennes et de ces lofts contemporains.

Stationnés dans une ruelle, Robbie et Ren attendaient que Francis Gartman montre le bout de son nez. Il était resté dans ce bar de midi à 18 heures, mais la copine du patron – c'était elle qui avait prévenu la police – pensait le revoir dans la soirée.

Ren regarda sa montre.

— Ce furent cinq heures délicieuses. Merci à tous d'être venus. Mais maintenant il faudrait songer à plier bagage.

— Comme tu dis, opina Robbie. J'ai peur que les carottes ne soient cuites.

— Gartman ne reviendra pas, j'en mettrais ma main au feu.

Le téléphone de Robbie sonna.

— Gary, lut-il sur l'écran.

— Il se languit de nous ? espéra Ren.

Robbie écouta le chef, articula silencieusement « Gartman » pour Ren, puis secoua lentement la tête et nota une adresse dans son calepin.

— On arrive tout de suite, promit-il.

Il raccrocha, démarra le moteur et se tourna vers Ren.

— Gartman a encore fait des siennes ? soupira-t-elle.

— Il a abattu une petite sourde de quatorze qui refusait de se coucher au sol alors qu'il braquait une supérette. Puis il a tiré sur le petit frère lorsque celui-ci a voulu expliquer pourquoi sa sœur restait debout.

— Mais qu'est-ce que ces gosses fabriquaient dehors si tard ?

— Si tôt, tu veux dire. Ils se rendaient à l'aéroport avec leurs parents. La fillette devait se faire opérer pour…

— Tais-toi ou je vais chialer.

— Juste un dernier détail, Ren. Quand Gartman a fait irruption dans la boutique, il était déjà couvert de sang.

6

Le détachement des Rues sûres revint de la scène de crime vers 11 heures du matin. Ren s'assit à son bureau avec une demi-cafetière fumante.

— Gartman est un monstre à sang froid, dit-elle à ses collègues. Il débarque dans une supérette, bute une gamine, envoie son frangin à l'hosto, et il ne prend même pas la peine de cacher sa sale tronche ensanglantée... (Elle vit qu'elle avait reçu un mail.) Excusez-moi, les gars, mais j'ai un envoi d'El Paso au sujet des Sarvas.

Ren cliqua sur les images jointes au message. Plusieurs rangées de vignettes jaillirent dans iPhoto, à la suite des photos de mariage de son frère Matt.

« Après une journée magnifique sous un ciel de pluie, une journée tragique sous le soleil du Texas... »

Le premier cliché, un plan large du 4 × 4, ressemblait à celui disponible sur Internet. Mais, côté conducteur, un détail frappait l'attention : la jambe gauche de Gregory Sarvas, retombant du siège dans l'embrasure de la portière. Ren examina les autres clichés en se concentrant sur l'intérieur du véhicule et le corps sans vie de Gregory Sarvas. Avec sa forte carrure et sa barbe fleurie, cet homme ressemblait plus à un bûcheron qu'à un avocat. Short beige et chemise bleu ciel aux manches retroussées, il gisait en travers du siège, le nez pointé vers la boîte à gants. On lui avait tiré dans la tempe gauche et le trou était infesté de mouches. Le pare-brise était tout rouge, comme après l'explosion d'un antivol à encre.

Suivaient quelques images de sièges vides, comme pour souligner l'absence des deux fils disparus. Luke Sarvas avait fait le trajet à l'avant, son frère Michael à l'arrière.

Ren s'interrogea sur la chronologie des événements. Luke et Michael avaient-ils vu mourir leur père ? Les avait-on délogés de la voiture pour leur épargner ce spectacle ? Ou bien était-ce l'un d'eux qui avait pressé la détente ? Avaient-ils fomenté ensemble cet assassinat ? Étaient-ils morts à l'heure actuelle ? Ou se prélassaient-ils sur quelque plage de Rio ?

La série se refermait sur un portrait des deux frères. Luke Sarvas, l'aîné, dix-sept ans, cultivait un look de surfeur : cheveux blonds en bataille, bronzé, athlétique et souriant. L'un de ses bras entourait les épaules de Michael, quinze ans. Les deux se ressemblaient, mais chacun avait son style. Brun et affublé de lunettes à monture métallique, Michael regardait Luke avec admiration. Sa seule concession aux canons de l'adolescence était un tee-shirt noir à manches longues sur l'une desquelles s'alignaient des têtes de mort. Luke et Michael Sarvas avaient l'air de gosses on ne peut plus normaux et heureux.

Ren ne savait jamais que penser des fameuses « intuitions » maternelles dans les cas de disparitions. Combien de fois lui avait-on dit : « Je sais que mon fils est toujours en vie » ou : « Je sens que ma fille est là, quelque part », même après de longues années sans l'ombre d'un indice ? Était-ce instinct, déni ou seulement espoir ? Les pères se montraient généralement plus circonspects, de peur de heurter leurs épouses en s'attachant trop à la réalité des faits.

Fallait-il croire Catherine Sarvas ? Ses garçons étaient-ils encore de ce monde ainsi qu'elle l'affirmait ? Ou refusait-elle simplement de croire que Dieu ait pu, en quelques minutes d'un été splendide, décimer sa famille entière ?

Ren parcourut les autres fichiers joints. Il manquait quelque chose.

Elle composa aussitôt le numéro de Kenny Dade.

— Bonjour, Kenny. C'est encore Ren Bryce, des rues sécurisées de Denver. J'ai bien reçu votre dossier sur les Sarvas, et je vous en remercie, mais je ne trouve aucune trace de la déclaration de viol effectuée par Gregory Sarvas. Je n'ai que la déposition de Catherine consécutive à la mort du mari.

Dade hésita.

— C'est-à-dire que…

— Oui ?

— Nous n'avons pas pu satisfaire cette requête, admit Dade. Pour la bonne raison que Gregory Sarvas n'est jamais venu déclarer le viol.

— Pardon ?

— Ce viol n'a jamais été signalé à nos services.

— Mais… j'ai eu Catherine Sarvas pas plus tard qu'hier, et elle m'a affirmé que son mari s'en était chargé.

— Je sais, répondit Dade. Mais il n'empêche : la première fois que nous avons entendu parler de Mme Sarvas, c'est à la mort de son mari. C'est là, en l'interrogeant, que nous avons appris ce qu'elle avait subi, lorsqu'elle a demandé à brûle-pourpoint si ce meurtre pouvait avoir un quelconque rapport avec son viol. Sur le coup, cela nous a laissés assez perplexes. Surtout quand elle a précisé que son époux s'était adressé à l'inspectrice Juliana Hyde, car cette collègue était en congé maternité depuis trois mois ! Alors bon... Nous lui avons demandé de raconter son agression, ce que nous aurions fait de toute manière.

— Si je vous suis bien, elle ignore que son mari n'a jamais déclaré le viol ?

— Nous ne lui avons rien dit, en tout cas. À quoi bon ? Son mari était mort. Elle n'aurait jamais obtenu d'explications...

— Et vous n'avez pas trouvé cela un tantinet bizarre ?

— Bien sûr que si, s'agaça Dade. Nous avons cherché un lien entre les deux événements.

— Les trois événements, corrigea Ren. Le viol, le non-signalement de viol et le meurtre.

— Si vous voulez. Quoi qu'il en soit, nous n'avons rien trouvé.

— Dans ce cas, je vais devoir informer Catherine Sarvas.

— Quoi ? Pour qu'elle découvre que son mari lui a menti ? Vous n'y pensez pas !

— Très honnêtement, je doute que ça l'affecte beaucoup. Nous parlons d'une femme qui est sans nouvelles de ses fils. Elle veut connaître la vérité et faire tout ce qui est en son pouvoir pour retrouver ses garçons – si tant est que ce soit possible.

— Mais vous êtes vraiment obligée de lui donner cette info ? Toute sa famille a disparu. Elle...

— Je n'ai pas le choix. Le mensonge de son mari l'incitera à envisager la trame des événements sous un jour nouveau. Et là, si quelque chose fait tilt, tout le monde sera gagnant.

— Comment ça ?

— Vous voulez votre homme. Je veux le mien. Et Catherine Sarvas veut ses garçons.

— Le vôtre, c'est cet Erubiel Diaz dont vous m'avez parlé hier ?

— Exact. Catherine Sarvas l'a identifié.

— Et vous avez une idée de l'endroit où il se cache ?

— Pas encore. On y travaille.

— En tout cas, si vous apprenez quoi que ce soit sur la famille Sarvas, tenez-moi au courant. Notre enquête est au point mort.

— Promis, je vous tiendrai informé.

Ren reposa le combiné, perplexe.

Gregory Sarvas n'a pas déclaré le viol de sa femme. Qu'est-ce que c'est que cette histoire ?

7

Ren relut l'ensemble du dossier Sarvas. *Un vrai sac de nœuds...* Catherine disait habiter un lotissement tranquille et une maison sécurisée. Alors pourquoi Erubiel Diaz avait-il choisi de commettre un viol dans des conditions aussi peu favorables ? Et pourquoi à cette adresse-là plutôt qu'à une autre ? Avait-il des vues sur Catherine ? La surveillait-il depuis un moment ? Quant au fait que le mari soit mort à peine deux semaines plus tard, pouvait-il réellement s'agir d'une coïncidence ?

Pourquoi Gregory Sarvas n'avait-il pas déclaré ce viol ? Ren ouvrit son calepin à une nouvelle page pour noter les hypothèses qui lui venaient à l'esprit.

Pour la protéger ? Parce qu'il avait honte ? Par colère ? Parce qu'il lui en voulait ? Pour ne pas salir sa propre réputation ? Parce qu'il comptait régler le problème sans l'aide de la police ?

Elle souligna cette dernière question. Greg Sarvas s'était-il fait justice tout seul ? Avant de le payer de sa vie et du rapt – ou du meurtre – de ses fils ?

Ren composa le numéro de Catherine Sarvas. La veuve lui répondit d'une voix pleine d'espoir.

— Désolée de vous déranger, madame Sarvas. Je souhaitais seulement revenir sur quelques éléments de notre conversation.

— Je vous écoute. Au fait, vous pouvez m'appeler Catherine.

— Entendu, Catherine. Alors voilà. Vous me disiez que votre mari s'était chargé de signaler votre viol à la police…

— Parfaitement. Je ne me sentais pas la force de raconter ce cauchemar à des inconnus, même si je savais qu'il faudrait s'y résoudre tôt ou tard. D'un autre côté, ne rien dire du tout, c'était prendre le risque que l'agresseur récidive, et je ne supportais pas l'idée qu'une amie ou une voisine subissent le même…

Elle éclata en sanglots.

— J'imagine combien ce devait être difficile d'en parler, dit Ren avant d'observer une pause. Et donc, reprit-elle, vous avez demandé à Gregory de s'en occuper, et il a accepté.

— Oui.

— Auprès du commissariat de police d'El Paso ?

— Tout à fait. Il s'est entretenu avec une femme, l'inspectrice Hyde.

Ren se tut de nouveau, comme pour noter ce nom.

— Et comment décririez-vous le comportement de votre mari dans les jours précédant sa mort ?

— Il s'inquiétait pour moi, surtout. Il se faisait de la bile et rechignait à me laisser seule. Mais, bon, il fallait bien qu'il aille travailler.

— Et comment a-t-il réagi à votre viol ?

— Il était anéanti. Comme, j'imagine, n'importe quel mari à sa place. Mais je ne suis pas sûre de comprendre où vous voulez en venir…

Alors écoute ceci.

— Je ne sais pas comment vous annoncer ça, Catherine, mais votre mari n'a jamais rapporté ce viol à l'inspectrice Hyde.

— Ah bon ? Mais à qui, alors ?

— À personne, hélas.

— Mais si, voyons. C'est ridicule ! Je le vois encore rentrer à la maison en m'annonçant que c'était fait. Il m'a même transmis un message de l'inspectrice Hyde, comme quoi je pouvais attendre un peu avant d'aller la voir.

— Et vous lui avez parlé, à cette inspectrice ? *Pardon de poser cette question alors que je connais la réponse.*

— Non, admit Catherine. Mais... mais pourquoi Greg se serait dégonflé ? Je ne comprends pas. Il pouvait agir sans scrupule puisqu'il avait ma bénédiction. C'était moi qui l'envoyais là-bas.

— Il voulait peut-être vous protéger. Vous étiez dans quel état d'esprit à ce moment-là ?

— Dans quel état d'esprit ? On venait de me violer !

— Vous aviez vu un médecin ?

— Non.

La voix de Catherine se réduisit à un mince filet.

— Pensez-vous qu'il ait pu s'inquiéter pour votre santé psychique et des conséquences qu'aurait pu avoir cette déclaration officielle ?

— Mais c'était moi qui l'envoyais là-bas ! J'étais traumatisée et je refusais d'aller trouver les flics, mais je tenais à ce qu'il le fasse pour moi !

— Cela lui arrivait-il souvent d'ignorer vos demandes ? De penser savoir mieux que personne ce qui était bon pour vous ?

— Tous les maris font ça, de temps à autre.

Même quand il s'agit de rapporter un viol ?

— Puis-je vous poser encore quelques questions, Catherine ? Vous allez trouver que je radote, mais c'est pour éviter tout malentendu.

— Allez-y.

— Qui avait accès à votre propriété ?

— Chacun de nous possédait un jeu de clés : Greg, Luke, Michael et moi.

— Personne d'autre ? Des ouvriers, un jardinier ?

— Non. Nous n'avions pas réalisé de travaux depuis plus d'un an, et ce sont les garçons qui prennent soin du jardin.

Ren consulta les notes prises lors de la déposition téléphonique de Catherine.

— Le jour de votre viol, vous reveniez du magasin d'ameublement Homestore. Certains de vos achats devaient-ils vous être livrés ?

— Non, je n'avais acheté que des bricoles afin d'égayer la maison. Greg avait parlé de déménager et je n'étais pas chaude. Ce n'était qu'une idée en l'air, rien de concret, mais de penser que l'on puisse partir un jour… Ça me donnait envie de me blottir dans mon intérieur.

Et je parie qu'aujourd'hui tu ferais n'importe quoi pour changer d'air.

— En d'autres termes, aucun livreur n'avait accès à votre propriété.

— Non, aucun.

— Très bien, Catherine. Je vais partir de ces éléments pour commencer mon enquête. Merci de m'avoir accordé du temps, dit Ren avant de raccrocher.

Ainsi, Gregory Sarvas voulait revendre la maison. On pouvait comprendre, dès lors, qu'il répugne à révéler que le quartier avait été le théâtre d'un viol. Mais de là à se taire vraiment...

Gary entra dans la salle.

— Salut, lança-t-il. On en est où ?

— Cette affaire Sarvas devient de plus en plus intrigante, répondit Ren. Erubiel Diaz viole Catherine Sarvas. Une semaine s'écoule et le mari de Catherine s'engage à signaler lui-même ce crime – sauf qu'il n'en fait rien. Quelques jours plus tard, il se fait descendre, et leurs deux ados disparaissent.

— Tu penses que tous ces événements sont liés ? demanda le chef.

— Le contraire serait plus qu'étonnant. Bien que cet enchaînement semble défier toute logique...

Colin haussa les épaules.

— Pas si les gamins sont dans le coup. Ils violent maman, raison pour laquelle elle refuse de parler aux flics, et quand papa découvre le pot aux roses ils le tuent et s'enfuient.

— Tu oublies qu'elle nous a contactés après avoir reconnu Erubiel Diaz, objecta Ren.

— Eh bien, elle aura pioché un criminel au hasard sur Internet. Pourquoi pas ? Les gens mentent, vous savez, surtout quand ils sont désespérés. Cette femme veut à tout prix revoir ses gosses. Peu importe ce qu'ils ont fait, elle est prête à leur pardonner. Mais elle a besoin des flics pour les retrouver. Et peut-être aussi d'une personne prête à gober sa triste fable.

Je t'emmerde, Colin Grabien.

— Impossible, soutint Ren. Catherine n'a pas été victime de ses fils. Ça ne colle pas avec ce que j'ai entendu. Je ne sais pas ce qui s'est passé dans cette famille, mais je suis sûre que tu te trompes.

— Tu penses qu'on devrait s'intéresser au mari ? demanda Gary.

— Pourquoi pas, en effet ? Son attitude fut pour le moins étrange, pour ne pas dire franchement louche. Par ailleurs, et toujours selon Catherine, monsieur commençait à avoir des envies de déménagement.

— Moi aussi, à sa place, j'aurais voulu me tailler, dit Cliff.

— Mais il en parlait déjà *avant* le viol.

— Ah, et qu'en pensait madame ?

— Elle ne souhaitait pas du tout partir.

— Autre solution, supposa Colin. Sarvas embauche quelqu'un pour flanquer les chocottes à sa femme et la dégoûter du quartier, mais le gars va trop loin. Furieux, Sarvas essaie de lui régler son compte, mais, comme il manque de métier, c'est lui qui se fait dessouder.

Cliff grimaça.

— Il faut vraiment avoir le feu aux fesses pour pousser le vice aussi loin.

— Qui sait ? répondit Colin. Peut-être que Sarvas avait des raisons de quitter la ville.

Ren considéra son collègue.

— T'es vraiment le roi des scénarios tordus.

— Parce que toi t'es Blanche-Neige, peut-être ? répliqua Colin.

— Et le commissariat d'El Paso t'a transmis tout ce qu'il avait ? s'enquit le chef.

Ren hocha la tête en guise de réponse.

— Dans ce cas, voyez où ça nous conduit. Mais ne négligez pas l'affaire Gartman pour autant. Tous les regards sont braqués sur nous, et le meurtre de Gregory Sarvas pourrait facilement nous bouffer toute notre énergie. (Il se tourna vers Ren.) Tu espères que cette histoire te mènera jusqu'à Val Pando, à travers Diaz ?

Elle ne répondit pas, ce qui revenait à l'avouer.

— Fais quand même gaffe à ne pas mettre tous tes œufs dans le même panier, conclut Gary.

8

Ce soir-là, Ren et Misty purent enfin dire adieu à leur chambre d'hôtel.

Qui ne serait pas content de quitter un motel ? se demanda Ren en souriant.

Des maris partant retrouver leurs femmes, lui répondit une voix intérieure. *Des femmes partant retrouver leurs maris. Des personnes déçues de leur nuit de sexe. Des criminels en cavale. Des prostituées grugées. Des femmes de chambre catholiques qui, à la réflexion, seraient entrées tout aussi moroses…*

Bon, d'accord, plein de gens.

Robbie suivit Ren dans l'allée d'Annie. Elle tirait une valise, lui portait des cartons. Après avoir tourné la clé dans la serrure, il fallut pousser la porte avec l'épaule. Robbie déposa son fardeau sur le carrelage en damier de l'entrée, à côté de la valise.

— Tu veux que je te monte tout ça là-haut ? demanda-t-il en indiquant l'escalier.

— Ne t'embête pas. Je me débrouillerai.

— Bon. Je peux faire autre chose ?

— Oui, souffler un peu. Tu veux boire un soda ?

— Ce serait avec plaisir, mais je suis pressé. Et puis Misty et toi l'avez bien méritée, cette soirée entre filles.

— T'es un amour, Robbie. (Elle le serra dans ses bras puis se tourna vers la Jeep.) J'espère que Misty se plaira, ici...

— Elle ne peut que s'y plaire.

Ren raccompagna Robbie à sa voiture et lui fit un salut de la main. Lorsqu'elle retourna vers la Jeep pour sortir Misty, la chienne se réfugia à l'autre bout de la banquette.

— S'il te plaît, ma chérie, ne me fais pas ça. Tu dois aimer ce que maman aime. C'est dans le contrat.

L'expression de Misty était indéchiffrable.

— Allons, ma puce. Quand on a passé toute sa jeunesse dans une vieille cabane de montagne, on aime forcément l'ancien. Quel est le problème ? Cette baraque est trop luxueuse ?

Ren plongea le buste dans la voiture et attrapa doucement la chienne.

— Allez, viens, fillette.

Elles remontèrent l'allée côte à côte, puis Misty s'arrêta sur le seuil.

— Allez, l'encouragea Ren en lui frottant le dos. Viens découvrir ta nouvelle maison.

Misty daigna enfin entrer. Ren ferma la porte et fut reçue par un silence parfait. Pas un craquement, pas un tic-tac, pas un ronflement de chaudière.

Je suis absolument seule.

Depuis l'âge de seize ans, Ren avait rarement été célibataire. Sa vie sentimentale n'était qu'une longue course de relais où chaque amant devait tôt ou tard passer le témoin au suivant. Les malheureux n'en savaient rien, bien sûr, et parfois

Ren n'en avait pas conscience elle-même. Mais, rétrospectivement, chaque fois qu'elle s'était décidée à quitter un jules, c'était en sachant qu'un autre se tenait prêt en coulisse. Et, quand bien même ça ne marchait pas avec le nouveau prétendant, elle savait au moins qu'il était là. D'ailleurs, ça marchait toujours.

Ren avait le goût des conquêtes impossibles. Le dernier homme qu'elle eût vraiment aimé était un indicateur de police, ce qui aurait pu lui coûter son poste. Elle s'était imposé de le quitter voilà huit mois et, pour la première fois, il n'y avait eu personne pour lui succéder. Aucun flirt à approfondir ; pas de dîneur solitaire au restaurant du coin ; nul séduisant confrère de passage à Denver. Ren Bryce avait sauté sans filet. Après quelques mois, elle avait succombé au charme d'un monteur de taureaux lors de la Foire nationale du bétail. Un mec beau comme un dieu, mais une histoire sans lendemain – et un inépuisable sujet de railleries pour les collègues.

Ren inspira profondément.

Les hommes, c'est terminé.

Comme c'était démoralisant…

Misty vint se frotter contre ses mollets.

— Tiens, mais qui voilà ? Je ne suis pas si seule, en fin de compte ! Allez, viens, je te fais visiter.

Misty resta collée à Ren tandis qu'elles arpentaient les couloirs du palace. Trois cent cinquante mètres carrés, seize chambres sur quatre niveaux.

— Tu vois, murmura Ren, je me fie trop facilement à tes impressions. Il faut que je réussisse à admettre qu'elles ne sont pas parole d'évangile. (Elle s'agenouilla devant l'animal.) Tu es tellement craquante…

Elles arrivèrent devant la chambre où Ren dormait quand elle était petite. Elle en admira la moquette rose bonbon, épaisse et pelucheuse.

Ren ôta bottines et chaussettes pour traverser la pièce pieds nus. Annie avait laissé allumées les lampes de chevet, dont les abat-jour plissés diffusaient une douce lumière saumon. Le lit en fer forgé blanc était recouvert d'un vieux plaid à fleurs roses et grises et garni de deux oreillers verts. Un creux dans la couverture montrait qu'on s'était assis sur le lit. Ren trouva l'explication en voyant son vieux nounours aux jambes rayées – qui appartenait en fait à Annie – délicatement installé entre les deux oreillers : il avait fallu s'asseoir pour ajuster sa position.

Visiblement, Annie connaît mon aversion pour les lits vides…

Il y avait un deuxième lit à une place contre le mur, et dans un coin un panier pour Misty. Ren monta sa valise et l'ouvrit pour en sortir un pyjama propre. Elle se prépara pour la nuit, se glissa dans les draps frais et éteignit la lumière. Subsista dans la pièce le halo bleuté de la lune.

Cette maison n'est pas faite pour une personne seule, se dit Ren en scrutant cette pièce qui comptait pourtant parmi ses repaires préférés. *Je vais mourir si je reste ici. Mais où aller ? Annie sera consternée. Ma mère deviendra folle. Les collègues se ficheront de moi. Il faudra trouver une nouvelle gardienne, et je n'ai pas de temps pour ça. Cette maison n'est pas faite pour une personne seule. Je vais mourir si je reste ici. Mais où aller ?*

Elle attrapa le téléphone sur la table de chevet et appela son frère Matt.

— Salut, Renald MacDonald, répondit celui-ci. Comment ça va ? Et tu m'appelles d'où ? Je ne reconnais pas le numéro.

— Je suis chez Annie.

— Alors ça y est ?

— Eh oui. Je t'appelle de mon ancien lit.

— Ben dis donc...

— Et toi, Matt, comment ça va ?

— Très amoureux de ma femme-baleine.

— Je vois. La grossesse se passe bien ?

— Oui, oui. Lauren ne vomit plus, et elle rêve moins souvent d'aliens. Et Misty, que pense-t-elle de sa nouvelle niche ?

— Elle s'est cabrée sur le perron, juste pour faire l'intéressante, puis elle est entrée avec l'air de dire : « C'est bien parce que c'est toi, ma vieille. »

— Et donc... ? Tu ne m'as pas répondu, Ren. Comment vas-tu ?

— Eh bien, à part une soudaine crise de flip, tout baigne.

— Qu'est-ce qui ne va pas, cette fois ?

— Merci pour le « cette fois ».

— Non mais franchement, Ren, comment peut-on flipper chez Annie ?

— Primo, je suis capable de flipper n'importe où. Secundo, tu te souviens combien cette baraque nous semblait immense ? Eh bien, ce n'est pas seulement parce qu'on était mômes. Elle est toujours immense.

— C'est parce que tu n'as pas beaucoup grandi depuis l'enfance. Moi qui ai bien poussé, je m'y sentirais peut-être à l'étroit.

— À moins que ta couvade ne t'ait fait prendre cent kilos, j'en doute fort !

— Et dis-moi : Annie t'appelle toujours Orenda ?

— Non, il n'y a que toi que ça amuse encore. Elle m'appelle Ren, comme tout le monde. Au fait, tu sais ce qu'elle a accroché au mur du salon ? La fameuse photo de nous quatre devant les grilles du zoo. Celle où je porte cette espèce de combinaison tout en un.

— Ah oui, le truc fait de bric et de broc. Ton soi-disant « manteau multicolore ».

— Oui, même que c'était maman qui l'avait confectionné pour moi. Et tu verrais le pantalon de Jay...

— Je porte quoi, moi ?

— Tout le malheur du monde sur ton dos, à voir ta tête.

— Eh ouais, maman n'a jamais su tailler les pantalons de garçon...

Béni soit Matt Bryce, qui resta plus d'une heure au bout du fil à écouter tout ce que racontait sa sœur et à lui dire tout ce qu'il fallait. Pour Ren, Matt incarnait ce qu'elle-même serait devenue si elle était née garçon et saine d'esprit – ce à quoi Matt répondait invariablement : « Dans tes rêves. »

Il y avait quelque chose d'*écarquillé* dans la façon d'être de Matt, comme si le monde était pour lui une source de fascination permanente. Il entrecoupait ses récits de silences théâtraux, comme pour mieux transmettre son émerveillement et vous préparer à recevoir la révélation qu'il en avait tirée. Même les observations les plus glauques prenaient un tour positif dans sa bouche. Après avoir décrit un show télé montrant des tas d'excréments humains derrière un squat de drogués, Matt se taisait un instant puis disait : « C'était moins la merde en elle-même que la structure d'ensemble, tu vois ? »

Il avait deux ans de plus que Ren, mais parfois elle avait l'impression d'être sa jumelle.

— Bon, conclut-il, j'adorerais continuer à te distraire de tes angoisses nocturnes, mais il faut que j'aille retirer les chaussures de ma femme. Eh oui, on en est arrivés là.

— Pauvre Lauren.

— Comme tu dis. Quoi qu'il en soit, sache que tu n'as aucune raison de baliser. Tu es en sécurité dans une maison magnifique, en compagnie de ton chien descendu des ténèbres...

— Arrête !

— Allez, dors bien. Et rappelle quand tu veux.

— Merci beaucoup, Matt.

— Et n'oublie pas ceci. (Une pause.) Tu es du FBI, grosse nulle.

Ren raccrocha le combiné et se pelotonna sous les couvertures.

Cette maison n'est pas faite pour une personne seule. Je vais mourir si je reste ici. Mais où aller ? Annie sera consternée...

Ses paupières s'alourdirent. Elle se retourna une dernière fois, puis sombra dans le meilleur sommeil qu'elle eût connu depuis un an.

9

Assis à son bureau, Colin Grabien affichait la tête maussade de l'ado contraint de bûcher pendant que ses copains jouent dehors. Face à lui, des relevés bancaires. Sur son écran, des relevés bancaires. Tous au nom de Gregory Sarvas.

— Ça m'énerve, ces conneries, grommela-t-il.

Comme personne ne lui répondait, Ren se dévoua.

— Quoi donc, Colin ?

— Que je sache, le sieur Sarvas n'a jamais figuré sur cette liste, dit-il en montrant le tableau d'affichage. Gartman s'amuse à zigouiller les petites sourdes, et moi je suis là à me farcir ces relevés chiants comme la mort. Un avocat possède un million et demi de dollars répartis sur quatre comptes différents. Et alors ?

— Tu ne vois vraiment rien d'autre ? demanda Ren en venant regarder par-dessus son épaule. Rien qui sorte de l'ordinaire ?

Colin fit défiler des colonnes de chiffres sur son écran.

— Non, ni encaissements ni décaissements suspects. Une seule résidence : le pavillon familial d'El Paso, sur lequel court un prêt de deux cent mille dollars. Mais à part ça, aucune dette. Sarvas perçoit des acomptes mensuels de la part de cinq clients, pour un total de onze mille dollars.

— Une résidence dont il avait hâte de se débarrasser, objecta Robbie. J'ai sous les yeux ses factures téléphoniques détaillées, et je vois plusieurs coups de fil à des agences immobilières de la région.

— Avant ou après le viol ? s'enquit Ren.

— Les deux. Mais surtout après. Je peux t'emprunter un surligneur, Ren ?

— Dans mon tiroir. Mais pas le rose.

— Je comprends que ce type ait eu des fourmis dans les jambes, dit Cliff. À sa place, je n'aurais eu qu'une idée en tête : emmener mon épouse le plus loin possible.

— Sauf qu'un homme qui refuse de déclarer le viol de sa femme n'a pas forcément ta noblesse d'esprit, lui opposa Ren.

— Au contraire, rebondit Colin. Il avait peut-être un sens de l'honneur si élevé qu'il aura préféré régler ça lui-même, d'homme à homme.

— Un petit duel à l'aube, traduisit Ren. Oui, j'y ai pensé.

— Depuis quand tu joues aux cartes ? se récria soudain Robbie, la main dans le tiroir de Ren. Elle cache un jeu dans son bureau, les gars !

— Le tiroir du bas ! maugréa-t-elle. Et, non, je ne joue pas aux cartes.

— Tu n'avais pas précisé quel tiroir.

— Et après ? Ce que je range là-dedans ne regarde que moi.

— Bon, je vais interroger ces agences immobilières, décida Robbie.

— Et de ton côté, Cliff ? Tu as eu les clients de Sarvas ?

— Oui, oui. À ce stade, il semble que Sarvas travaillait surtout à distance. Sur ses douze clients, seuls trois l'avaient rencontré en chair et en os. La plupart étaient des petits patrons, tous dans le Texas, et…

Cliff s'interrompit en voyant Gary surgir dans la salle, un marqueur rouge pointé sur Ren.

— Ton crevard est crevé, dit-il.

— Je te demande pardon ?

Gary indiqua le tableau des fugitifs.

— Erubiel Diaz ? glapit Ren.

— Lui-même. Tu peux barrer sa tronche d'une croix.

— Mon Dieu ! dit-elle en prenant le feutre. Mais où ? Quand ? Où ? Comment ?

— On a retrouvé son corps décapité en train de rôtir sur un bûcher. À Nogales, au Mexique.

— Sans déconner ?

— Sans déconner.

Elle réfléchit un instant.

— Vous croyez que je devrais attendre qu'on ait retrouvé sa tête pour la barrer ? (Elle haussa les épaules, traversa la pièce et traça un bel X rouge sur le visage de Diaz.) Mais que s'est-il passé au juste ? Une histoire liée à la drogue ? Il était seul, sur ce barbecue géant ?

— Visiblement, il aurait fait les frais d'un règlement de comptes entre le cartel de Puente et les autorités de Nogales. Plus tôt dans la journée, la police avait arrêté le numéro deux de l'organisation. Ses copains ont voulu le délivrer, mais ils ont juste réussi à tuer six flics. Alors le commissariat a été bouclé et ces connards ont décidé de mettre la ville à feu et à sang, avec rodéos, décapitations et tout le folklore. Ils ont accroché les cadavres à leurs 4 × 4 pour les traîner dans les rues avant de les empiler sur un trottoir. Après deux voyages, ils ont mis le feu au tas.

— Et c'est là qu'on a retrouvé Erubiel Diaz ?

Gary hocha la tête.

— Comment l'a-t-on identifié ? demanda Colin.

— Grâce aux empreintes dentaires, dit Gary.

Ren sursauta.

— Tu viens de dire qu'il n'avait plus de tête...

— Il ne l'a pas perdue longtemps, expliqua Gary. Le soir venu, l'un des gars du cartel s'est servi de son crâne comme d'une boule de bowling pour le lancer sur la piste de danse d'une boîte de nuit de la ville.

— Quoi qu'il en soit, dit Ren, je m'étonne qu'on possède un dossier dentaire sur Diaz. Pour avoir vu l'animal de près, je doute qu'il se soit jamais rendu chez le dentiste.

— Et pourtant si, répondit Gary. L'année dernière, il s'est fait dégommer deux dents à Breckenridge. Il a passé une radio de la bouche au centre médical de Frisco, et le dentiste de service lui a ouvert un dossier.

— Comme quoi tout arrive. Mais pourquoi le zigouiller ? Il faisait partie d'un gang rival, il avait balancé des gars ou bien il avait juste eu le malheur de se trouver là au mauvais moment ?

— Je poserai la question au chef de la police de Nogales, répondit Gary.

Ren cogita à voix haute.

— Si le but était de rayer Diaz de la surface de la terre, force est d'admettre que la méthode décapitation-crémation est assez efficace.

— Ça ne prouve pas qu'ils le visaient personnellement, tempéra Cliff.

— Va savoir... Ces temps-ci, la frontière mexicaine est à peu près aussi recommandable que l'Irak. Mais sérieusement, les gars, suis-je vraiment la seule à voir planer l'ombre de Val Pando ?

— Il lui faudrait de solides relations pour reprendre pied dans le milieu, estima Gary.

— Mais elle a de solides relations ! Et suppose qu'elle vende son H2S à un cartel frontalier : les sommes brassées par ces réseaux-là se montent à des milliards de narcodollars. Voyant qu'elle ne pouvait revenir dans le trafic de drogue par la grande porte, Domenica sera passée par la fenêtre en offrant sa nouvelle arme à ceux qui en ont le plus besoin. Bref, si j'étais le patron de ce nightclub, je surveillerais de près la machine à fumée. Car l'atmosphère pourrait devenir encore plus mortelle qu'une soirée années quatre-vingt !

— Vous oubliez qu'on a démantelé son usine, dit Robbie.

— Certes, répondit Colin, mais pour peu qu'elle ait réussi à vendre son gaz avec paiement à la commande, elle avait les fonds nécessaires pour remonter son business ailleurs, dès que les choses se seraient tassées.

— Et puis nous sommes les seuls à savoir que ses plans ont été contrariés, ajouta Ren. Pour les médias, nous avons fermé un vulgaire labo de métamphétamines, et le nom de Val Pando n'a jamais transpiré. Dans l'hypothèse où Domenica se serait accrochée à la production de H2S, la mort de Diaz tombe à point nommé : ça lui permet de dire à ses clients que la production a pris du retard à cause des conneries d'un sous-fifre, et qu'il a donc fallu le supprimer. Maintenant que l'identité du cadavre est établie, l'histoire peut tenir la route. Reste à connaître les vraies raisons de l'élimination de Diaz. Si je devais risquer un avis, je dirais que la publicité autour de son nom devenait un peu trop gênante.

— Quoi qu'il en soit, intervint Gary, il va falloir prévenir la veuve de Diaz.

— Ne me regarde pas comme ça ! protesta Ren. Je ne veux rencontrer Mme Diaz que lorsqu'elle aura séché ses larmes, compris ? Je n'ai aucune envie de la voir s'effondrer au milieu de ses *bambinos*. J'irai là-bas plus tard, pour glaner des infos à froid.

— Colin, alors ?

Ren secoua la tête.

— J'ai dit qu'elle devait sécher ses larmes, Gary. Tu crois qu'elle se laissera aller devant un type comme Colin ?

— Tu sais, répondit ce dernier, vu le portrait qu'on m'a dressé de Diaz, je doute que sa veuve le regrette beaucoup.

— L'épouse, peut-être pas, mais la mère de ses enfants, sûrement. Et toi, Cliff, ça ne te branche pas ? Toi non plus, Robbie ? (Chacun détourna les yeux.) Eh bien, démerdez-vous, les gars. Je ne puise dans mes réserves de solidarité féminine que lorsque c'est indispensable.

— Et que fais-tu de la continuité des soins ? insista Gary. N'oublie pas que c'est toi, l'homme qui a agressé Diaz sur un parking...

De guerre lasse, Ren ramassa son sac.

— OK, c'est bon. J'irai voir madame avant de rentrer à la maison. Mais vous m'en serez redevables, tous autant que vous êtes.

10

Le lendemain matin, Ren fut accueillie par les battements de Colin Grabien, qui martelait son clavier comme s'il avait appris à taper sur une vieille machine mécanique.

Robbie, quant à lui, avait roulé sa manche de chemise droite pour presser une poche de glace sur son coude. Un pansement blanc lui barrait la joue.

— Tu aurais dû choisir un sparadrap encore plus gros ! lui lança Ren.

— C'est une blessure sérieuse, se défendit-il. Tu veux que je te montre ?

— Ma curiosité dit oui, mais mon estomac dit non. Et, comme nous le savons toi et moi, mon estomac l'emporte toujours. Que s'est-il passé ? Tu t'es fait mal en poursuivant un suspect ?

— Exactement. Francis Gartman. On a reçu un tuyau disant qu'il créchait chez son cousin. On s'est rués là-bas, il a sauté par la fenêtre, j'ai bondi de la voiture pour le courser et, là, alors que je le tenais presque, boum ! j'ai glissé sur une plaque de verglas.

— Aïe, grimaça Ren tout en venant le câliner. Et donc Gartman…

— … court toujours, hélas.

Ren laissa filer un soupir.

— Et mon soldat blessé a-t-il besoin de quoi que ce soit ?

— Puisque tu me le proposes si gentiment, tu saurais jouer les mères étouffantes ?

— Je ne vois aucun rôle qui me corresponde plus mal. Pourquoi ? Ta maman te manque ?

— En permanence.

— Œdipe, quand tu nous tiens…

Colin offrit un répit à son clavier le temps de consulter son calepin. Ren profita du silence pour lui dire :

— Vous aviez raison, cher monsieur Grabien. Mme Diaz n'a guère montré de chagrin, ni pour son mari, ni pour le père de ses gosses, en apprenant que celui-ci avait été retrouvé caramélisé et sans tête. Elle a juste paru surprise d'apprendre qu'il était mort à Nogales. Aux dernières nouvelles, hormis son passage éclair à Denver en novembre, Diaz traînait plutôt du côté de Juárez. C'est du moins ce qu'indiquait le cachet de la lettre qu'il lui a envoyée le mois dernier, avec un pauvre billet de cent dollars qui l'a mise littéralement hors d'elle.

— C'est donc tout ce qu'on a sur les pérégrinations du sieur Diaz ? récapitula Cliff. Juillet : El Paso. Novembre : Denver. Février : Juárez. Et mars : Nogales.

Ren fit claquer sa paume sur le bureau.

— Pourquoi a-t-il fallu que ce connard passe l'arme à gauche ? grogna-t-elle. Il n'y a plus qu'à attendre de voir ce que Gary va obtenir des flics de Nogales. D'ici là, je crois que je vais gratter du côté de Gavino Val Pando. Je vais demander à Bob Gage, le shérif du comté de Summit, de nous communiquer le dossier sur cette fameuse descente au Brockton Filly l'an dernier. Gavino s'y était peut-être rendu avec des amis, ou avec l'une des minettes interpellées ce soir-là. Je sais que les hommes du shérif avaient embarqué une bonne douzaine de mineurs. Ça ne coûte rien d'essayer.

Alors que Ren décrochait le combiné, elle reçut un SMS de son frère Matt :

Suis indisp. Mam dev te tel au suj Louis Parry :-(

Louis Parry ? Oh, mon Dieu !

La disparition de Louis Parry avait été la toute première enquête d'Orenda Bryce. Le jeune Louis était l'élève de piano de Beau, le deuxième frère de Ren, alors âgé de quinze ans. Elle gardait de cette époque une image à la fois floue et figée, celle d'un joli lotissement plein de gamins bronzés jouant au soleil.

Cet été-là, la police commençait à se lasser de ramener des « disparus » à leurs parents – des gamins qui piquaient dans le porte-monnaie de leurs mères pour filer à la fête foraine. Aussi les flics crurent-ils d'abord que Louis Parry avait fait le même coup, bien que Mme Parry jurât que ce n'était pas le genre de son fils, un garçon sage et réfléchi épris de nature et de musique. Et, le temps que la police daigne enfin l'écouter, la moitié des si cruciales premières quarante-huit heures étaient déjà perdues.

Ren passa des semaines entières sur la piste du blondinet qui venait sonner une fois par semaine chez elle avec son sourire timide, son classeur de partitions sous le bras. Elle explora les endroits où d'ordinaire elle n'osait pas s'aventurer – maisons abandonnées, vides sanitaires, bois, gare de triage – au cas où Louis se serait perdu là-bas et y resterait paralysé de trouille.

À aucun moment elle ne pensa qu'il avait pu être kidnappé. Elle savait qu'il ne fallait jamais monter en voiture avec un inconnu, mais elle en ignorait la raison. Le monde de Ren Bryce était un monde sûr et riant, et elle partait du principe que Louis Parry vivait dans le même qu'elle.

Personne ne réussit pourtant à retrouver Louis Parry.

Jusqu'à aujourd'hui, peut-être. La police avait dû tomber sur sa dépouille. Enfin.

Ren ouvrit son tiroir, sortit son jeu de cartes et retourna la première : l'as de cœur. Au centre apparaissait le visage fragile de Louis Parry, cheveux dorés et grands yeux, suivi d'un bref avis de recherche.

Louis Parry fut aperçu pour la dernière fois le 20 juin 1981 à 16 h 30 sur la Grand-Rue de Catskill, État de New York.

Âgé de 10 ans, il mesurait 1,32 m et portait un short rouge et un tee-shirt jaune.

Si vous avez la moindre information concernant cette affaire, merci de contacter la brigade anticriminelle de l'État de New York.

Cette carte faisait partie d'un jeu distribué trois mois plus tôt à des centaines d'exemplaires dans la prison new-yorkaise de Rikers Island, dans l'espoir qu'un détenu reconnaisse une victime au cours d'une partie de cartes et qu'il décide alors d'appeler le numéro inscrit en bas.

Il n'était pas interdit de rêver…

Le portable de Ren sonna. Elle vérifia l'écran et décrocha.

— Salut, maman. (Silence au bout de la ligne.) Maman ?

Ren s'isola dans le couloir en pressant l'appareil contre son oreille. Elle perçut une brusque inspiration, puis un sanglot désespéré.

— Ma petite Ren… Les policiers viennent juste de repartir. Ils ont retourné toute la maison. C'est ton frère, il…

— Matt ? Qu'est-ce qu'il a fait ?

— Non, Beau. Ton frère Beau.

Le ventre de Ren se noua.

— Beau, tu dis ? Mais qu'est-ce que… ?

— C'est à propos de Louis Parry. Ils pensent que Beau était pour quelque chose dans sa disparition.

— Hein ? Mais qu'est-ce qu'ils racontent ? Pourquoi ils disent ça ?

— Ils m'ont parlé de cartes, d'un obscur jeu de cartes qu'on aurait distribué dans les prisons. Tout ce que j'ai compris, c'est que quelqu'un les avait appelés pour…

— Calme-toi, maman. Reprends ton souffle. Il s'agit d'une énorme erreur. Les cartes en question sont de simples cartes de poker sur lesquelles sont évoquées en quelques lignes de vieilles affaires non élucidées. On les offre aux détenus pour raviver leurs souvenirs lorsqu'ils tapent le carton. S'ils savent quoi que ce soit sur l'affaire en question – par bouche-à-oreille ou pour avoir recueilli les confidences d'un codétenu, ils sont invités à le signaler, sous le sceau de l'anonymat, au numéro de téléphone indiqué sur la carte. Mais des tas de cinglés appellent l'anticriminelle, pour tout et n'importe quoi. Bien souvent, les flics ne vérifient leurs dires que par simple formalité.

— Tu n'étais pas là, Ren. Tu n'as pas vu la pagaille qu'ils ont semée. Ils sont convaincus de sa culpabilité. On ne met pas une chambre sens dessus dessous par « simple formalité » !

— Je t'en prie, maman. Beau n'a rien de fait de mal. Tu le sais aussi bien que moi.

— Beau est mort, Ren. Il est mort ! Et ils vont lui coller ça sur le dos, juste pour boucler le dossier.

— Mais non, maman. Il faudrait encore qu'ils aient des preuves, et ils n'en auront jamais puisqu'elles n'existent pas.

— J'en suis malade, Ren. Littéralement. Les badauds commencent à s'arrêter devant la maison. Et les Parry, tu imagines ce qu'ils vont penser ? Après toutes ces années ? Alors que ton père, tes frères et moi avons cherché Louis partout !

— Ne te mets pas dans un état pareil, maman. Tu connais les Parry, ce sont des gens bien...

— Ce sont des gens à bout, Ren. Ces cartes dont tu me parles étaient sans doute leur dernier espoir. Une part d'eux-mêmes doit être prête à gober n'importe quoi. Du moment que ça leur permet de retrouver un peu de sommeil.

— Ce sont des gens bien, je te dis. Sincèrement. Jamais ils ne...

Ren entendit le combiné de sa mère heurter le sol.

— Maman ? Tu es toujours là ?

— Oui, excuse-moi. Mes mains tremblent comme des feuilles. Je suis complètement chamboulée.

— Papa n'est pas avec toi ?

— Non, il est au club de gym.

— Tu l'as prévenu, au moins ?

— Je suis tombée sur sa messagerie.

— Appelle quelqu'un, maman ! Demande à une amie ou à une voisine de venir te tenir compagnie.

Sa mère soupira.

— Et toi, Ren, tu ne peux rien faire, à ton niveau ?

— Ben tiens, je vais me gêner !

Le téléphone raccroché, Ren resta transie sur son siège, incapable du moindre mouvement. Empêtrée corps et âme dans le souvenir de Beau.

11

Ren se passa les mains sous l'eau froide, les sécha et s'y enfouit le visage. Puis elle s'assit sur le banc et respira profondément. Lorsqu'elle eut recouvré quelques forces, elle quitta les toilettes et regagna son bureau pour appeler le shérif Bob Gage.

Mais elle changea d'avis. Bob était un copain, et elle n'était pas d'humeur.

— Je peux te demander un service, Robbie ? Il faudrait contacter le comté de Summit pour qu'on nous envoie tous les dossiers des mineurs raflés au Brockton Filly en même temps que Gavino Val Pando.

— Aucun problème.

Pendant que Robbie s'exécutait, Ren chercha sur Internet le numéro du commissariat de Catskill et le composa sur son mobile tout en filant vers la salle de réunion.

— Je suis l'agent spécial Ren Bryce, du FBI, dit-elle à la standardiste. Puis-je avoir le lieutenant, s'il vous plaît ?

Elle referma la porte derrière elle et s'assit au fond de la pièce.

— Je vous passe le lieutenant Stroud...

— Attendez ! De quel Stroud s'agit-il, exactement ?

— Du lieutenant Daryl Stroud, madame.

Ren raccrocha aussi sec.

Non, pas lui. J'ai besoin de traiter avec quelqu'un d'impartial. Quelqu'un qui me prenne au sérieux.

Daryl Stroud avait assisté à la première crise aiguë de Ren, et ce de très près. Elle avait dix-neuf ans lorsqu'elle avait tenté de le gifler – il était son petit ami depuis un an – pour un motif dont elle ne se souviendrait jamais. Le garçon l'aurait laissée faire s'il n'avait vu que Ren avait tourné la pierre de sa bague vers l'intérieur de sa paume afin d'augmenter l'effet de la claque. Il lui avait donc saisi le poignet gentiment. L'instant d'après, Ren faisait exploser une cannette de bière aux pieds de Daryl et claquait la porte.

Elle rentra chez elle en stop, puis, l'effet de l'alcool se dissipant, elle lui téléphona en larmes pour implorer son pardon. Mais elle tomba sur la mère de Daryl. Qu'à cela ne tienne, elle raccrocha et refit le trajet à pied pour lancer des cailloux contre la vitre de son chéri, ce qui resta sans effet puisque Daryl était sorti. Lorsque celui-ci réapparut au bout d'une heure, Ren l'accusa d'infidélité – à tort – et le traita de sale connard. Alertés par le raffut, les parents de Daryl sortirent dans la rue et le papa reconduisit Ren sans dire un mot. Les deux jeunes gens se réconcilièrent dès le lendemain, dans une grande effusion de larmes et de promesses d'amour éternel. Un mois plus tard, Ren embrassait le meilleur ami de Daryl qui se révélait bientôt être le plus grand connard de la ville, alors que Daryl était le garçon le plus doux et le plus loyal que l'on pût rencontrer.

Elle reprit son mobile et rappela le commissariat.

La standardiste avait déjà communiqué son nom à Stroud. Elle le lui passa sans attendre.

— Daryl ? Salut, c'est Ren Bryce. Je crois qu'on a été coupés.

— Salut, Ren. Comment ça va ?

— Un peu sonnée, pour tout te dire. C'est quoi ce délire, Daryl ? Tu sais comme moi que Beau n'a rien à voir là-dedans.

Un silence.

— Je ne demande qu'à te croire, Ren.

— Et qu'est-ce qui t'en empêche ?

— Le tuyau qu'on a reçu. Ajouté au fait que Beau connaissait Louis, et qu'il avait toute sa confiance.

— OK. Alors, pour commencer, tu peux remballer ce deuxième argument. Toute la ville connaissait Louis, et ce n'était pas un gamin particulièrement méfiant. Et puis d'abord c'est quoi, ce mystérieux tuyau ? Que dit-il exactement ?

— Allons, Ren. Tu es du FBI : jamais tu ne dévoilerais tes sources à la famille du suspect.

— Ça dépend, Daryl. S'il s'agissait de toi... Enfin, c'est ridicule ! S'il te plaît ! Tout ce que je te demande, c'est de bien examiner la nature, la provenance et la fiabilité de ce « tuyau ». Tu peux bien faire ça pour moi ?

Le ton de Stroud changea.

— La méthode que tu me décris n'est pas propre au FBI, tu sais. Ici aussi, dans la brousse, il nous arrive de ne pas tout prendre pour argent comptant. Du moins quand nous ne sommes pas assis sur nos capots de voiture à draguer les vieilles dames devant un snack.

— Il n'y avait aucun mépris dans mes propos, Daryl. Au fond de moi, je sais que Beau est innocent. Mais j'ai une trouille bleue qu'on lui fasse porter le chapeau.

— Je conduirai cette enquête comme n'importe quelle autre, Ren.

Et c'est censé me rassurer ?

— Je n'en doute pas, Daryl. Mais n'oublie pas qui était Beau.

— Je suis sincèrement navré que tu aies perdu ton frère.

— Même après vingt-cinq ans, ça fait du bien d'entendre ça. Merci, collègue. Mais, s'il te plaît, fais le maximum. Je ne supporterais pas de voir mon frère mourir une seconde fois. Tu n'as pas idée de la douleur que…

Sa gorge se noua.

— Ren ? Tu es toujours là ? Ren ? Ne craque pas, s'il te plaît.

Elle finit par trouver la force d'abréger l'échange.

— Merci, Daryl. Je dois te laisser.

Ren se renversa sur son dossier et fixa le plafond, la tête penchée en arrière pour empêcher les larmes de couler. Après quelques minutes, elle se redressa et appela les renseignements pour obtenir le numéro des Parry. Elle savait que c'était une erreur, mais elle s'en serait voulu de ne pas le faire.

Elle sentit monter la nausée à mesure que s'égrenaient les bips. Puis il y eut deux sonneries, et un homme décrocha.

— Je suis bien chez Ricky Parry ?

— C'est lui-même.

— Bonjour Ricky, ici Ren Bryce.

Il marqua un temps d'arrêt.

— Ah, bonjour. Je... Nous ne sommes pas censés nous parler, toi et moi.

— J'y tiens beaucoup, Ricky. Tu peux me dire ce qui se passe ?

— Il se passe que quelqu'un nous a livré de nouvelles informations.

— Qui ça ? Quelles informations ?

— Comment ça, tu n'es pas au courant ? Avec toutes tes relations dans la police ?

— On me refuse l'accès au dossier. Et c'est pourquoi je compte sur toi pour éclairer ma lanterne. Nous savons tous que Beau n'est pour rien dans la disparition de Louis. Toute ta famille le sait, et nos deux familles ont toujours été amies. D'où ma stupeur, Ricky. Pourquoi n'avez-vous pas dit aux flics que ces infos étaient bidon ? Ni toi ni ta mère...

— Ma mère a un cancer. Elle est très malade. Elle ne s'est jamais remise de la disparition de Louis. Et la perte de papa, l'année dernière, a été une épreuve terrible...

— Je sais bien, Ricky. Nous étions aux funérailles.

Toute ma famille était là pour vous soutenir !

— Oui, je me souviens.

— Ces infos tombées du ciel sont fausses, Ricky. Et j'ai du mal à comprendre que vous y accordiez...

— Arrête ton char ! siffla Ricky. Pourquoi Beau se serait-il suicidé s'il était tellement innocent, hein ? Il faut une bonne raison pour se supprimer. La culpabilité devait le bouffer, parce qu'il n'arrivait pas à accepter ce qu'il avait fait à Louis.

Un long blanc suivit. Quand Ren reprit la parole, sa voix n'était plus qu'un murmure.

— Ça m'afflige que tu puisses penser ça. Vous avez tous été formidables à la mort de Beau. (Un silence.) Je suis vraiment navrée pour ta mère, Ricky. J'espère qu'elle va se remettre.

Je sais combien c'est douloureux de perdre un proche.

Ren renversa sa chaise d'un coup de pied. Puis elle la ramassa, se rassit, et fit défiler le répertoire de son mobile jusqu'au nom de Helen Wheeler.

Elle tomba directement sur la messagerie.

— Bonjour, Helen. Ren à l'appareil. Pouvez-vous me rappeler dès que vous aurez un instant ? J'ai besoin de parler. Rien d'urgent, juste un gros imprévu. Mais je comprendrais que vous n'ayez pas le temps. Merci pour tout. Au revoir.

Je m'apprête à sombrer dans mon enfer intérieur, et ce n'est « rien d'urgent » ? Pauvre naze, va.

Un café à la main, Ren gagna la salle commune. Cliff et Robbie étaient pendus au téléphone. Elle s'assit et trouva un peu de réconfort à les écouter. C'était ça, son quotidien. Des gens sympas dans une situation normale. Tout allait bien.

Cliff et Robbie étaient doués pour faire parler les gens, mais chacun à sa manière. Robbie semblait s'émerveiller de tout ce qu'on lui disait, ce qui amenait la personne interrogée à croire qu'elle détenait peut-être la clé de l'énigme. En gros, Robbie faisait son Robbie. Cliff, au contraire, jouait un personnage, un type copain avec tout le monde et prêt à tout entendre, un vieux briscard qui avait suffisamment roulé sa bosse pour savoir que le monde est pourri et que chacun se débat comme il peut. Dans la bouche de cet avatar, les collègues devenaient « ces gens » : « Ces gens ont besoin de savoir si vous avez revu votre braqueur de mari dernièrement... » Comme si rien ne le concernait vraiment et qu'il s'en fichait tout autant que la personne au bout de fil.

Puis Ren observa Colin, les yeux rivés sur son écran, le téléphone calé sur son épaule. « Vous allez m'envoyer ceci... J'ai besoin de cela... Voici ce que vous allez faire... » Il était encore plus infect avec le monde extérieur qu'avec l'équipe.

12

Ren décrocha le téléphone pour ne pas rester les bras ballants. Les autres commençaient à l'observer du coin de l'œil.

— Voyons ce que Catherine Sarvas pense de la mort de Diaz, lança-t-elle à la cantonade.

Elle composa le numéro.

— Catherine ? Ici Ren Bryce. J'ai des nouvelles pour vous. On a retrouvé le cadavre d'Erubiel Diaz.

— Seigneur ! s'exclama Catherine. Où ça ?

— À Nogales, au Mexique. Il a été décapité puis brûlé.

Catherine digéra l'information.

— C'est épouvantable. Mais... j'avoue que ça me soulage un peu.

— Écoutez, au risque de vous surprendre, j'envisage la possibilité d'un lien entre votre agression et le meurtre de votre mari.

Un silence.

— Vous y croyez vraiment ?

— Je n'ai aucune preuve pour l'instant, mais votre famille a été prise pour cible deux fois en quinze jours, alors... Vous avez des attaches au Mexique ? Vous avez déjà séjourné là-bas ?

— Non, cela doit faire vingt ans que je n'y ai pas mis les pieds.

— Et votre mari ?

— Non. Ses déplacements d'affaires se limitaient au Texas.

— Et vos fils ? Sont-ils allés là-bas pour une occasion quelconque ? Des vacances avec des amis, un voyage scolaire...

— Non, je ne vois pas. Notre aîné, Luke, a passé les dernières vacances de Pâques sans nous, mais à San Diego, pour visiter sa future fac. Il doit... il devait intégrer San Diego State. Pour étudier le droit.

Sa voix se brisa.

— Alors il est parti là-bas tout seul ?

— Non, avec trois copains. Ils voulaient repérer les lieux. Les chambres, les bibliothèques... et sans doute un peu les filles.

— Oui, probablement. Et vous pourriez me donner les noms de ces trois camarades ?

— Si vous voulez. Mais je ne vois pas en quoi...

— Ça ne peut pas faire de mal, Catherine. Votre fils a disparu, et ce sont encore ses amis qui le connaissent le mieux.

— Entendu. Ils s'appellent John Reiff, Ben Racono et Mark Bayne. Ne quittez pas, je vais chercher leurs coordonnées.

Ren consulta ses notes. Trois garçons, âgés de dix-sept à dix-neuf ans, avec toute la vie devant eux. Chaque ligne la ramenait à Beau.

— Je prends ma pause-déjeuner, annonça-t-elle tout en attrapant son manteau. Je rentre à la maison montrer le jardin à Misty et je reviens dans une demi-heure.

Ren conduisit en pilotage automatique, sans rien voir de la route. Sitôt arrivée chez Annie, elle se laissa choir sur le canapé, fixa la photo de sa famille accrochée au mur. On y voyait Beau avec son sourire enjôleur, ses longs cheveux châtain clair, ses membres maigrelets et ses doigts de pianiste. Et puis la bonté qui irradiait de lui.

Stop. D'expérience, il valait mieux s'arrêter là. Mais, pour une fois, Ren força la barrière de la douleur afin de revivre l'épisode : sa course vers la chambre de Beau lorsqu'elle entendit crier sa mère, le regard fou de cette dernière en voyant arriver sa fille, et son bras qui se tendit pour claquer la porte sur les doigts de Ren. « Non, Orenda ! » hurlait maman en étirant chaque voyelle aussi loin que le permettait son souffle. C'était un cri inouï, de ceux qui vous marquent à jamais. Ren y mêla le sien, mélange de douleur physique et d'incompréhension. Pourquoi maman lui avait-elle écrabouillé les doigts ? Les extrémités de son index et de son annulaire pendouillaient, retenues par des lambeaux de peau translucide, sous un double jet de sang.

Sa mère criait contre Beau. Ren criait contre sa mère. Et, lorsque Ren réessaya d'ouvrir la porte, sa mère répéta : « Non, Orenda ! »

La fillette se précipita dans la salle de bains des parents et se planta devant le lavabo, complètement hébétée. Il n'y avait plus une once de couleur dans son visage réfléchi par le miroir, et pourtant tout lui semblait rouge. Sa main l'élançait et le sang continuait de gicler.

Pourquoi maman ne vient-elle pas à mon secours ? Qu'ai-je fait de mal ? Et Beau, pourquoi ne vient-il pas ? Il m'a forcément entendue. Que se passe-t-il, à la fin ?

Entendant sa mère l'appeler – « Orendaaa ! Orendaaa ! » –, elle enveloppa sa main dans une serviette et retourna dans le couloir. La porte de Beau était ouverte, mais Ren n'osa pas entrer de peur qu'il ne s'agisse d'un piège pour la blesser de nouveau. Elle savait cependant que l'univers n'était pas devenu étranger sans raison. Il s'était produit quelque chose de grave. De très grave. Allongé sur son lit, Beau fixait le plafond tandis que sa mère lui couvrait le visage de baisers et de larmes qu'elle essuyait au fur et à mesure.

— Il est mort, Orenda. Il est mort. Il est...

Ren courut à la cuisine, attrapa le téléphone et composa le 911. Le long cordon lui permettait de faire les cent pas dans l'entrée le temps d'exposer la situation à son correspondant. Puis elle raccrocha et se rendit compte que sa mère hurlait encore. Ce jour-là, elle devint allergique à son prénom, Orenda.

Beau Bryce avait fait une overdose. Il avait dix-neuf ans, de jolis traits et une tête bien faite. Ni égoïste ni mal-aimé. Juste dépressif. En guise de lettre d'adieu, il avait composé une fable allégorique dans laquelle apparaissait chacun de ses proches et dont il était le héros tourmenté, parti en quête d'une chose qu'il n'avait jamais réussi à bien identifier – ni, par conséquent, à trouver –, malgré toute l'aide et le soutien de son entourage. Il avait traversé des royaumes, gravi des montagnes, fouillé des grottes et parcouru des océans pour finalement aboutir au bord d'un précipice, seul et désemparé. Il ne lui restait plus qu'à faire un ultime pas, à s'en remettre au ciel vide plutôt qu'au sol sous ses pieds, avec ses paysages magnifiques et ses êtres qui le peuplaient.

Enfoncé dans le canapé d'Annie, les joues striées de larmes, Ren comprenait le cheminement de Beau : elle connaissait les mêmes décors, aimait les mêmes personnes.

Et craignait d'opter elle-même, un jour, pour les promesses d'un ciel vide.

13

Ren parvint à se ressaisir et à retourner au boulot. Planté dans la salle, Gary affichait une mine sombre.

— Les nouvelles ne sont pas bonnes, dit-il. Le sang qui maculait le visage de Gartman lorsqu'il a braqué la supérette était vraisemblablement celui de sa copine Natalie Osgood. On a retrouvé son cadavre cette nuit, dans une benne à ordures de Colfax Avenue.

Sur ces mots, le chef repartit dans son antre.

— Le fils de pute ! pesta Ren entre ses dents.

Assis à son poste, Robbie lui fit signe d'approcher.

— Salut, Ren. J'ai discuté avec trois agents immobiliers – Gregory Sarvas leur avait bel et bien parlé de vendre la baraque. Ce n'était pas une idée en l'air.

— Et voilà ! Encore une épouse laissée dans le noir…

— Pourquoi ? Tu penses à qui d'autre ?

— Je ne sais pas. La femme de Tiger Woods ? D'après Catherine Sarvas, Gregory avait vaguement abordé le sujet, un soir, mais il n'y avait encore rien de concret. Sauf que si, monsieur avait visiblement commencé les démarches. Quel mépris… Jouait-il franc-jeu avec sa femme ?

— Il faut croire qu'ils avaient trouvé leur équilibre comme ça, suggéra Colin.

— Elle se fait violer, il se fait buter : bonjour l'équilibre !

— Tu sais très bien ce que je veux dire, Ren.

— Oh oui ! Pour toi, les femmes comptent pour du beurre.

Colin haussa les épaules et retourna à son écran.

— Je dis juste que certaines femmes préfèrent laisser leurs maris s'occuper de tout.

— Sauf qu'il y a une légère différence entre sortir la poubelle à votre place et vendre la maison dans votre dos – ou ne pas déclarer votre viol. Un viol, Colin ! insista-t-elle avant de revenir à Robbie. Et donc, d'après ces agents immobiliers, Greg Sarvas souhaitait acheter dans la région ?

— Pas à leur connaissance.

— Leur a-t-il dit où et quand il comptait déménager ?

— Non plus. Les trois sont unanimes : Sarvas envisageait sérieusement de vendre, mais le calendrier n'était pas arrêté.

— Et vous pensez qu'on peut dissimuler un viol dans l'unique but de préserver la valeur d'une maison ?

Sur cette question restée sans réponse, Ren s'esquiva en salle de repos.

Pourquoi les hommes mentent-ils de cette façon ? Par indifférence ? Par mépris ? Ou juste pour éviter de regarder la vérité en face ?

Il n'en fallut pas plus pour que les pensées de Ren reviennent à son frère Beau et à la manière dont voisins et amis avaient pris leurs distances suite au drame. Le suicide effrayait, tout comme la maladie mentale ou la dépression. Ils redoutaient d'y sombrer eux-mêmes ou de voir l'un des leurs y plonger. Aussi s'étaient-ils efforcés de pointer des coupables, afin de se rassurer par des explications faciles. Ils reprochèrent aux Bryce leur silence quant aux circonstances du suicide, comme s'ils cherchaient dans les détails de l'événement une recette pour protéger leurs proches. Mais ils évitèrent d'aborder directement le sujet avec eux par crainte de réveiller des émotions douloureuses ou de se retrouver confrontés à leurs propres angoisses.

La peur, toujours la peur.

Ren se demanda quel nouveau calvaire attendait ses parents, restés à Catskill. Des gens honnêtes et généreux qui, à bientôt quatre-vingts ans, allaient encore devoir se battre pour défendre la mémoire de leur fils. Car, si infondée fût-elle, la folle rumeur serait difficile à faire taire.

Remets-toi au boulot, Ren. Concentre-toi sur des choses que tu maîtrises.

Son café à la main, elle partit rejoindre les autres. Et se figea au milieu de la salle.

— Eh ! s'écria-t-elle en indiquant le téléviseur. On peut monter le son ?

Colin actionna la télécommande.

« La police lance un appel à témoin pour retrouver le Dr Helen Wheeler, une psychiatre de Denver », annonçait le journaliste tandis que le visage de la disparue s'étalait sur l'écran.

— Oh, mon Dieu ! s'écria Ren en blêmissant.

— Qu'y a-t-il ? demanda Cliff.

— Je la connais.

— Je parie que tu es sa meilleure cliente, lança Colin.

Si tu savais, minus...

— Non, c'est juste une amie, même s'il m'est arrivé de la consulter pour une enquête. Une femme adorable. Mais chut...

« Le Dr Wheeler a été aperçue pour la dernière fois il y a quatre jours, le 8 mars au soir, alors qu'elle quittait son cabinet. Elle devait intervenir le lendemain dans un colloque en Floride, mais elle n'a pas pris son avion. Helen Wheeler a soixante-deux ans. Un mètre soixante, de corpulence moyenne, elle a les yeux bleus et des cheveux blonds tombant sur les épaules. Le soir de sa disparition, elle était vêtue d'un ensemble pantalon-tailleur en laine gris clair et d'un long manteau anthracite. »

Ren déglutit.

C'est la tenue qu'elle portait lors de ma dernière visite...

Elle appela aussitôt le mobile de Helen mais tomba sur la messagerie.

Elle raccrocha.

J'espère que tout va bien, où que tu te caches...

Deux heures plus tard, Ren joignit la secrétaire de Helen, mais sans grand résultat. Cela faisait quatre jours que la psychiatre n'avait pas donné signe de vie, et personne ne savait rien de plus.

Ren se remit à ses dossiers, mais les images de Beau se bousculaient dans sa tête. Et puis elle s'inquiétait pour ses parents. Si seulement Helen était là pour briser le cercle vicieux...

Mais trêve d'égoïsme. L'important, dans l'immédiat, c'était que Helen soit saine et sauve.

Helen n'est pas du genre à planter ses patients. Helen Wheeler est un être censé et responsable. Cela dit, les gens pensent la même chose de moi. Bon d'accord, pas tous, mais il n'empêche...

Son mobile émit la sonnerie attribuée à son frère Matt. Hormis le boulot, Matt était le seul qu'elle prenait systématiquement.

— Salut, Ren, dit-il. C'est quoi, ce délire, avec les Parry ?

— C'est dingue ! J'ai contacté Daryl Stroud – qui est maintenant lieutenant, figure-toi –, et il a l'air de prendre ces accusations très au sérieux.

— Dis-moi que tu plaisantes !

— Hélas, non. Je ne pige pas.

— Maman me parlait d'un jeu de cartes qui aurait appartenu à Louis...

— Elle a tout compris de travers. Il s'agit de cartes de poker sur lesquelles sont évoquées un certain nombre d'affaires non élucidées. On les offre aux détenus dans le but de recueillir des confidences. Je lui ai déjà expliqué tout ça.

— Maman n'est pas dans son assiette, en ce moment.

— Parce que d'habitude elle l'est ?

— C'est surréaliste, soupira Matt. Que va-t-il se passer, maintenant ?

— La police de Catskill va mener l'enquête. Et tout ce que nous pouvons faire, de notre côté, c'est attendre ses conclusions.

— Mais enfin... Qui a bien pu nous désigner ? Je vois mal un caïd du pénitencier Rikers déclarer : « Beau Bryce, voilà votre homme. »

— La dénonciation ne vient pas forcément de Rikers, Matt. Ces cartes sont mises en ligne sur des sites consacrés aux personnes disparues. Les familles ont toujours soif de connaître la vérité sur le meurtre ou la disparition d'un enfant ou d'un proche, alors elles diffusent leurs avis partout où c'est possible. Si bien qu'en définitive n'importe qui pourrait avoir accusé Beau. Le fait que ces jeux de cartes aient été distribués au début du mois n'est peut-être qu'une pure coïncidence.

— Et qu'en pense Daryl ?

— Il m'assure qu'il traitera cette affaire comme n'importe quelle autre. Je me vois bien lui dire : « Bien joué pour cette affaire de vol de vélo, Daryl. Avec de telles compétences, nul doute que tu débusqueras le type qui prétend que mon frère était un tueur d'enfants. »

— Mais Daryl est plutôt un mec bien, non ?

— Absolument, dit Ren. Et à part ça, maman a parlé aux Parry ?

— Non, pas encore.

— Dieu soit loué ! Tu dois l'en empêcher, Matt. Parce que je viens d'avoir Ricky…

— Tu déconnes ?

— Écoute, il le fallait. C'était le seul à pouvoir m'éclairer – ce qu'il n'a pas fait, malheureusement. « Pourquoi Beau se serait-il suicidé s'il était innocent ? » Voilà le fond de sa pensée. Texto.

— Hein ? s'étouffa Matt. J'ai loupé un épisode ou quoi ? Depuis quand Ricky est-il passé du côté obscur ? Et moi qui me disais qu'il devait être aussi furax que nous !

— Eh bien, non. Je crois qu'il est juste… comment dirais-je ? Épuisé. Et donc prêt à gober la première explication venue. Mais qui sait vraiment ce qui se passe dans sa tête ?

— Ricky n'a pas dû avoir la vie facile. Sans vouloir être mauvaise langue, c'est comme si tous les bons gènes étaient allés à Louis : Louis avait un visage fin, une oreille musicale. C'était un petit être délicat. Alors que Ricky était tout potelé, avec…

— Louis était la porcelaine, et Ricky l'éléphant.

— Voilà, c'est ça. Les Parry ont eu leur croix avec Louis, et nous la nôtre avec Beau – mais n'y vois aucun mépris pour lui.

— Non, non, je comprends.

— Et encore : nous, au moins, on sait ce qui est arrivé à Beau. Alors que les Parry n'auront peut-être jamais de réponse pour Louis.

— Surtout s'ils se mettent à les chercher chez nous !

Matt soupira à nouveau.

— Bon, Ren, au risque de te froisser, je vais me faire l'avocat du diable quelques instants. Ou, plus exactement, je vais effleurer la question que notre cher aîné ne manquera pas de soulever, à savoir : pourrait-il éventuellement y avoir un lien…

— Avec mon boulot ? La réponse est non, Matt.

— Tu n'as envoyé personne se faire élargir la rondelle à Rikers ?

— Non. Au fait, Matt, j'ai un autre souci. Helen a disparu.

— Quoi ? Quand ça ?

— Je l'ai vue à son cabinet le jour de sa disparition, lundi dernier. Le lendemain, elle devait participer à un colloque, mais elle ne s'y est pas pointée.

— Elle devait en avoir ras-le-bol des cinglés de ton espèce. Moi aussi, je prendrais la tangente si je devais écouter des gens me parler de toutes ces voix…

— Pas bête, répondit Ren.

— Et tu peux faire quelque chose, à ton niveau ? demanda Matt.

— C'est drôle, on me pose souvent cette question, ces temps-ci ! Mais tu me connais, j'aurais du mal à rester le cul sur ma chaise.

— Helen va revenir, Ren.

— Elle a intérêt.

Parce que, sinon, je suis mal barrée.

14

La 16e Rue de Denver était une artère commerçante sans charme, monopolisée par les boutiques de téléphonie et les magasins d'électronique – néons criards sur neige boueuse. Les passants marchaient la tête basse, tel un cortège de pénitents. Le nez et les yeux enflammés, Ren entra dans la première brasserie pour commander un steak tartare et un verre de rouge. En attendant d'être servie, elle sortit son calepin, inaugura une nouvelle page avec le nom de Helen Wheeler, ajouta deux points d'interrogation puis laissa son stylo flotter au-dessus du papier.

Calme-toi. Helen a dû rompre avec son petit ami, et elle se sera retranchée dans un chalet de montagne le temps de digérer. Loin de tous ses patients maboules.

Mais quelque chose démangeait Ren.

Le besoin maladif de vouloir tout résoudre.

Le parking derrière le cabinet de Helen Wheeler remplissait une double fonction : il accueillait jusqu'à quarante véhicules et délimitait la frontière entre deux quartiers, l'un sympa et l'autre pourri. Derrière le bâtiment, le paysage devenait plus chaotique et plus sale, comme les franges d'un jean ayant traîné dans les flaques. Devant, la façade donnait sur une rue nantie de boutiques de créateurs, d'épiceries bio, d'une librairie indépendante, d'une papeterie et d'un bar-restaurant.

D'un regard circulaire, Ren repéra trois caméras de surveillance, toutes les trois cassées. Ce parking était un site de choix pour les dealers du coin : assez proche pour qu'ils aient le courage d'extirper leurs gros derrières du sofa parental afin de réaliser une vente, et assez loin pour que les jeunes blancs-becs des classes moyennes puissent espérer choper de la poudre à l'insu de leurs darons.

En général, Ren gagnait l'immeuble par la porte du fond, et chaque os de sa carcasse brûlait de s'y introduire ce soir. Réprimant cette envie, elle marcha jusqu'à la rue. Le trottoir luisait de neige fondue et de plaques de verglas sales. Puis elle fit à pied le tour du pâté de maisons, en s'arrêtant à chaque carrefour pour se demander par où Helen Wheeler avait pu passer, si cela avait la moindre importance dans la mesure où l'on ne pouvait y rattacher aucune autre information, et, pour finir, ce qu'elle-même fabriquait là.

Alors elle s'en alla.

En arrivant devant la maison d'Annie, Ren crut voir un bout de rideau claquer au vent. Elle pensa d'abord avoir laissé la fenêtre ouverte, avant de découvrir que le carreau était brisé, laissant un trou béant par lequel le vent aspirait les voilages.

Mon Dieu, Misty !

Remontant l'allée à toutes jambes, elle remarqua des morceaux de verre dans la neige. L'impact venait donc de l'intérieur, et Ren savait que l'intrus avait déjà quitté les lieux : personne ne s'attarderait après avoir cassé un carreau aussi visible depuis la rue. Elle dégaina malgré tout son arme avant d'ouvrir la porte et de s'avancer dans l'entrée.

L'adrénaline montait. Celle qui affûte les neurones. Elle tourna à droite dans le salon. Il y régnait un froid de canard, et le rideau se déchirait à force de va-et-vient sur les lames de verre. Ren avait mal pour Annie. Ses dentelles d'époque bousillées, sa baie vitrée en morceaux... Alors qu'elle examinait le reste de la pièce – le vaisselier, les tiroirs de la table basse... –, elle pensa qu'elle ignorait où Annie cachait ses objets de valeur. Possédait-elle un coffre, les laissait-elle à la banque ? Ren n'avait aucune envie de poser la question à l'intéressée. Autant lui avouer d'emblée que la présence du FBI chez soi n'apportait que des ennuis.

Ren alla dans la salle à manger avant de revenir dans l'entrée. Elle leva les yeux vers l'escalier. *Il y a trop de pièces, dans cette maison.* Elle monta et scruta chacune des chambres, sans rien trouver de suspect, en terminant par la sienne.

— Misty ! s'écria-t-elle.

La chienne était couchée dans un coin. Le cœur battant, Ren s'accroupit pour lui caresser le dos. Misty se réveilla, lécha la main de sa maîtresse et reposa la tête sur son coussin.

— Dieu merci, tu n'as rien... (Ren serra l'animal contre elle.) L'idée d'aboyer ne t'aurait pas traversé l'esprit, hein ?

Ren entendit une porte tourner sur ses gonds et sentit une brise envahir la pièce. Elle se releva et remonta le couloir vers la source du bruit. Elle se retrouva devant la porte d'un second escalier menant à ce qu'Annie appelait le « grenier du fond » : un espace de la taille d'une chambre moyenne, avec un plancher noir et brillant, et une petite fenêtre par où le vent qui soufflait devait s'engouffrer. Annie affirmait autrefois que ce grenier était magique, ce qui avait bien sûr poussé la petite Ren à s'y risquer. La magie promise fut bien au rendez-vous, mais une magie sombre, effrayante, dotée de tentacules qui s'enroulaient autour de votre tête, vous enfonçaient les yeux et s'insinuaient dans votre cerveau.

Trente ans plus tard, Ren cherchait encore la force d'y monter. *Allez, vas-y.* Elle ouvrit la porte de l'escalier, gravit deux marches puis rebroussa chemin pour se munir d'une lampe-torche. *Poule mouillée.* Ren avait vu toutes sortes de scènes de crime dans sa carrière, jusqu'aux plus sanglantes, et pourtant la peur du grenier du fond restait aussi vive qu'autrefois. Elle respira un grand coup et s'engagea dans l'escalier. Sa torche révéla d'infimes traces de semelles sur la poussière des marches. Elle se colla au mur pour éviter de les piétiner puis s'arrêta afin de les photographier avec son téléphone, au cas où.

Plus elle montait, plus l'air était froid. Elle inspira une bouffée glaciale avant de poser le pied dans le grenier. La petite fenêtre béait en silence. Ren promena son regard dans la pièce avec l'impression d'être renvoyée à l'époque victorienne, à croire qu'Annie occupait cette maison depuis plus de cent ans.

Ren avait toujours trouvé les greniers sinistres. Sombres, bordéliques, et pourtant si utiles. On dénichait des tas de choses dans un grenier, parfois très belles, parfois très moches. Mais il fallait toujours de la volonté pour s'y rendre, car on n'y était jamais bien accueilli.

Soudain, la panique la saisit. Dans son jargon intime, le « grenier » désignait l'intérieur de son crâne. Sombre, bordélique, peu accueillant. Et elles n'étaient que deux à connaître cette métaphore.

Ren courut à la fenêtre pour regarder au-dehors, comme dans l'espoir de voir Helen Wheeler drapée dans son long manteau anthracite.

15

Ses collègues voulurent savoir pourquoi Ren ne les avait pas prévenus du cambriolage.

— Bandes d'égocentriques, dit-elle en riant.

— Mais tu aurais pu y laisser des plumes ! s'indigna Robbie.

— J'ai inspecté la maison. Il n'y avait plus personne.

— Quelqu'un avait peut-être repéré le camion de déménagement, suggéra Colin. Ce qui voulait dire plein de jolis cartons prêts à être embarqués.

— Hé ! D'accord, je suis incapable de jeter quoi que ce soit, mais il n'y a jamais eu de camion. Juste moi et Robbie-le-déménageur.

— Tu ne crois pas si bien dire ! s'esclaffa ce dernier.

— Pourquoi ?

— Oh, rien, c'est un truc de mormon. Quand on est dans le collège des anciens, on aide les gens à déménager. Cela fait partie de nos devoirs.

— Ça alors… J'en déduis qu'il n'y a pas besoin d'être vieux pour faire partie des anciens.

— Non, ça n'a rien à voir.

— Bien sûr. Être tenu d'aider les autres à déménager. Je trouve ça chouette, comme idée.

Et un tantinet bizarre, aussi. Mais je dois reconnaître que tu as été très efficace.

Colin fixa Robbie d'un air fielleux. Et ajouta :

— Je pense que quelqu'un surveillait ta maison, Ren. Après avoir repéré le gentil chiot à sa dadame.

Ren fronça les sourcils.

— Allons, Misty est une chienne adulte. Elle…

— Il ne parle pas de Misty, dit Robbie en regardant Colin.

Quelle tache, ce mec.

L'attention de Ren fut attirée par le bandeau d'alerte apparu en bas de l'écran de la télé. Un reporter en anorak et capuche fourrée s'époumonait dans son micro, les yeux plissés par la neige et le vent.

« L'entrepôt que vous voyez derrière moi n'est autre que le fameux "Guantanamo *bis*", ainsi que l'avaient surnommé les militants démocrates en 2008. C'est en effet ici, dans ce lieu reconverti pour l'occasion en prison de fortune, que la police avait prévu d'enfermer les fauteurs de troubles qui séviraient en marge de la convention nationale démocrate… »

— On s'en souvient, commenta Colin. Le raout n'avait pas commencé que les gars protestaient déjà contre les conditions de détention promises aux excités…

Ren se décomposa. Elle venait de comprendre le sujet du flash info.

« Ce bâtiment se trouve de nouveau sous les feux de l'actualité, puisqu'on y a découvert tôt ce matin le corps du Dr Helen Wheeler, la psychiatre de Denver dont nous étions sans nouvelles depuis quelques jours. Helen Wheeler avait son cabinet en centre-ville, à quelques encablures d'ici. La cause de la mort serait une blessure par balle... »

— Mon Dieu ! s'écria Ren en bondissant de sa chaise.

Des larmes jaillirent de ses yeux. Instantanées, réflexes.

Non, c'est impossible. Helen ne peut pas être morte.

Robbie s'approcha d'elle.

— Ça va aller, Ren ? Rassieds-toi.

On voyait les flics enfourner la housse mortuaire dans le fourgon du coroner.

Ren se laissa retomber sur son siège. Robbie dégota dans le premier tiroir un paquet de mouchoirs neuf.

Les jambes de Ren se mirent à flageoler.

Helen est morte. Je vais vomir.

— Je t'apporte un thé, dit Robbie. Avec du sucre.

— Oui. Deux.

— Deux sucres ?

— C'est ça.

Pendant que Ren essayait d'endiguer ses larmes, Colin errait à l'autre bout de la pièce, décontenancé.

— Je suis navré, murmura-t-il. Je sais que c'était ton amie.

— Merci, répondit Ren. Mais qui voudrait tuer Helen Wheeler ? C'est complètement dingue ! Si seulement tu l'avais connue... Elle était...

Qu'est-ce qui a bien pu se passer ?

Comme Gary passait dans le couloir, elle se leva et le suivit jusqu'à son bureau.

Elle referma la porte derrière eux.

— Helen Wheeler est morte.

— Pardon ?

Ren hocha la tête, de nouveau menacée par des sanglots.

— Mais où ça ? demanda Gary. Et comment ?

Ren rapporta le peu qu'elle savait.

— Assieds-toi. Tu tiens le coup ?

— Non, Gary. Je suis sous le choc. Pourquoi tuer Helen Wheeler, bon sang ?

Le chef observa un silence compatissant.

— Dis-moi qu'on apportera toute l'aide nécessaire à la police de Denver, Gary. Je tiens à faire le maximum.

— Pas de problème.

— Merci. (Elle secoua la tête.) Helen me comprenait, Gary. Elle était pratiquement la seule à me cerner. Et juste au moment où elle allait me faire toucher du doigt mes failles, elle disparaît !

Gary lui tendit un mouchoir.

— Désolée de chialer comme ça. Je suis tellement désemparée. (Elle libéra un souffle hoquetant.) Au fait, merci de m'avoir laissée entre les mains de Helen. Plutôt que de m'imposer le psy du Bureau. C'était très important pour moi...

— La continuité des soins, encore et toujours. Je suppose que c'est à Helen que tu dois cette nouvelle faculté de pleurer ?

Ren mêla un rire à ses larmes.

— Que vais-je faire d'une Ren éplorée ? poursuivit le boss.

— Excuse-moi, Gary. Je ne devrais pas t'infliger ça.

— Écoute, prends ton après-midi, d'accord ?

Le travail, unique monnaie d'échange de Gary Dettling.

— OK, je veux bien.

Ren marcha jusqu'à la porte et se retourna.

— Mais tu sais comme moi que je suis incapable de m'arrêter, n'est-ce pas ?

Gary hocha la tête.

— Évidemment. J'appelle tout de suite les collègues de Denver.

Entre-temps, Cliff James était arrivé. Ren vit à son visage que les autres l'avaient prévenu. Assis au téléphone toujours vêtu de sa parka, il écoutait attentivement son interlocuteur, et, lorsqu'il leva les yeux vers Ren, son expression exprimait une tendresse infinie.

— Je suis navré, mon trésor, dit-il après avoir raccroché.

Il se leva, ôta sa veste et la prit dans ses bras.

— T'es un amour, chuchota Ren.

— Je viens de m'entretenir avec la police de Denver, expliqua Cliff. C'est mon copain Glenn Buddy qui chapeaute l'enquête. Alors je lui ai fait savoir qu'il pouvait compter sur nous tous s'il lui fallait quoi que ce soit.

— Merci beaucoup, Cliff. Gary vient de faire la même promesse.

— À la différence près que Gary n'est pas un intime. Moi, j'ai été le témoin de mariage de Glenn Buddy. Il ferait n'importe quoi pour moi.

Il prit à nouveau Ren dans ses bras, puis elle se rassit devant la cannette de Red Bull que Robbie lui avait ouverte.

— Qu'est-ce qui a bien pu se passer ? demanda-t-elle. Helen quitte le boulot mais n'atteint jamais son domicile. Elle se fait enlever ? On lui pique sa voiture ? Ou alors elle rentre à pied et se fait agresser ? Elle est kidnappée chez elle, puis séquestrée dans l'entrepôt ? Comment savoir ?

— Tous les scénarios sont possibles, à ce stade, estima Cliff. Glenn va passer un peu plus tard. À toi de voir comment tu peux lui être utile.

— Les psychiatres possèdent des tas d'informations sur des tas de gens, dit Colin. Quelqu'un a pu estimer qu'elle en savait un peu trop. Ou qu'elle détenait dans son ordi trop d'infos compromettantes.

— À quoi bon jouer aux devinettes ? soupira Ren. Nous n'avons aucun élément concret sur lequel nous appuyer.

— Euh... si, corrigea Cliff en tapotant sur son bloc-notes. Si tu te sens prête...

Ren se tint l'estomac, cible première de ses désarrois.

— Tu préfères qu'on s'isole ?

— Inutile. De toute façon, les autres seront vite au courant.

— Entendu. J'ai bien peur que ton amie n'ait été torturée, Ren.

— Oh non... Comment ça ?

— Elle a été battue. On lui brisé des doigts et... arraché des ongles.

— Quoi ? Mais qu'est-ce que... ? Je...

Ren courut vomir aux toilettes. Puis elle se redressa lentement face au miroir et appuya son front contre les carreaux froids pour contenir son vertige.

Les psychiatres de soixante-deux ans ne se font pas torturer. Elles ne finissent pas abattues au fond d'un hangar. Elles lisent des romans, débattent de la marche du monde, effectuent de longues promenades, gâtent leurs petits-enfants, jardinent, prennent le café entre amies... et se consacrent aux autres.

Ren s'affaissa sur le banc. Elle se sentait vidée. Un jour, Helen lui avait dit : « Vous ne travaillez qu'au-dessus du cou, Ren, sans jamais descendre en dessous. » Et d'ajouter, en se touchant le cœur : « Il est temps d'explorer plus bas, de voir ce qui se cache là-dedans. »

Helen avait conduit Ren là où celle-ci n'avait jamais voulu s'aventurer : dans le trou noir où l'attendait tout ce qu'elle refusait de voir. Helen était la seule guide à avoir gagné sa confiance. Et maintenant elle n'était plus là.

À présent, je suis vraiment seule.

16

Glenn Buddy et Cliff James passaient rarement inaperçus lorsqu'ils se baladaient ensemble. Cliff mesurait un mètre quatre-vingt-dix, Glenn un mètre quatre-vingt-quinze, et ils avaient des ventres impressionnants – surtout celui de Glenn, un vrai bidon de buveur de bière.

N'ayant pas eu le temps de déjeuner, Glenn attaqua un sandwich et des chips tout en s'excusant d'infliger ce spectacle à ses hôtes. Et quel spectacle ! Son énorme sandwich l'obligeait à ouvrir une bouche d'ogre, et il jetait les chips dans son gosier comme s'il essayait de se lapider la glotte. Ren s'efforça d'ignorer l'image et de se concentrer sur le son.

— OK, fit le géant en stockant une bouchée dans sa joue pour parler du coin des lèvres. Voici ce qu'on a. La victime a été torturée, comme si on avait voulu lui soutirer des informations…

— Vous êtes sûr de ça ? le coupa Ren. On parle bien là du Dr Wheeler, psychiatre distinguée, femme brillante ? Comment une dame de cette classe peut-elle finir torturée dans un entrepôt ? C'est surréaliste !

Glenn regarda Cliff.

Ne joue pas les hystériques, ou ils te tiendront à l'écart de l'enquête.

— Je ne dis pas le contraire, dit Glenn avant de mordre dans son sandwich.

— A-t-elle été cambriolée ? demanda Ren. S'est-on introduit dans son domicile ou dans son cabinet ?

— D'après les premiers éléments dont nous disposons, la réponse aux trois questions est non. Le Dr Wheeler avait toutes ses clés sur elle : domicile, bureau, voiture.

Ren secoua la tête.

— Alors quel serait le scénario, d'après vous ? On l'aurait enlevée à son cabinet ?

— Oui. Sur le parking, probablement, alors qu'elle regagnait son véhicule.

— Et où l'a-t-on retrouvé, ce véhicule ? Il n'était plus sur le parking.

— Près de l'entrepôt.

— Et… Helen a été tuée à l'extérieur ou à l'intérieur de l'entrepôt ?

— À l'intérieur.

— Et elle a été battue, vous dites ?

— Oui, sévèrement. À l'aide d'un objet contondant.

Ren ne voyait rien à ajouter. Sinon un cri venu des entrailles, mais elle le garda pour elle.

— Quel genre de femme était-ce ? demanda Glenn à son tour.

C'était une psy, c'est-à-dire une personne qui vous connaît sans que vous la connaissiez.

— C'était une femme formidable. Prévenante, intelligente, pleine d'esprit…

Elle m'a arraché ce que nul autre n'avait réussi à me faire dire…

— Chaleureuse, avenante. Une grande dame. Elle s'habillait classique, s'exprimait d'une voix douce…

— Pas le genre à fricoter avec des voyous, résuma Cliff.

— OK, répondit Glenn, mais n'oubliez pas qu'elle devait recevoir de sacrés barjos.

Hé ! Ne touche pas aux patients, toi.

— Je comprends qu'on explore cette piste, tempéra Ren. Mais si vous voulez le fond de ma pensée, ça me paraît un peu… trop commode, comme explication.

Cliff se redressa sur son siège. Glenn termina ses chips, balaya de la main les miettes de son repas puis s'essuya la bouche et ouvrit l'enveloppe qu'il avait posée sur la table.

— Vous êtes sûre de vouloir vous infliger ça ? demanda-t-il.

— Oui, montrez-moi, dit Ren.

Et voyez tous comme je me blinde.

Le premier cliché embrassait le parking du cabinet psychiatrique : béton humide parsemé de neige, clôturé par des mètres et des mètres de grillage.

Prise en intérieur, la deuxième photo montrait un corps entièrement vêtu, éclairé par une lumière crue. Ren retint sa respiration et passa à la suivante. Le cadavre avait à présent un visage et un nom. Helen Wheeler gisait, la tête tournée vers le mur, les traits cachés par sa chevelure blonde, la poitrine déchiquetée. *Tout ce rouge…* Ren expira lentement et examina le reste. Helen avec un nez cassé. Des yeux pochés. Une boucle d'oreille arrachée. Des ongles manquants et des doigts brisés.

Que t'est-il arrivé, ma pauvre ?

Ren se renversa dans son fauteuil, la tête en arrière, pour que les larmes puissent s'amonceler sans couler.

Tiens bon et concentre-toi.

— Bien, dit-elle en se redressant. Qui utilise cet entrepôt, actuellement ?

Glenn secoua la tête.

— Il n'a pas servi depuis la convention démocrate.

— L'accès au site est protégé ? demanda Cliff.

— Oui, par un lecteur de cartes magnétiques.

Ren intervint.

— Et là, a-t-on utilisé une carte ?

— Affirmatif. L'ancien chef de la sécurité a rendez-vous cet après-midi dans nos locaux.

— Pas de caméras ?

— Si, mais elles étaient éteintes. Après tout, qui voudrait s'introduire dans un hangar vide et glacial en plein mois de mars, avec toute cette neige devant les portes ? On fait plus cosy comme cachette.

— Sauf si on cherche un endroit discret où personne n'entendra les hurlements. À propos, qui a trouvé le corps ?

— Nos gars, répondit Glenn. Ce matin, un ancien client venu d'une autre ville se pointe à l'entrepôt et glisse sa carte dans le lecteur. Comme ça ne marche pas, il téléphone à un copain qui travaillait là. Ledit copain lui explique que l'entrepôt est fermé depuis des mois, et là l'autre répond : « T'es sûr ? Parce que toutes ces traces de pneus laisseraient penser le contraire. » C'est là qu'on a été prévenus. Il nous a fallu découper la clôture.

— Et ce gars qui n'est pas de Denver, enchaîna Ren, vous l'avez cherché dans vos bases ?

Elle se tenait penchée en avant, au contraire de Cliff, qui s'enfonçait dans son siège.

— Toutes les personnes liées de près ou de loin à cet entrepôt nous intéressent, assura Glenn.

— Oui, je sais bien, soupira-t-elle. Mais si vous avez besoin d'aide, surtout n'hésitez pas.

— Pour en revenir à cette histoire de cartes magnétiques, dit Cliff, il y en a combien en circulation ?

— Tous les employés et ex-employés de la boîte en ont une. Certains autres aussi, visiblement. Plus les agents de sécurité, plus le personnel d'entretien...

— Et le système a-t-il enregistré l'heure d'entrée de nos inconnus ? poursuivit Cliff.

— Le chef de la sécurité vérifie tout ça. Croismoi, il n'est pas fier. Son patron non plus. S'ils n'arrivent pas à fournir les infos qu'on réclame, ils seront dans de sales draps. Et si jamais ils n'ont pas suffisamment vérifié les antécédents de leurs salariés...

— Et dans les rues alentour ? suggéra Ren. Pas de caméras branchées ?

— On ne se sait pas encore, répondit Glenn avant de consulter sa montre. Il faut que je file. J'ai une conférence de presse à 15 heures.

— Dans ce cas, on ferait mieux d'échanger nos cravates, dit Cliff.

Glenn remarqua la tache de gras sur la sienne.

— Oh ! merde ! Ouais, je veux bien.

— Une minute ! lança Cliff. Vous savez si Wheeler avait, comment dire... une tendre moitié ?

Je hais cette expression. Et je devrais connaître la réponse.

— Oui, répondit Glenn. Elle sortait avec Peter Everett.

— C'est qui, celui-là ? s'enquit Ren.

— L'ex-mari de Lucinda Kerr, répondit Cliff.

— Lucinda qui ?

— Lucinda Kerr, une belle mondaine. Les Kerr possèdent la moitié de Denver. Ils sont à la fois très en vue et très secrets, expliqua Cliff. À part leur nom, on en sait très peu sur eux.

— Et ce Peter Everett, c'est quel genre ?

— Il possède sa propre petite fortune, et c'est un type respecté, très investi dans l'humanitaire. Mais à part ça... (Il haussa les épaules.) Je sais juste que Helen et lui n'étaient pas ensemble depuis longtemps. Six ou sept mois, pas plus.

— On l'interroge en ce moment même, ajouta Glenn. Paraît qu'il est au trente-sixième dessous.

On le serait à moins.

Ren quitta la salle de réunion pour retrouver les autres. Robbie était assis face à une montagne de dossiers.

— J'imagine que tu n'as pas la tête à ça, fit-il en tapotant son butin. Il s'agit des dossiers concernant la descente dans le bar et l'arrestation de Gavino Val Pando, le fils de Domenica.

— Vas-y, je t'écoute.

— Quatre jeunettes étaient présentes dans l'établissement le soir de la rafle : deux de dix-sept ans, deux de dix-neuf, et toutes habitaient Denver. Elles passaient leurs vacances d'hiver à Breckenridge et elles étaient descendues au Brockton Filly en bus. Je les ai rencontrées et leur ai montré une photo de Gavino, mais ça n'a pas fait tilt. Elles ne se souvenaient même pas de son visage. Puis je me suis dit : *Qui sait les raisons qui peuvent pousser quatre adolescentes à mentir ?* Et, surtout, quelle minette aurait envie d'avouer à papa qu'elle sort avec un gus dont la mère figure au top 50 du crime local ? Alors j'ai téléphoné au Brockton et j'ai parlé à Billy Waites.

Quoi ? Billy Waites, patron de bar, indicateur et ex-amant... qui doit maintenant penser que je suis trop lâche pour l'appeler moi-même. Je t'avais juste dit de contacter le shérif Bob Gage, Robbie. Qu'est-ce que tu m'as fait ?

Le visage de Ren ne dévoilait rien, mais tout son corps suffoquait.

— Eh bien, figure-toi que ce cher M. Waites a conservé la bande vidéo ! Pour garder une trace de cette irruption dans son bar. Comme il ne porte pas vraiment les flics dans son cœur, il laisse ses caméras tourner en permanence.

Pas après la fermeture, j'espère...

— Excellent ! dit Ren.

J'en chialerais presque...

— Et tu as la cassette ? demanda-t-elle.

— Je dois la recevoir demain. Tu veux que je la visionne ?

— On la regardera ensemble.

17

Le lendemain, Ren arriva tard au travail. Elle avait réussi à grappiller trois heures de sommeil, entrecoupées de cauchemars.

— Gary te demande, lui lança Colin dès son arrivée.

— Eh bien, il attendra deux minutes.

— Il a précisé que c'était urgent, insista Robbie.

— Pas avant mon café, je vous dis !

— Bien sûr que non. Il n'est pas stupide à ce point.

Sa tasse brûlante à la main, Ren se présenta chez le chef. Elle s'en voulut de ne pas avoir proposé de café aux copains – cela aurait pu les dérider. Gary était à son bureau, et le visiteur assis en face de lui pivota sur son fauteuil. Glenn Buddy.

— Prends donc un siège, Ren. Glenn est venu nous signaler que ton nom avait surgi dans l'enquête Helen Wheeler.

Glenn parut surpris que Gary annonce la couleur aussi vite. Mais Ren avait l'habitude.

— Tout d'abord, votre numéro de mobile apparaît sur ses relevés téléphoniques, indiqua Glenn. Mais, puisque nous savons que vous l'appeliez à peu près une fois par semaine, et que vous avez cherché à la joindre suite à sa disparition, il n'y a aucun souci.

Manquerait plus que ça !

Ren dévisagea Gary.

— Mais ce n'est pas cela qui m'amène ici, poursuivit Glenn.

— Je vous écoute.

— Comme je vous le disais hier, nous nous sommes entretenus avec le chef de sécurité de l'entrepôt. Nous lui avons demandé d'interroger le système de cartes magnétiques pour voir qui avait ouvert la grille la nuit où le cadavre a été abandonné. Or ce sont vos coordonnées qui sont sorties. Votre nom ainsi que l'adresse que voici.

— Pardon ? Mes coordonnées à moi ? Mais comment est-ce possible ?

— Je vous pose la question, renvoya Glenn.

— Si je ne m'abuse, intervint Gary, tu t'étais rendue dans ce hangar pendant la convention démocrate, n'est-ce pas ?

— Oui, exact. (Elle se tourna vers Glenn.) Je devais parler avec quelques fauteurs de troubles détenus là-bas. Tous ceux qui avaient besoin d'accéder au site recevaient un badge. Mais ça fait plus d'un an, tout de même ! Logiquement, ils auraient dû supprimer mon accréditation et annuler ma carte une fois la convention terminée… Et puis cet entrepôt est désaffecté.

Glenn hocha la tête.

— Ou alors, ajouta Ren, c'est justement parce qu'ils savaient que l'entrepôt allait fermer qu'ils n'ont jamais pris la peine de purger la base…

— En effet, ils ne l'ont pas fait. Vos autorisations sont toujours valides.

— Comme toutes les autres, j'imagine.

— Certes, mais votre carte est la seule à avoir servi au cours des neuf derniers mois.

— Allons, c'est absurde ! Je n'avais aucune raison d'y retourner. Il n'y avait plus rien, là-bas.

— À part la dépouille de votre amie.

— Vous plaisantez, j'espère !

— Où étais-tu le 11 mars dernier ? embraya Gary.

Dis-moi que tu fais ça pour la frime...

— Le soir précédant la découverte du corps ? Attendez voir... J'étais à la maison.

— Pouvez-vous le prouver ?

Les yeux de Ren allèrent d'un flic à l'autre.

— Vous parlez sérieusement, là ?

— Écoutez, Ren... Je ne fais que mon boulot, OK ? Prouvez-moi que vous étiez chez vous, et je vous fiche la paix.

— Mais comment voulez-vous que je prouve ça ? J'étais à la maison, toute seule. C'est le soir où j'ai été cambriolée. J'étais absente au moment de l'effraction, mais tout le reste de la nuit, je...

Glenn la fixait d'un air las.

— Très bien, capitula-t-elle. Je vous raconte ma soirée. Après le boulot, je ne suis pas rentrée directement chez Annie, l'amie qui m'héberge en ce moment. Je suis allée dîner au Hickory Prime Steakhouse, et, ça, je peux le prouver. En repartant, je me suis arrêtée sous les fenêtres du cabinet de Helen dans l'espoir d'y trouver une piste, un détail anormal. (*Ou que la lumière soit allumée et que j'aperçoive ma psy à son bureau.*) Puis je suis rentrée et j'ai passé le reste de la soirée à évaluer les dégâts chez Annie. Mais ce soi-disant chef de sécurité, il vous paraît compétent ? Il n'aurait pas juste omis d'appuyer sur la touche d'effacement ? Ou attribué par erreur mon code à une tierce personne ?

— L'usage en la matière veut qu'on ne supprime jamais aucun nom d'une base de données. Tous ceux qui ont eu accès au bâtiment restent enregistrés dans le système.

— Oui, je sais bien, soupira Ren. Quoi qu'il en soit, messieurs, je ne peux pas justifier de mes activités cette nuit-là. (Elle se leva de sa chaise.) Par contre, si ça vous intéresse, je peux vous dire où je n'étais pas !

Glenn se leva à son tour.

— Ne m'en voulez pas, les amis. Je fais mon boulot, rien de plus.

Sur quoi il hocha la tête et prit congé.

Ren se retourna vers Gary pour le fusiller du regard.

— Tu peux me dire à quoi on joue, là ?

— Je l'ignore, Ren. Mais j'ai la nette impression que tu considères mon bureau comme un défouloir…

— Attends, mets-toi à ma place ! Quand Glenn a commencé à dire que mon nom était sorti du chapeau, j'ai cru qu'il parlait de mon dossier psy. Imagine l'angoisse !

— Allons, Ren, ce n'est rien d'aussi grave. Il parlait juste de ta présence sur une scène de crime, la nuit d'un meurtre…

— Peu importe. Je sais que je n'y étais pas.

— Hmm. Avec un tel sens de la démonstration, je ne vois pas pourquoi tu crains qu'on découvre le contenu de ton dossier psychiatrique.

— Le contenu de ma tête, tu veux dire. « Entrez donc, flics de Denver ! Installez-vous et gardez vos mains… » C'est quoi, déjà, l'annonce au départ des montagnes russes ?

— « Attention aux projections de vomi » ?

— Voilà, c'est ça. (Elle s'éloigna vers la porte.) Allez, je retourne bosser. Sérieusement, Gary, cette petite pause-café m'a vraiment flanqué la chair de poule.

— Ne t'inquiète pas. Ce doit être un simple bug informatique. Et je suis sûr que Glenn est de cet avis.

Alors nous n'avons pas vu le même film.

Colin était seul dans la salle commune.

— Tu veux que je t'en raconte une bonne ? lui lança Ren. Quelqu'un s'est servi de ma carte magnétique pour pénétrer dans l'entrepôt où a été retrouvé le corps de Helen.

Colin leva les yeux.

— Ah oui ? Quand ça ?

— La nuit de sa disparition.

— Et depuis quand as-tu accès à cet entrepôt ?

— Depuis la convention démocrate. Je devais interroger des joueurs de banjo au sujet de leur rengaine « Pas de Noir à la Maison-Blanche ».

— Et cet entrepôt sert à quoi, aujourd'hui ?

— À rien, justement. Il a fermé. En l'espace de neuf mois, un seul badge a été utilisé : le mien.

— *Quoi ?*

— Gary penche pour un bug informatique.

— Vraiment ? Tu ne trouves pas curieux qu'il s'agisse à la fois de *ta* carte et de *ta* copine ?

Merci, Colin. J'ai beaucoup moins peur, tout à coup.

— Mais comment s'y seraient-ils pris ?

— Qui ça ? Les assassins de Wheeler ? Eh bien, je ne vois que deux possibilités, dit Colin. Soit ils ont mis la main sur ta carte, soit ils ont piraté le système.

D'accord, mais dans quel but ?

Le portable de Ren sonna. C'était sa mère, en pleurs. Elle courut s'isoler dans une salle de réunion.

— Quoi ? Qu'y a-t-il, maman ?

— Les policiers sont revenus fouiller la maison, Ren. Et ils ont trouvé quelque chose. Un vieux tee-shirt appartenant à Louis Parry.

— Hein ? Je te demande pardon ?

Elle s'assit à la grande table.

— Tu as bien entendu, Ren.

— Mais où l'ont-ils dégoté ?

— Dans la chambre de Beau !

— Non... Quand ça ?

— Ils sont revenus ce matin. Alors que je venais à peine de tout remettre en ordre.

— J'ai du mal à comprendre, maman. Où ont-ils trouvé ce tee-shirt, exactement ?

— Dans la tête de lit. Beau avait creusé un trou sous le revêtement de tissu.

Les pleurs de sa mère redoublèrent. Lorsqu'elle parvint à reprendre son souffle, ce fut pour bégayer :

— Et si... ?

— Écoute-moi, maman. Je ne sais pas ce qui se passe, mais je compte bien le découvrir. Alors ne tente rien et laisse-moi faire. Où est papa ?

— Au tennis.

— Tu te fiches de moi ?

— Ton père est plus fragile que moi, et le tennis l'aide à décompresser.

— Mais pour l'amour du ciel, maman, il n'y a aucune honte à avoir besoin d'un peu de soutien ! Demande à Matt ou à Lauren de venir.

— Lauren ? Tu n'y penses pas ! Avec sa grossesse...

— Elle est enceinte, pas souffrante ! Et tu sais combien sa présence te réconfortera. Allez, appelle-la. Elle se fera un plaisir de passer si Matt est retenu par le boulot.

— Oui, tu as peut-être raison.

— Et n'essaie pas d'arranger les choses toute seule avec tes petits bras, d'accord ?

— Je brûle d'envie d'aller sonner chez les Parry. Si Rita n'était pas aussi malade...

— C'est la pire des choses à faire, maman. Quand papa doit-il rentrer ?

— D'ici une heure environ. Je suis contente qu'il ait échappé à tout ça.

— Ça n'aurait pas été plus dur pour lui que pour toi, tu sais.

— Et toi, Ren, tu ne pourrais pas venir à Catskill ? Ne serait-ce qu'un jour ou deux ?

— Dès que possible, promis.

— Merci, Ren. Et moi qui pensais que la perte de Beau était la pire chose qui puisse nous arriver...

— C'est moi, la pire chose qui vous soit arrivée, maman.

Sa mère se surprit à rire.

— Merci, ma puce. Si tu savais, Ren... Si tu savais combien mon cœur...

— Le mien aussi, maman. Allez, repose-toi et sois sage.

18

Ren composa le numéro direct de Daryl Stroud au commissariat de Catskill. On ne décrocha qu'après plusieurs sonneries.

— Daryl ?

— Non, ici l'inspectrice Reed. Le lieutenant Stroud n'est pas dans son bureau.

— Je suis Ren Bryce, et vos collègues ont fouillé le domicile de mes parents ce matin. Je viens d'avoir ma pauvre mère au téléphone, et elle me dit que vous avez mis la main sur un vieux tee-shirt de Louis Parry dans la chambre de mon frère.

— C'est exact, madame.

— Vous y étiez, vous aussi ?

— Absolument.

— Laissez-moi vous dire que vous commettez une grave erreur.

— Je ne crois pas, madame. Le vêtement se trouvait exactement à l'endroit indiqué.

— Mais indiqué *par qui* ?

— Par la personne qui nous a glissé l'information.

— Et ce fameux tee-shirt, attaqua Ren, s'agirait-il de celui que portait Louis Parry le jour de sa disparition ?

Pas de réponse.

— Je me disais aussi...

— Il n'empêche que ce tee-shirt appartenait bien à Louis Parry, ainsi que l'attestent certaines photos. Et puis sa famille l'a identifié.

— Mais si on réfléchit deux secondes, c'est quoi, le scénario, inspectrice ? Mon frère confisque le tee-shirt de Louis lors d'une leçon de piano et le renvoie torse nu chez lui ? Ou alors il avait demandé à Louis d'apporter un maillot de rechange parce que le piano fait transpirer ? À moins qu'il n'ait sauté les haies de sept jardins consécutifs pour décrocher le tee-shirt de la corde à linge des Parry ?

Nouveau silence.

— Non, mais, sérieusement, inspectrice ? Vous ne voyez pas que c'est un coup monté ? Il y a eu un gros battage autour de ce jeu de cartes distribué à Rikers. Là-dessus, vous avez peut-être un shérif ou un maire qui cherche à se faire réélire, ou un tout nouveau service des affaires non élucidées qui a besoin d'une tête. Mais on peut aussi imaginer qu'un fêlé essaie de régler je ne sais quels comptes avec ma famille, ou même qu'un taré de votre brigade ait voulu...

— Ou que votre grand frère ait été...

— Je vous interdis, vous m'entendez ! Soit vous êtes trop aveugle pour voir qu'un de vos collègues se paie votre tête, soit vous êtes assez naïf pour penser que vous tenez votre coupable. Dans un cas comme dans l'autre, vous êtes un imbécile !

Ces mots lâchés, Ren raccrocha. Elle écarta les bras et posa son front contre le verre de la table. C'est alors que Robbie entra.

— Je viens de recevoir la cassette de Billy Waites, annonça-t-il. Tu viens la regarder ? Tout est prêt pour le visionnage.

La voix de Ren se réverbéra sur le plateau de verre.

— J'adore ta façon d'ignorer que je suis couchée sur la table.

— Je ne voulais pas être indiscret. Quelque chose te tracasse ?

Elle se redressa.

— Regarde-moi ça, râla-t-elle en montrant une trace de fond de teint sur le verre. Ce doit être le venin qui exsude de mes pores. (Elle essuya la tache avec sa manche et se leva.) Prends-moi dans tes bras, Robbie.

— Si tu veux.

Il l'enlaça sans conviction, l'étreignit brièvement.

— Merci, l'ami. C'est exactement ce qu'il me fallait.

Ren mit en marche le magnétoscope et vit le dos de Billy Waites, face à une foule dont émergea soudain le beau visage de Gavino Val Pando. Du fait de l'affluence et de sa petite taille, le jeune homme mit du temps à se faire servir. Puis il regagna le fond de la salle en tenant les boissons au-dessus de sa tête.

— Les voilà, dit Robbie en désignant deux minettes à une table.

Les clients allaient et venaient dans le flux d'images saccadées, et bientôt l'une des filles réapparut aux côtés de Gavino.

— Ils ont l'air de bien s'amuser, nota Ren. Tu ne les trouves pas mignons au milieu de tous ces loquedus ? (Elle appuya sur « pause ».) Je présume que cette demoiselle l'aura renié trois fois avant le chant du coq...

— En effet, elle ne se souvient de rien. Une certaine Jessica Ellerbee.

Ren se rapprocha du téléviseur et fit repartir la bande. Après quelques minutes, Jessica se levait péniblement de sa banquette.

— Elle a l'air drôlement cuite, remarqua Ren. Il n'est pas impossible que l'alcool ait effacé cette nuit de sa mémoire, mais ça m'étonnerait quand même. Je ne pense pas qu'une ado oublie si facilement un tel canon. Je vais lui en toucher deux mots.

— Entendu.

— Hé, regarde. Elle ressort des toilettes. Et qui l'aide à enfiler son blouson ? Puis ils repartent main dans la main… Un vrai gentleman, ce Gavino.

— Tu penses que cette Jessica aurait des choses utiles à nous apprendre ?

— Mon intime conviction, c'est que ces deux tourtereaux sont sortis ensemble plus ou moins longtemps. En d'autres termes, elle sait peut-être où il se trouve. À voir ces images, j'ai du mal à croire que cette rencontre n'ait été qu'un flirt d'un soir ne débouchant sur rien.

— Ç'a au moins débouché sur une longue nuit au poste !

— Ah oui, j'oubliais cette partie-là. (*Revoir Billy Waites m'a complètement retournée.*) Quoi qu'il en soit, je suis persuadée que cette cassette rafraîchira la mémoire de Jessica. Et elle nous dira à quand remonte son dernier contact avec Gavino Val Pando.

— Parfait, dit Robbie.

Il quitta la salle. Ren rembobina la bande et l'arrêta sur l'image la plus nette de Billy Waites.

Ces larges épaules, ces bras musclés, ce petit cul Diesel…

Billy Waites me manque. Même vu de derrière. Surtout *vu de derrière.*

Elle éjecta la cassette et la considéra rêveusement.

Mais qu'est-ce que je raconte ?

Elle éteignit la lumière et sortit.

Billy Waites me manque tout entier, l'intérieur comme l'extérieur.

19

— Ton frère Matt sur la 2, lança Cliff dès que Ren entra dans la salle.

Elle rejoignit son bureau et prit l'appel.

— Salut, lança Matt au bout du fil. J'ai appris, pour le tee-shirt. Qu'est-ce qui se passe, bordel de Dieu ?

— Je suis aussi perplexe que toi. Tu as eu Jay ?

— Ouais.

— Et qu'est-ce qu'il a dit ?

— Il est comme nous, assommé.

— Mais je parie que maman et lui ont déjà revêtu leurs combinaisons antiémotions…

— Écoute, je refuse d'entamer le débat. La question qui me préoccupe, c'est de savoir comment ce tee-shirt a pu arriver dans cette tête de lit.

— Je n'en ai aucune idée, Matt. Je ne savais même pas qu'il y avait un trou.

— Mais moi non plus !

— Qui fréquente la chambre de Beau, ces temps-ci ?

— Personne, à part maman.

— Il lui arrive d'y loger des invités ?

— Des invités qui, découvrant par hasard un creux dans la tête de lit de Beau, auraient eu l'idée saugrenue d'y planquer un tee-shirt de Louis ? Allons, c'est absurde.

— Je sais.

— Cette histoire est de la connerie de A à Z, Ren.

— Oui, c'est assez bien résumé. Tu te sens comment, toi ?

— Disons que j'ai connu des jours meilleurs.

— On a peut-être négligé certains facteurs. Tu ne vois personne qui nous aurait dans le pif ?

— Tu parles sérieusement, là ?

— Étant donné que Beau n'était pour rien dans la disparition de Louis, j'en déduis que quelqu'un essaie de lui faire porter le chapeau.

— Je comprends ton raisonnement. Mais la manœuvre ne vise pas forcément à nous blesser.

— Comme s'il n'était pas évident que toute la famille serait meurtrie !

— Mais peut-être que cette personne s'en fiche, de notre réaction. Et si c'était un coup du ravisseur de Louis ?

— Ce serait beaucoup trop risqué. Et, vu qu'il n'a jamais été inquiété, il n'a aucun intérêt à remettre l'affaire sur le devant de la scène.

— En effet.

— Et puis rien ne nous dit que Louis a été enlevé. Il a peut-être été victime d'un accident, d'une mauvaise chute...

Un ange passa sur la ligne.

— Je sais, admit Ren. Là, c'est moi qui délire.

— Au fait, tant que je te tiens : je sais mieux que personne à quel point la présence de mon épouse peut être réconfortante, mais trouve quelqu'un d'autre pour soutenir maman. Lauren est en plein dans la phase : « Comment peut-on donner la vie dans un monde si cruel ? » Alors ce n'est pas le moment de lui infliger nos histoires d'enfants disparus, de frères morts et de mères éplorées.

— Mon Dieu, Matt ! Quelle idiote je suis ! Je m'inquiétais tellement pour maman que je n'y ai même pas pensé ! Je me suis simplement demandé qui serait le mieux à même de lui tenir compagnie, et comme je savais que tu bossais...

— Ce n'est pas grave. Je ne t'en veux pas. Mais si tu recommences, je t'étripe.

Elle rit et s'excusa de plus belle.

— Dis à Lauren que je suis désolée, d'accord ?

— Inutile. Elle ne sait pas que je t'appelle, et en ce qui la concerne elle était prête à filer chez maman. C'est moi qui l'en ai empêchée, parce que je savais qu'elle rentrerait toute chamboulée.

— Bien joué, dans ce cas.

— Rassure-toi : pour le deuxième, je n'en aurai sans doute plus rien à battre.

— Merci de me faire rire, frangin.

— Et à part ça, tu tiens le choc, pour Helen ?

— Franchement, j'ai du mal. L'ironie de l'histoire, c'est qu'elle aura passé deux ans à essayer de m'arracher une émotion. Et, maintenant que c'est fait, elle n'est plus là !

— Dis-toi que ces progrès-là ne s'annulent pas du jour au lendemain. Tu trouveras une autre psy, et ce sera comme dans le film *Always* : Helen veillera sur toi pendant tout le temps de la transition.

— Ah ! ce film… Il m'avait bouleversée.

— Dans ce cas, ne t'approche pas du vidéoclub.

Glenn Buddy passa la tête dans la pièce à l'instant où Ren raccrochait.

— Salut, lui dit-elle. Quel bon vent vous amène ?

— J'ai discuté avec Colin Grabien. Il avait raison à propos de la base de données : le gars de la sécurité n'avait rien vérifié.

— Vous parlez de l'entrepôt ?

— Oui, pardon. Le système a bien été piraté. C'est pour cette raison que votre nom est apparu.

— Je vois. Autrement dit, quelqu'un tient à me mêler à cette scène de crime.

— Manifestement. Vous ne voyez pas qui aurait pu vous jouer ce vilain tour ?

— Vraiment pas.

— C'était du beau travail, en tout cas. Colin a réussi à voir qu'ils s'étaient introduits dans le système, mais une fois à l'intérieur ils n'ont laissé aucune trace.

— Bizarre...

— Je m'excuse encore de vous avoir importunée avec mes questions.

— Je comprends, Glenn. Vous n'aviez pas le choix. Et à part ça, l'enquête avance ?

— Il y a un élément nouveau. Le jour de la découverte du corps de Wheeler, nous avons trouvé sur son bureau des notes qui laissent à penser qu'elle préparait un livre.

— Ah bon ?

Glenn hocha la tête.

— La chemise ne portait aucune inscription, mais elle renfermait trois études de cas.

— Sur quel thème ?

— C'était très sommaire. Patient A : ceci, cela. Patient B : truc, truc. Elle ne vous en avait jamais parlé ?

— Non, jamais.

— L'intérêt de ces notes, c'est qu'elles vont nous permettre d'accéder aux dossiers des patients.

Quoi ?

— Je doute que ce soit aussi simple, Glenn. Même si cette chemise reposait en évidence sur le bureau, vous aurez du mal à convaincre le district attorney de...

— C'est bon, il a donné son feu vert. Il est fort probable que Helen ait été tuée par un patient.

— Mais avez-vous des raisons objectives de croire qu'un tueur se cache derrière ces notes ?

— Allez savoir, dit Glenn en prenant une chaise.

— Que disent-elles, ces notes, au juste ?

— Patient A : homme de trente et un ans...

— Solitaire et féru d'armes à feu ?

— Ce serait trop beau, sourit Glenn. Non : homme de trente et un ans, marié, ingénieur en électronique, schizophrénie, hallucinations auditives, addictions diverses, trois désintoxications ratées... Patient B : femme de trente-sept ans, célibataire, épisodes psychotiques...

— Voilà notre coupable ! l'interrompit Ren. Une femme cinglée.

Glenn haussa les épaules et reprit :

— Troubles psychotiques, bipolaire, OPF, Zyprexa... Patient C : homme de quarante-deux ans, marié, entrepreneur de pompes funèbres, antécédents dépressifs, alcoolique, violences verbales et physiques sur conjointe...

Ren pointa le doigt sur la feuille de Glenn.

— C'est quoi ce « OPF » chez le patient B ?

Glenn parut surpris.

— OPF ? Officier de police fédérale, voyons.

Le cœur de Ren fit un bond. *Trente-sept ans, célibataire, bipolaire et flic...*

— Ça s'arrête là, dit Glenn en reposant le papier devant lui.

— Bon, reprit Ren sans se décontenancer. C'est quoi, le programme, maintenant ?

— Une équipe écran va examiner les dossiers…

— Une quoi ?

— Une équipe écran. Voyez-vous, il y a des choses dans ces dossiers qui ne regardent personne. Ça peut m'intéresser de savoir que l'ami lapin géant du patient A lui a dit de zigouiller tout le corps médical de ce pays, mais je m'en fiche qu'il ait porté la petite culotte jaune de sa grand-tante le jour de son seizième anniversaire.

— Certes.

— D'où le recours à une équipe écran qui va fouiller dans les dossiers psychiatriques pour tenter de reconnaître les patients A, B et C. Elle ne transmettra au juge que les éléments susceptibles de servir l'enquête.

— Je vois. Le but étant d'empêcher le suspect – si suspect il y a – de récuser l'ensemble du dossier psy au motif qu'il pourrait influencer les enquêteurs et l'accusation.

Glenn la considéra avec attention.

— Oui, ce doit être ça.

— Et ces trois patients sont les seuls qui puissent faire l'objet d'une enquête ? Juste parce que leur fiche traînait sur le bureau ?

— C'est la loi, soupira Glenn.

— Et savez-vous qui compose cette équipe écran ?

— Oui. Trois procureurs du bureau du district attorney extérieurs à l'enquête.

— Par souci d'objectivité ?

— Exact.

— Et c'est qui, le juge ?

— Douglas Hammond.

— Tout de même... Quelque chose m'échappe. Le simple fait qu'un patient soit un patient ne relève-t-il pas en soi du secret médical ?

— Le recours à l'équipe écran règle le problème. Ils ne seront que trois à savoir.

— Mouais. Je ne suis pas sûre que ça tienne vraiment la route.

— Douglas Hammond pense que si, visiblement.

— Et la secrétaire de Helen Wheeler ? Que sait-elle sur ce projet de bouquin ?

— Elle dit qu'elle n'en a jamais entendu parler.

— Vous ne trouvez pas ça étrange ?

— Ma foi, non. Wheeler avait sans doute décidé d'attendre un peu avant d'en parler à son entourage. Ce qui m'étonne davantage, c'est la froideur de cette secrétaire. À se demander si elle tient vraiment à ce qu'on retrouve les assassins de sa patronne.

— Bien sûr qu'elle y tient, mais pas au prix de la santé mentale des patients. Helen Wheeler aurait émis les mêmes réserves. Il n'empêche qu'elle vous l'aurait dit, si elle pensait qu'un des malades avait pu s'en prendre à Helen.

Et, moi, je ferais mieux de la fermer.

— Sûrement, opina Glenn. Sauf que ce n'est pas elle, la psychiatre.

— Je vous l'accorde. Enfin, bref, tenez-moi au courant. Avec un peu de chance, vous découvrirez quelque chose.

Et, mon Dieu, faites que ce ne soient pas les noirs secrets de la patiente B !

20

Gary était le seul de l'équipe à connaître la maladie de Ren. Elle se précipita chez lui.

— Je viens de voir Glenn Buddy, dit-elle, et ils comptent éplucher les dossiers médicaux de Helen.

— Dans leurs rêves.

— Détrompe-toi, ils semblent avoir la loi pour eux. Apparemment, Helen préparait un bouquin, et ses notes étaient posées sur son bureau lorsqu'ils ont inspecté le cabinet. Elles consistaient en trois fiches signalétiques : patient A, patient B, patient C. Et je suis le patient B.

— Je te demande pardon ?

— Ces descriptions sont anonymes, mais celle du B me correspond en tout point. Même âge, même métier, et bipolaire.

— Mais ces dossiers sont confidentiels !

— Pas s'ils se rattachent à des notes offertes à la vue de tous, apparemment. Que veux-tu, la police de Denver est démunie, alors elle se jette sur la thèse du patient devenu fou.

— Et toi, tu ne savais pas que Helen écrivait un livre ?

— Non. Et jamais je ne l'aurais autorisée à faire de mon cas un objet d'étude. De toute façon, je ne vois pas qui pourrait s'y reconnaître : mon histoire est bien trop atypique. J'imagine que Helen comptait me demander ma permission plus tard…

— Mais on est sûrs qu'elle préparait un livre ?

— Glenn n'a pas l'air d'en douter.

— Et quelque chose corrobore cette hypothèse ? Avait-elle un éditeur, par exemple ?

— Il faudrait regarder ses mails. En tout cas, d'après Glenn, la secrétaire n'était au courant de rien.

— Pas très cohérent, tout ça.

— Que peut-on faire, Gary ?

— Je vais demander à Glenn d'ignorer le patient B.

— Carrément ?

— Si je me porte garant de l'innocence de B, il me fera confiance. Il sait que je ne prendrais aucun risque. Quant au juge, ça lui fera toujours ça de moins à se farcir.

— J'espère que tu as raison.

— Sois sans crainte. Toutefois, avant que je mette ton dossier sous cloche, il faudrait que je sache de quoi vous parliez, Helen et toi.

— On parlait de tout.

— Relations personnelles ? Famille ? Travail ?

— Voilà.

— Comprends-moi bien, dit Gary en posant les coudes sur son bureau. À l'heure qu'il est, tu fais partie des trois patients auxquels s'intéresse la police de Denver, alors je dois être absolument certain que ton dossier ne contient pas la clé de cette affaire, ni quoi que ce soit qui puisse nous rapprocher de cette clé. Autrement dit, je veux être sûr que nous n'allons pas passer des semaines ou des mois à courir après un meurtrier dont le nom figurerait en toutes lettres dans ton carnet de santé.

— Impossible, Gary.

— Si j'en crois mon dernier entretien avec Helen, tu n'es plus sous traitement, en ce moment ?

— Exact.

— Et tu lui décrivais tes activités professionnelles ?

— Seulement les grandes lignes. Et, quand bien même, je ne pense pas que Helen aurait noté ce genre de chose.

— Mais tu n'en sais rien. Des éléments qui te semblent anecdotiques peuvent lui paraître cruciaux, et inversement. Sais-tu si elle séparait le médical du psychologique ? Ses dossiers étaient-ils divisés entre, d'un côté, les prescriptions, et, de l'autre, les conversations ?

— Je l'ignore. Mais la plupart des psys modernes procèdent de cette manière, non ? On ne peut pas s'ouvrir entièrement à un thérapeute si l'on craint que nos confidences ne s'ébruitent. Je dirai donc que Helen était du genre « un dossier pour l'administration, un dossier pour mes archives personnelles ». Pour autant, je la vois mal écrire un livre sur moi dans mon dos…

— Alors ça te paraît sérieux ou pas, cette histoire de bouquin ?

— Va savoir. Je comprends qu'elle ne m'en ait rien dit si le projet était tout neuf. Mais, bon…

Je suis juste un peu ébranlée.

— Entendu. Deuxième question, que je suis obligé de te poser : y avait-il la moindre tension entre Helen et toi ?

— Non, Gary. Aucune. Nous avions d'excellents rapports. J'étais sa patiente, mais je la considérais comme une amie. Elle était toujours là quand j'avais besoin d'elle.

Gary empoigna le téléphone.

— Merci, dit Ren en se relevant. (Arrivée à la porte, elle se retourna.) Tu crois que Glenn Buddy va piger qu'il s'agit de moi ?

— Et après ? L'important, c'est que tu passes entre les mailles du filet. Et puis, avec le nombre d'agents que j'ai côtoyés dans ma carrière, ils n'auront que l'embarras du choix. Helen aussi a eu pléthore de patients, et cela faisait trente ans qu'elle collaborait avec des agences fédérales. Alors rassure-toi : tu seras noyée dans la masse.

— Bon, d'accord.

— Pas de raison d'avoir peur.

— OK. Je te laisse. Je pars interroger une petite amie putative de Gavino Val Pando. Au fait, j'allais oublier : je dois me rendre à El Paso lundi. S'il te plaît…

21

Jessica Ellerbee vivait chez ses parents dans un quartier pavillonnaire de la banlieue de Denver. Elle apparut dans l'encadrement de la porte, vêtue d'un peignoir blanc trop grand pour elle, les cheveux encore mouillés peignés avec une raie sur le côté. Derrière ses lunettes carrées subsistaient des bavures de mascara. Elle donnait l'impression d'une fille aussi futée que mignonne.

— Bonjour, Jessica. Je m'appelle Ren Bryce et je suis du FBI.

La minette broncha à peine devant le badge.

— Je peux entrer ?

— Bien sûr. Excusez-moi, je sors de la douche.

— Pas de souci.

Jessica accueillit Ren dans le salon et se pelotonna sur le canapé, les jambes pliées sous ses fesses, attentive à ce que le peignoir ne révèle rien de son anatomie.

— J'aurais besoin de m'asseoir à côté de vous, dit Ren. Afin de vous montrer quelque chose.

— Ah, pardon, fit la demoiselle en se relevant.

Elle rajusta méticuleusement son peignoir.

Tu ne pouvais pas mettre une culotte, non ?

— Je travaille à la Brigade des Rues sûres des Rocheuses, et nous tentons de localiser Gavino Val Pando.

— Euh... Qui ça ?

T'es mignonne, va.

— Le garçon que voici.

Ren sortit son ordinateur et l'ouvrit sur la table basse. Le lecteur de DVD était prêt à démarrer.

— Nos techniciens audiovisuels sont des cracks. Il leur suffit de quelques minutes pour convertir une bande en disque, ce qui m'évite d'avoir à vous traîner au bureau.

Lorsque la policière se tourna vers elle, Jessica eut un mouvement de recul. Ren s'écarta un peu et pressa la barre d'espace. Après une demi-seconde de neige, la salle du Brockton Filly apparut à l'écran.

Ren arrêta l'image.

— Ne m'en voulez pas, prévint-elle, mais je suis assez débordée, avec toutes ces enquêtes, alors, comme je sais qu'au fond de vous ça vous embête de mentir, autant vous épargner cette peine. Et si ce film ravive le souvenir désagréable d'une nuit au poste, dites-vous que c'est pour la bonne cause.

Jessica reprit son souffle sans prononcer un mot. Ren laissa le film se dérouler puis l'arrêta de nouveau.

— Il semble ici que Gavino et vous soyez en train d'échanger vos numéros de portable.

— On jouait à un jeu vidéo, répondit Jessica.

Sa voix était charmante, mais elle mentait très mal.

— Vraiment ? s'exclama Ren en observant la suite. Waouh ! La partie n'a duré que trente secondes ? Qui a gagné ?

Jessica se redressa sur le sofa.

— Et là, indiqua Ren, nous assistons à votre départ, juste avant que vous soyez repoussée dans la salle par les hommes du shérif, ceux-là mêmes qui vous embarqueront pour consommation illicite d'alcool.

— Désolée, mais tout cela est très flou dans ma tête.

— Je veux bien le croire. Vous aviez beaucoup bu.

Moi aussi, j'ai forcé sur l'alcool dans ce bar. Et commis une bêtise sans commune mesure avec la tienne. Mais que veux-tu, j'ai vingt ans de plus que toi. Et j'ai aussi un badge.

— OK, j'admets qu'on a passé un moment ensemble. Mais tout est là, sur votre disque. On a été séparés au commissariat, et je n'ai plus jamais revu ce mec.

Ren posa une photo de Gavino sur la table.

— Tu dis « ce mec », mais il représente plus que ça, n'est-ce pas ?

Jessica regarda ses pieds.

— Je devine ton désarroi. Après l'incident de l'an dernier, tu as promis à tes parents que tu te tiendrais à carreau. Puis voilà que la famille de ton jules apparaît dans le top 50 des fugitifs de la ville !

— Mes vieux ne savent même pas qu'il...

Gagné.

Comprenant sa bourde, Jessica fondit en larmes. Elle ôta ses lunettes et s'essuya les yeux avec la manche de son peignoir.

— Vous êtes ensemble, Gavino et toi ?

L'adolescente secoua la tête.

— Il... Nous... Je n'ai jamais couché avec lui.

— Ça ne me regarde pas.

Alors pas besoin de mentir.

— Je vous jure ! Il est tellement gentil. Il était, je veux dire.

— Donc, vous n'êtes plus ensemble ? J'ai du mal à suivre.

— Non, répondit Jessica, les joues ruisselantes de larmes. Il a quitté Denver quand vous avez publié cette fameuse liste. C'est pour moi qu'il est parti. Il savait que mes parents me tueraient s'ils apprenaient que je sortais avec lui, étant donné sa famille.

— Je comprends, murmura Ren. Ce doit être très douloureux.

La jeune fille la dévisagea, comme pour vérifier sa sincérité.

— J'ai beau avoir deux fois ton âge, je...

— Vous avez deux fois mon âge ?

Ren hocha la tête.

— Je sais ce que ça fait de rompre avec son copain. Il n'y a rien de plus douloureux au monde. Et, dans votre cas, c'est encore plus compliqué.

— Mais qu'est-ce que vous lui voulez ? Gavino n'a rien d'une racaille.

— Non, mais il est en danger. Voilà pourquoi nous le recherchons. Il n'a que dix-neuf ans, Jessica. Il a besoin d'être protégé.

— Contre qui ?

— Je ne peux pas te le dire. Mais ton aide nous serait très précieuse. À quand remonte votre dernier contact ?

— C'était il y a deux semaines.

Ren soupira.

— Tu me déçois, Jessica.

La jeune fille serra les mâchoires, le regard nerveux.

Ren sortit un document de sa sacoche.

— J'ai ici des relevés téléphoniques...

Qui ne sont pas les tiens, mais qu'importe.

— OK, capitula Jessica. Alors vous savez qu'on s'est parlé dans la semaine. On n'a pas envie de se séparer, vous comprenez ? On s'aime ! Et on ne sait pas quoi faire !

— Où est Gavino ? demanda Ren, tandis que la petite sanglotait.

— Il s'est sauvé. Je ne sais pas où. Je vous le jure.

— Tu ne sais vraiment pas ? La situation est grave, Jessica. Il faut le mettre à l'abri.

— Non, je ne sais pas. C'est bien ça le pire. Il a refusé de me dire où il allait.

— Quand l'as-tu vu pour la dernière fois ?

La gamine baissa les yeux.

— Juste avant que vous sonniez. Il… il vous a vue remonter l'allée. Il a dit qu'il vous connaissait.

Jessica releva la tête.

— Il est sorti par-derrière.

Et merde !

22

Le lendemain matin, en route vers l'aéroport, Ren se cramponnait au volant pour ne pas s'assoupir. Ses paupières étaient devenues lourdes dès les premiers kilomètres. La veille au soir, elle était retournée au bureau informer ses collègues sur Gavino Val Pando, puis elle avait connu une nouvelle nuit d'inquiétude et d'angoisse. Sur le coup de 8 heures, après avoir longuement pleuré en pensant à Beau et à ses parents, elle avait fini par trouver la force d'appeler là-bas.

— Salut, maman, c'est Ren. Comment tu te sens ?

— Au plus bas, ma fille. Tu as du nouveau ?

— Non.

— Ils refusent de nous dire quoi que ce soit. Que peut-on faire ? Il doit bien y avoir quelque chose…

— Je pense que le mieux est encore d'attendre. J'ai tenté tout ce que je pouvais à mon niveau. J'ai appelé le commissariat de Catskill, mais j'ai l'impression que Daryl Stroud m'évite. Et ça n'apporterait rien d'aller voir les Parry.

— Tu ne peux pas intervenir ?

— Non, maman. Si je la ramène trop, ils auront le sentiment que je les prends de haut et ils refuseront de m'écouter. Daryl m'a l'air assez susceptible, comme gars. Je ne prétends pas être plus forte qu'eux. Je prétends seulement mieux connaître Beau.

— Mais ils s'en fichent, n'est-ce pas ?

— Que veux-tu, s'ils écoutaient les familles des suspects, personne ne serait jamais coupable ! Les flics veulent des éléments concrets, point barre. Or, à leurs yeux, ce tee-shirt en est un.

— Que vont-ils en faire, d'ailleurs ?

— Ils vont chercher des traces d'ADN. Celui de Beau, en l'occurrence. À partir de cheveux, de traces de sueur, des cellules de la peau...

— Mais je ne serais pas étonnée qu'ils en trouvent ! Je me souviens très bien de ce maillot. Je l'ai vu plus d'une fois sur le dos de Louis lors de ses leçons de piano. Mais alors...

— Pas de panique, maman. Même s'ils trouvent l'ADN de Beau, cela ne prouve absolument rien. De toute manière, on sait que ce n'est pas avec ce tee-shirt-là que Louis a disparu.

Sa mère s'était mise à pleurer.

— Mais qui nous persécute comme ça ?

— Je ne sais pas. Mais tu dois t'accrocher. La vérité finira bien par éclater, et cette histoire ne sera plus qu'un mauvais souvenir.

— Tu sais ce que fait la police, en ce moment ? Elle rameute tous les anciens élèves de Beau pour leur demander s'il lui est arrivé de...

— Oh ! Seigneur...

— Non, mais tu te rends compte ?

— Ne t'inquiète pas. Ils n'auront rien à lui reprocher.

Les sanglots avaient redoublé.

— S'il te plaît, maman... Je sais que ce n'est pas facile, mais ne va pas te rendre malade. Il n'y a rien à faire dans l'immédiat, à part espérer que les inspectrices feront correctement leur boulot.

— D'accord.

— Bien. Papa est là ? Tu peux me le passer ?

— Ne quitte pas.

— Ren ?

— Salut, papa. Comment te sens-tu ?

— C'est l'horreur. Si tu voyais ta mère…

— Elle est à côté de toi ?

— Non, elle est retournée au salon.

— Alors écoute-moi. J'aimerais que tu ailles au commissariat de Catskill secouer les puces de Daryl Stroud.

— Pardon ?

— Tu vas là-bas et tu commences tout doux, sur le registre du frêle papy de soixante-dix-sept ans.

— Je viens de remporter le championnat de tennis des seniors !

— D'accord, joue-la Rocky Balboa, si tu veux. Je te demande juste d'utiliser ton esprit affûté pour leur montrer que maman et toi n'êtes pas deux vieux schnoques qu'on peut se permettre de traiter comme des moins que rien.

— Tu as raison, ma fille. On va leur montrer, à ces blancs-becs…

— Non, papa. *Tu* vas leur montrer. Maman s'effondrera si tu l'emmènes. Vas-y tout seul, ensuite, tu lui raconteras.

— Entendu, répondit-il. Mais tu es sûre que c'est une bonne idée ?

— Fais-moi confiance, papa. Tant que tu restes digne et maître de tes nerfs, ça ne risque absolument rien.

— Je vais tâcher d'être à la hauteur.

— Fais-le pour nous tous, papa. Et je ne t'ai rien dit, d'accord ?

— OK.

— Bon, je dois filer. Je prends l'avion pour El Paso.

— El Paso ?

— Oui, une femme a des infos sur l'un des criminels de notre top 50.

— Ah ! j'espère qu'elle va bien.

Si tu savais, papa chéri...

Ren profita de ses deux heures de vol pour étudier le dossier sur le meurtre de Greg Sarvas et la disparition de ses fils. Les enquêteurs avaient interrogé l'ensemble des camarades de classe des deux lycéens, dont les trois amis de Luke que Ren s'apprêtait à interroger : John Reiff, Ben Racono et Mark Bayne. Non, avaient déclaré ces derniers, rien d'inhabituel au cours des mois précédant la disparition de Luke. Rien non plus d'inhabituel ce jour-là. Rien ne suggérait chez lui des problèmes familiaux. Non, il ne se droguait pas. Et, non, il n'avait pas l'air de se sentir suivi ou épié.

Sauf qu'on aurait dû vous poser quelques questions supplémentaires. Vous auriez aussitôt cessé de mentir.

Les trois jeunes gens avaient été installés dans trois pièces séparées au commissariat central d'El Paso. Déjà troublés d'avoir été convoqués à la demande du FBI de Denver, ils le furent doublement en voyant arriver une femme. Ren avait peaufiné son texte, et à la question qu'aucun des trois n'était préparé à entendre les deux premiers interrogés répondirent : « Je demande un avocat. »

Restait John Reiff. Lorsque Ren se présenta devant lui, c'est elle qui fut la plus surprise. Contrairement à ses potes, Reiff avait le teint pâle et des cheveux mi-longs sans éclat, de quoi chavirer une inconditionnelle de *Twilight*. Il portait un pantalon en lin beige, une veste légère et une chemise rose clair. Il tenait ses jambes croisées, de sorte qu'une seule de ses Nike vert et mauve dépassait de la table. Comme les deux autres, il était grand et svelte. Il déployait les mêmes efforts pour paraître relax.

— John Reiff ? Je suis l'agent spécial Ren Bryce.

Elle jeta sur la table un sachet de plastique étiqueté. Reiff leva les yeux, comme pour demander s'il pouvait toucher.

— Je t'en prie, dit-elle.

Reiff prit le sachet entre ses doigts et le lâcha presque aussitôt. À l'intérieur se trouvaient des débris de céramique. Les deux principaux morceaux représentaient pour l'un un crâne blanc coiffé d'une capuche noire, pour l'autre une minuscule couronne dorée. Et il y avait du sang sur les deux.

Ren braqua les yeux sur ceux du jeune homme.

— Que s'est-il passé pendant les vacances de printemps ?

De pâle, Reiff devint blême. Il ouvrit la bouche, mais il n'en sortit aucun son.

— Tu sais d'où vient cette chose ? demanda-t-elle.

— Non, je ne sais pas. Mais il y a du sang !

— Du sang, en effet. On a retrouvé ces débris dans le 4 × 4. (Elle marqua une pause.) Tu connaissais peut-être Michael Sarvas, le frère de Luke ? Il avait quinze ans. (Elle lui montra une photo du jeune garçon.) Michael adorait les têtes de mort. Il en avait sur ses tee-shirts, en porte-clés...

Reiff détourna les yeux d'un air nauséeux.

— Mais ceci n'appartient pas à Michael. Il s'agit d'une chose légèrement plus sinistre, pas vrai ? John, je t'offre l'occasion de te montrer malin. Alors saisis-la et dis-moi ce que tu sais.

Reiff hocha la tête et considéra l'objet cassé.

— On dirait... Santa Muerte.

— Exactement. Santa Muerte. La sainte patronne des trafiquants de drogue, des prostituées et des assassins. La patronne de l'ombre...

Reiff se couvrit la bouche du dos de la main et déglutit avec effort.

— Cette figurine a été retrouvée sur le plancher du 4 × 4 des Sarvas. Et le sang appartient au père de Michael. Lui aussi, tu as dû le croiser.

Les yeux du garçon s'embuèrent.

— Michael ne touchait pas à la drogue, poursuivit Ren. Je pense qu'il préférait se concentrer sur ses études, et qu'il ne s'était jamais rendu nulle part sans ses parents. Je doute par ailleurs que l'avocat et père de famille Gregory Sarvas fût un grand amateur de poudre ou de métamphétamines. Alors je te repose la question : que s'est-il passé lors de ces vacances de Pâques ?

23

L'Interphone qui protégeait la maison des Sarvas ramena furtivement les pensées de Ren vers l'entrepôt et le cadavre de Helen. *Qui a piraté le système ? Et dans quel but ?*

Ren sortit de la voiture pour presser la touche d'appel. Catherine actionna le portail et les battants s'ouvrirent lentement. S'engageant dans une cour pavée, Ren découvrit une superbe maison de deux étages aux murs enduits de stuc blanc.

Catherine Sarvas se retrouva soudain face à sa confidente, celle qui avait réussi à la faire parler pour la seule raison qu'elle officiait à des centaines de kilomètres. Ses mains tremblaient.

Ren lui sourit.

— Merci de me recevoir, Catherine. Et désolée de vous avoir prévenue au dernier moment.

Elle lui serra chaleureusement la main ; les épaules de Catherine se décontractèrent un peu. La maîtresse de maison lui servit l'eau d'une carafe où flottaient rondelles de citron et minuscules fleurs blanches. Puis elles se juchèrent sur les tabourets placés de part et d'autre du comptoir.

Les cheveux blonds et soyeux de Catherine étaient coiffés en queue-de-cheval, et un léger blush illuminait ses joues parsemées de taches de rousseur. C'était une très belle femme, mais le malheur imprégnait ses traits.

— Vous avez fait bon voyage ? s'enquit-elle.

— Oui, merci. Avant de venir ici, j'ai passé la matinée au quartier général de la police d'El Paso à interroger les amis de Luke.

— Ah...

— Oui, j'avais certaines questions à leur poser. (Elle se tut un instant.) Dites-moi, que savez-vous de la situation le long de la frontière mexicaine ?

Catherine fronça les sourcils.

— Je sais ce qu'en racontent les journaux. Mais quel rapport avec mes fils ?

— J'ai deux ou trois choses à vous apprendre sur Luke, et elles ne seront pas faciles à entendre.

— Seigneur ! gémit la mère en portant la main sur sa poitrine.

— En avril de l'année dernière, votre fils vous a dit qu'il allait passer les vacances de printemps à San Diego avec ses copains, n'est-ce pas ?

— Oui, c'est exact.

— En fait, ils ne sont restés que deux jours là-bas. Ils ont ensuite franchi la frontière pour prendre leurs quartiers à Tijuana.

— À Tijuana ?

Ren hocha la tête.

— Mais que seraient-ils allés faire à Tijuana ?

— La bringue. Le relâchement total.

— Comment ça ?

Ren laissa planer un silence. Catherine parut horrifiée.

— Oui, ils se sont drogués.

— Mais... Luke n'aurait jamais touché à cette saleté ! Ses copains peut-être, mais pas lui. Nous l'avons toujours mis en garde contre les dangers de la drogue, et il savait que ça n'apportait que des malheurs.

— J'ai parlé à ses amis, Catherine. Et ils m'ont confirmé que Luke en avait consommé.

— Et eux, ils disent en avoir pris ?

Ren acquiesça d'un signe de tête.

— Je... je ne peux pas y croire !

— Il y avait aussi des filles, ajouta Ren.

— Avec eux ? Des filles du lycée ?

— Non. Des prostituées.

— Des prostituées..., répéta Catherine d'une voix blanche.

— Ses trois copains sont passés à l'acte. Pour ce qui est de votre fils, on ne sait pas trop. Ils étaient tous ivres morts et sous l'empire de la cocaïne. Leurs souvenirs sont embrumés... et néanmoins concordants.

— Mais pourquoi Luke fricoterait-il avec des prostituées ? C'est ridicule ! Il avait toutes les filles à ses pieds !

— Les garçons perdent facilement la tête dans un tel contexte. Ils étaient dans une boîte de *lap dance*...

— C'est quoi, ça ?

— Un club de strip-tease où on peut toucher les danseuses. Voilà pour l'ambiance. Vers le milieu de la nuit, Luke se serait éclipsé plus d'une heure, sans donner la moindre explication à ses copains.

— Je ne comprends pas bien. Mon mari a été assassiné, mes fils ont disparu, et vous me parlez des frasques de Luke à Tijuana...

— Je ne suis sûre de rien, Catherine, mais je sais que les cartels mexicains recrutent des adolescents américains pour passer de la drogue aux États-Unis. Les douaniers n'ont pas les moyens de fouiller tous les véhicules qui franchissent chaque jour la frontière. Souvent, ces jeunes cachent la marchandise sous leurs vêtements.

— Vous plaisantez ? Jamais Luke n'accepterait de faire une chose pareille.

— Il n'avait pas forcément le choix. Étant donné que nous ignorons ce qui s'est passé à Tijuana, nous sommes condamnés à imaginer différents scénarios. Luke jette son dévolu sur la mauvaise fille et se retrouve contraint de faire la mule pour se tirer de ce mauvais pas. Ou alors il refuse, et dans ce cas les malheurs s'abattent sur vous et votre famille.

— Sérieusement ? Vous pensez vraiment que ces trafiquants de drogue se seraient donné la peine de venir jusqu'ici ?

— Ils auront dépêché des hommes de main, comme cet Erubiel Diaz. Je sais par ailleurs que l'université de San Diego a arrêté plusieurs étudiants qui dealaient sur le campus pour le compte de cartels mexicains. Des jeunes gens issus des classes moyennes à qui on aurait donné le bon Dieu sans confession. Nous allons creuser de ce côté-là. Il se peut aussi que Luke ait acheminé de la drogue de son plein gré, moyennant rétribution...

— Mais Luke n'avait pas besoin d'argent. Nous savions récompenser nos fils lorsqu'ils obtenaient de bonnes notes. Greg tenait à leur montrer que l'effort paie et à leur inculquer la valeur de l'argent. Ils étaient fiers de gagner leurs sous de manière honnête. Greg avait donné 1 000 dollars à notre aîné pour les vacances de printemps. Entre ça et ce qu'il avait déjà mis de côté, il avait largement de quoi se retourner !

— Je ne suis pas là pour juger votre famille, madame Sarvas. J'essaie juste de découvrir ce qui est arrivé. Luke n'est qu'un adolescent. Dans sa tête, la mission se résumait peut-être à jouer les chauffeurs-livreurs pour la bagatelle de 4 000 ou 5 000 dollars. Le problème, pour peu que les premières expéditions se déroulent sans encombre, c'est que les gamins se prennent vite au jeu. Cela expliquerait le décalage entre la virée à Tijuana et les événements de juillet dernier : votre fils aurait eu un pépin après plusieurs mois de bons et loyaux services.

— C'est grotesque !

— Cette absence de plus d'une heure lors de la soirée en boîte à Tijuana, c'est peut-être là que tout s'est décidé. Nous aurons du mal à établir ce qui s'est passé pendant cette parenthèse. Quoi qu'il en soit, je persiste à croire que l'épisode de Tijuana et les événements ici peuvent être liés.

— Et moi je suis abasourdie. Mon fils se drogue, il couche avec des prostituées...

— Ce n'est pas comme ça qu'il faut voir les choses, Catherine. Il semble simplement que Luke, lors de vacances destinées à décompresser avant les examens, se soit livré à des pratiques irresponsables et qui ne lui ressemblent pas. Mais il ne serait ni le premier ni le dernier.

— Il allait entrer en fac de droit...

Ren haussa les épaules.

— De mon point de vue, Luke est un brave garçon qui aura voulu changer de vie le temps d'un week-end...

— Ce qui aura détruit sa famille, si je vous suis bien !

Catherine se mit à sangloter jusqu'à en perdre le souffle. Ren lui servit un verre d'eau.

— Veuillez m'excuser, dit-elle en séchant ses larmes avec un mouchoir. Et... pour Michael ?

— Je n'ai rien de nouveau, désolée. Mais, pour l'instant, nous allons partir du principe qu'ils sont ensemble.

— Morts, donc.

— Je n'ai pas dit ça, Catherine.

Même si toute ma démonstration le suggère.

— Je sais qu'ils sont vivants, de toute façon. Personne ne veut me croire. Même mes amis de la paroisse commencent à regarder leurs chaussures quand je leur dis ça. Mais je le sais, c'est tout.

— Vos proches sont bouleversés, Catherine. Votre malheur les afflige, mais ils se sentent impuissants, alors ils aspirent à tourner la page. Le problème vient d'eux, pas de vous. Personne ne vous croit folle, c'est juste qu'ils ne savent pas quelle attitude adopter. Ils aimeraient vous donner de l'espoir, mais ils craignent qu'on ne le leur reproche si jamais cet espoir se révélait illusoire. Ils n'osent imaginer votre réaction si les mauvaises nouvelles devaient continuer.

— C'est un cauchemar. Mon pire cauchemar…

— Nous allons faire le maximum pour retrouver vos fils et connaître la vérité. Ça va aller, Catherine ? Vous voulez que j'appelle quelqu'un ?

— Merci, ça ira.

— Très bien, dit Ren en rassemblant ses affaires. Je suis navrée de vous abandonner si vite, mais j'ai un avion à prendre.

— Ne vous inquiétez pas pour moi.

Ren posa une main sur le bras de la veuve.

— Surtout, n'essayez pas de les retrouver par vos propres moyens. Laissez-nous faire. Vous connaissez la situation à la frontière. Vous avez vu les reportages à la télé. Ces gens-là sont des bêtes, Catherine. Des monstres sans foi ni loi.

— Mes fils me manquent tellement…

— Je sais, mais ce serait trop dangereux. Et vous ne leur seriez d'aucun secours.

Ren se mordit la langue.

Moi non plus, je ne veux pas te donner de faux espoirs.

24

Après l'embarquement, l'avion resta cloué au sol plus d'une heure, sans aucune climatisation. Pour oublier qu'elle croupissait au milieu d'inconnus, à respirer Dieu sait quels germes, Ren avait ouvert un livre. Mais, la chaleur aidant, son esprit replongeait inexorablement onze ans en arrière, dans la base de Domenica Val Pando, au Nouveau-Mexique.

Se réveiller le matin dans une chambre noire en sentant le soleil taper derrière les volets fermés...

Ne t'engage pas sur ce terrain-là !

Ren rouvrit les yeux et reprit sa lecture, le souffle court, la poitrine oppressée. Mais, quelques instants plus tard, elle était repartie là-bas, dans le brouhaha qui rythmait les matinées au QG : les voix sonores des hommes, le ballet des camions, les piaillements des oiseaux. Et soudain elle entendait Domenica pousser un cri glaçant. Il était 6 heures du matin et les pas furibards de la chef résonnaient au bout du couloir. « C'est quoi, ce travail de cochon ? grondait-elle en espagnol. Ta mère et ta grand-mère ne t'ont donc rien appris ? Allez, on enlève tout et on recommence !

Si tu veux réussir dans ce pays, tu dois donner le meilleur de toi-même. Quoi qu'on te demande. Regarde-moi : je ne serais jamais arrivée là où je suis si je ne m'étais pas appliquée. »

Ren s'était aventurée dans le couloir sur la pointe des pieds. Dans l'une des chambres, Domenica montrait à une jeune soubrette terrifiée la technique de *la cama bien echecita* – du « lit bien fait ».

Un lit au carré, comme à l'armée ou à l'hôpital.

Ren avait beau se cramponner à son livre, son cerveau semblait décidé à rouvrir de vieilles plaies. La suivante fut Ricky Parry, le frère de Louis. Ricky… À lui seul, ce prénom évoquait une tout autre époque. Ren se souvenait des efforts désespérés dudit Ricky pour paraître cool. Dès l'âge de quatorze ans, il avait adopté le jean noir serré et le perfecto, avec une espèce de chaîne métallique suspendue à la ceinture. Hélas, ses cheveux blonds hérissés ne suffisaient pas à atténuer ses grosses joues roses et ses incisives proéminentes. En fait de rebelle, il faisait l'effet d'un gros hamster enchaîné.

Il n'empêche que Ren appréciait Ricky Parry. Après le suicide de Beau, ils étaient devenus amis, unis par un point commun qu'ils n'évoquaient jamais – le fait d'avoir perdu un frère adoré et d'être condamnés à se demander ce qu'ils auraient pu faire pour empêcher cela. Les heures qu'ils passaient ensemble à bavarder, à rigoler, à regarder les mêmes films et à lire les mêmes livres étaient autant de temps gagné sur l'angoisse et les remords. Ils étaient la jolie brunette et le métalleux pataud qui prenaient le bus jusqu'à Albany pour s'offrir une partie de billard.

Emportée par sa rêverie, Ren rejoua en esprit la scène dans la chambre de Beau, sauf que cette fois sa mère ne criait plus : « Il est mort ! » mais, « Dieu merci, il est vivant ! » Après quoi toutes deux s'engouffraient dans l'ambulance, puis dans le hall des urgences, cramponnées au lit à roulettes, tandis qu'une escouade de médecins faisait tout le nécessaire. Beau leur souriait, jeune et magnifique, si heureux d'être en vie. Peu après, alors que la famille au grand complet se remettait de ses émotions dans les larmes et les rires, Beau promettait de ne jamais recommencer. Et aujourd'hui il viendrait accueillir sa sœur à l'aéroport afin de lui annoncer que tout allait pour le mieux.

De retour à la Brigade des Rues sûres, Ren tomba sur Glenn, assis avec son vieux pote Cliff.

S'il te plaît, n'aie rien à me dire...

— Salut ! lui lança-t-il. Vous aviez quitté la ville ?

— Oui, j'ai fait un saut au Texas. L'avion du retour est resté immobilisé une heure sur la piste, avec une clim en panne. L'horreur.

— Aïe ! compatit Cliff. Ils ne devaient pas savoir que tu étais à bord.

— Et de votre côté, Glenn, du nouveau ?

— Si on veut. Juste avant que l'équipe écran s'attaque aux dossiers psychiatriques pour identifier les patients A, B et C, on m'a demandé de laisser de côté le B.

— Ah bon ? Pour quel motif ?

— Mystère. Mais la requête émane d'un haut gradé digne de confiance, alors ça me suffit.

— Qui ça ?

— Je ne peux pas vous le dire. De toute façon, le juge n'est pas d'accord. Quelques heures après avoir dit OK, il a tourné casaque. Tout compte fait, il tient à ce que l'équipe écran se penche sur le patient B.

Quoi ?

— Quoi ?

— Hammond dit qu'il veut au moins connaître la nature de ces « épisodes psychotiques ». D'autant que la qualité d'officier de police de B lui donne accès à des armes à feu, favorise l'abus de confiance ou pourrait être la cause d'un gros pétage de plombs, rapport au stress dans la profession, etc. Et puis il fait valoir que, à partir du moment où l'équipe devait passer en revue tous les dossiers, ce n'est pas le fait de chercher trois gus au lieu de deux qui alourdirait la charge de travail. Ça me paraît plutôt sensé.

Non, ça ne l'est pas ! Mais alors pas du tout !

— OK, dit Ren. Possible qu'on tienne quelque chose, en effet.

— Allez savoir. Tant que ce n'est pas à moi de me taper les délires des maboules...

Ren avait la nausée à l'idée que son dossier pût tomber sous des yeux étrangers. Mais, surtout, elle ne comprenait pas que les « épisodes psychotiques » mentionnés sur la fiche du patient B pussent inquiéter le juge à ce point, alors qu'ils restaient dans son cas relativement secondaires. À moins qu'ils ne fussent complétés dans les notes de Helen par un terme impressionnant, comme

« paranoïa ». Histoire de rendre le futur bouquin plus accrocheur…

Les gens raffolent des histoires de psychopathes, a fortiori quand ceux-ci travaillent du bon côté de la loi.

Ren inspira profondément. *Pas de panique. Tu n'as rien à craindre.* Au pire, une poignée d'avocats qu'elle ne connaissait ni d'Ève ni d'Adam étudieraient son parcours sans rien y trouver d'accablant. Ren avait certes des problèmes, mais elle n'était pas folle. *Pas encore.* Ses « épisodes psychotiques » n'étaient jamais violents, et elle n'avait pas d'hallucinations auditives.

Il m'arrive juste de croire à des choses irréelles, parfois.

Le chef accepta de la recevoir dans son bureau, quoiqu'il semblât fatigué.

— Je vais encore t'embêter, Gary, mais il faut que tu rappelles Glenn Buddy de toute urgence. Figure-toi que Hammond refuse de me rayer de la liste ! Je te préviens, il n'est pas question de les laisser ouvrir mon dossier !

— Du calme, Ren. Que dit Hammond, exactement ?

Elle répéta les propos de Glenn.

— OK, soupira Gary. Je vais le rappeler et lui dire d'insister auprès du juge. D'après toi, l'équipe écran en a pour longtemps à éplucher tous ces cas ?

— Je pense que ce sera bouclé d'ici à vingt-quatre heures au grand maximum.

— Je m'en occupe. Mais, au pire, Ren, tu ne risques pas grand-chose. Je comprends ton irritation à propos de la violation du secret médical, mais pour ce qui est du contenu même de ton dossier, d'après ce que tu m'en dis, tu n'as pas lieu de t'inquiéter. Je doute que Hammond s'étouffe en lisant ça au petit déjeuner.

Eh bien, moi, ça ne m'étonnerait pas.

25

Le lendemain matin, Ren se leva avec une heure de retard. Elle décida d'en imputer la moitié à un embouteillage fictif causé par le dérapage imaginaire d'un camion sur du verglas. Cela lui coûterait moins d'énergie que de décrire la paralysante sensation de deuil qui l'avait saisie au réveil.

Elle appela son frère.

— Salut, Matt. Tu te souviens des cartons que je t'ai confiés lors de mon déménagement ?

— Tu veux dire : est-ce que je me souviens de cette moitié de garage que j'ai sous les yeux tous les jours mais dont je ne peux plus me servir ?

— Ce doit être ça. Est-ce que ça t'embêterait de fouiller dans ces cartons ? J'ai besoin d'un truc.

— Un peu, que ça m'embêterait ! Y en a des dizaines !

— S'il te plaît, crétin chéri !

— Crétin chéri... Ça faisait une éternité que je n'avais pas entendu ça.

— Ça faisait une éternité que je ne l'avais pas dit.

— Et c'est censé m'amadouer ? Sérieusement, Ren, je n'accepte que si c'est important. Tu cherches quoi ?

— Un petit carnet.

— Je vois. Il fallait que tu choisisses LE machin dont tu possèdes un million d'exemplaires. Et invisible à l'œil nu, par-dessus le marché.

— Écoutez-le, ce comédien ! Ce n'est pas si petit que ça, Matt. Et celui dont je te parle n'est même pas rangé avec les autres. Je l'ai mis avec les nounours.

Un silence.

— Allez, Matt ! Il n'y a que trois cartons de nounours. Tu n'as qu'à passer la main à l'intérieur jusqu'à ce que tu tombes sur un truc dur. Ce n'est vraiment pas la mer à boire.

— À quoi ressemble-t-il, ce carnet ?

— Il est bardé d'autocollants parfumés.

— Ouah… Tu crois qu'ils sentent encore ?

— J'espère !

— Et que renferme ce carnet ?

— Des choses.

Matt émit un soupir.

— Ça concerne Louis Parry ?

— Comment t'as deviné ? Que veux-tu, Matt, avec moi, c'est tout ou rien. Je suis née pour enquêter.

— Rassure-moi : tu n'espères tout de même pas trouver la solution dans les observations d'une gamine de neuf ans ?

Et pourquoi pas ?

— Non, non. Mais bon, on ne sait jamais.

— Tu as gagné, ma crétine chérie. Je vais le retrouver, ton carnet. J'ai le droit de le lire ?

— Jamais de la vie ! J'ai sans doute écrit les pires choses sur toi.

— Bah ! Avec le recul des années, je pense que je supporterai de lire : « Matt est un con. »

— Je te rappelle que j'avais neuf ans, pas trois. Ce serait plutôt du genre : « Matt est inconséquent », ou...

— « Je te latte la rate, Matt la Blatte ! »

— Par exemple. Salut, crétin.

— Salut, crétine.

Ren se dirigea vers la salle à pas de loup, mais son long imperméable noir produisait un froufrou de tous les diables, et le grand manitou avait laissé sa porte ouverte.

— Viens ici ! lança Gary.

Et merde.

— Où étais-tu hier soir ? demanda-t-il d'emblée.

Elle fronça les sourcils.

— Pourquoi cette question ?

— Approche.

Il fit pivoter son moniteur. L'édition en ligne du *Denver Post* titrait : « Un juge périt dans les flammes ». Suivaient la photo de Douglas Hammond puis celle d'une voiture calcinée accompagnée de cette légende : « C'est hier soir à Genesee qu'est survenu l'accident fatal. »

Ren se laissa choir sur un siège.

— Nom de Dieu...

— Comme tu dis, fit Gary tout en attrapant la souris de l'ordinateur.

— Attends, laisse-moi lire. Que s'est-il passé au juste ?

— Il a quitté la route et heurté un arbre alors qu'il rentrait du tribunal. La bagnole a immédiatement pris feu.

— Atroce, articula Ren en même temps qu'elle parcourait l'article. C'est à peine croyable.

— Mais le fait est que ça règle ton problème de dossier psychiatrique.

Elle fixa son chef.

— Tu es ignoble, Gary.

— Tu admettras tout de même que ça t'accorde un certain répit.

Quand elle fut installée à son bureau, Ren reçut de la police d'El Paso un mail de John Reiff. Elle avait demandé à l'adolescent de lui envoyer les photos de l'escapade à Tijuana.

Le premier cliché était un portrait de groupe : quatre adolescents en short et tee-shirt assis au bord d'une piscine autour de hamburgers et de bières – sans doute les premières cannettes de la journée. Le suivant montrait une façade majestueuse, d'un blanc éclatant, de plusieurs étages.

C'est quoi, ce bâtiment ?

L'image était digne du *Condé Nast Traveler*, la revue de tourisme huppée. Ce n'était ni un hôtel ni un de ces pavillons privatifs disséminés dans des complexes géants. C'était une villa de luxe avec vue imprenable sur la mer. Greg Sarvas aurait donné 20 000 dollars à son fils pour les vacances que cela n'aurait pas suffi à payer une telle location.

Les trois lascars étaient peut-être seulement de passage chez une connaissance. Mais en compulsant les autres photos, prises à différents moments de la journée, tantôt à l'intérieur, tantôt à l'extérieur, Ren dut se rendre à l'évidence : il s'agissait bel et bien de leur lieu de villégiature. À mesure qu'avançait la journée, la maison se remplissait de bouteilles vides et de filles cependant que les tenues s'allégeaient. Sur les derniers clichés, tout le monde était nu dans la piscine.

Catskill 1989, slip de Bikini rouge, les jambes enroulées autour des hanches de Daryl Stroud...

Ren reprit les images une à une.

À qui appartient cette maison ?

Elle appela John Reiff, mais il n'avait rien à lui apprendre. Il ne pouvait rattacher cette maison à aucun des fêtards présents, et il ignorait comment Luke Sarvas avait dégoté ce plan. Il savait juste que c'était gratuit. Oui, ils avaient trouvé ça un peu bizarre... mais tellement génial. Luke était trop sympa de les avoir emmenés là-bas.

Pourquoi n'ai-je jamais droit aux palaces, moi ? Y a-t-il moyen d'y goûter autrement qu'en vendant son âme au diable ?

— Vous croyez que les riches sont plus malheureux que les pauvres ? lança Ren à la cantonade après avoir raccroché.

— Tout le monde a son lot d'emmerdes, répondit Colin.

— Si je vous demande ça, c'est parce que je n'arrête pas de croiser des nantis malmenés par la vie. Leurs baraques font saliver, mais ce qu'elles abritent est à pleurer.

— Tu as vu celle de Peter Everett dans le journal ? demanda Cliff. Tu sais, le chéri de Helen Wheeler...

— Non. Elle est comment ?

— Cossue.

— Et c'est quoi son histoire, à lui ?

— Tu as de la chance : ma femme m'a bassiné avec ça l'autre jour au petit déjeuner. C'est une ex-inconditionnelle de *Dynasty*, et elle a un don pour retracer les sagas familiales. Everett a épousé Lucinda Kerr lorsqu'ils avaient environ vingt-cinq ans. C'était un type brillant, plein d'ambition mais sans un rond. Papa Kerr l'a aidé à monter Lupero Technologies.

— L'ascension de l'Everett, plaça Ren.

— Puis le mariage a périclité il y a une dizaine d'années. Mais, malgré tout le fric en jeu, Lucinda et Peter se seraient séparés à l'amiable. Pourquoi tu t'intéresses à lui, au fait ? Tu cherches des cadavres dans ses placards ?

— Pas du tout. Il doit être anéanti, le pauvre homme.

— Sache en tout cas qu'il dispose d'un alibi en béton. Et, à en croire les inspectrices qui lui ont annoncé la triste nouvelle, le choc a été terrible. Il s'est littéralement écroulé sous leurs yeux.

— Eh bien... il l'avait vraiment dans la peau.

— Faut croire.

— Et son ex-épouse ? Tu crois qu'elle aurait pu avoir une dent contre Helen ? S'ils étaient restés en bons termes, elle rêvait peut-être de le reconquérir...

— Bof... Si l'on se réfère au témoignage de l'un des flics autrefois chargés de protéger leur résidence, c'est Lucinda qui a quitté Everett.

— Ah !

— Elle sortait avec un de leurs gardes du corps, mais peu de gens étaient au courant.

— C'est donc ça : elle en aimait un autre...

— Et ça recommence ! pesta Colin. Toujours à chercher de l'amour là où il n'y en a pas !

— Ce que tu peux être pénible, rétorqua Ren. Qu'est-ce qui t'est arrivé, mon grand ? Quelqu'un t'a abandonné quand t'étais gosse ?

— Non, Ren. Mais, maintenant que je suis adulte, je veux bien que tu m'oublies un peu.

— Tu me gonfles avec tes commentaires cyniques, Colin.

— Mais tout te gonfle, Ren ! À se demander comment tu n'as pas encore explosé.

26

Ren revint à son ordinateur pour ouvrir un site de potins sur les stars.

— Qu'est-ce qui peut bien pousser les gens à prendre ce genre de photos avec leurs mobiles ? s'étonna Robbie, penché vers le bureau de Ren.

— On se le demande. Et pourquoi ce ne sont jamais les gros moches qui s'y adonnent ?

— Pourquoi ? C'est ce que tu cherches ?

— Peut-être… (Dans le reflet de l'écran, elle vit Robbie hocher la tête d'un air approbateur.) Quoi qu'il en soit, jamais il ne me viendrait à l'idée de me photographier dans la glace de la salle de bains. C'est fou ce que j'aurai vu comme gens nus aujourd'hui…

Cliff raccrocha bruyamment son téléphone.

— Devinez qui enquête sur les dessous de la mort du juge Hammond, dit-il à ses collègues.

— Quels dessous ? demanda Ren.

— C'était un homicide, figurez-vous.

— C'est pas vrai ! fit Robbie. Que s'est-il passé ?

— La voiture a été sabotée. Et un accélérateur d'incendie a été utilisé…

— … par quelqu'un qui, visiblement, ne cherche pas à cacher la nature criminelle de l'accident, le coupa Colin.

— Il y a quelque chose de pourri au royaume de Denver, déclara Ren.

— Ce qui est sûr, termina Cliff, c'est que Glenn Buddy ne va pas se tourner les pouces.

— Pense-t-il qu'il y a un lien entre le meurtre du juge et celui de Helen ? demanda Ren.

— On n'a pas abordé cette question, désolé. Passe-lui donc un coup de fil.

— Non. Il est bien assez pris comme ça.

Le téléphone de Ren sonna. C'était Glenn, justement.

— Salut, Ren. Cliff vient de vous mettre au courant pour le meurtre de Hammond. Je voulais juste vous prévenir que cela va bloquer l'affaire Helen Wheeler, le temps qu'un nouveau juge reprenne le dossier. Mais après je suis sûr que les choses se dénoueront très vite.

— Ah bon ? Pourquoi ?

— Ça ne vous paraît pas curieux que ce juge se fasse liquider la veille du jour où trois dossiers psychiatriques devaient atterrir sur son bureau ?

— Ce qui me paraît le plus curieux, si vous voulez mon avis, c'est qu'on s'assoie sur le secret médical alors que rien n'indique que le meurtre de Helen soit le fait d'un patient. Du reste, aucun de ces patients ne sait qu'on va ouvrir son dossier psy, n'est-ce pas ?

Glenn soupira.

— Je n'ai pas encore trouvé comment tout cela s'articule, admit-il, mais je sens qu'on a levé un lièvre.

— Si vous le dites. Au fait, tant que je vous tiens, j'aimerais vous parler d'autre chose. Je suppose que vous et vos gars avez fouillé l'ordinateur de Helen…

— Bien sûr.

— Et vous n'avez rien trouvé concernant le domaine du livre ou de l'édition ? Des recherches sur la ligne éditoriale de différentes maisons, sur la taille moyenne des livres de cette catégorie, ou que sais-je encore ?

— Non, dit Glenn. Mais n'oubliez pas que ce projet de bouquin était encore tout neuf.

— Ça ne change rien. À mon avis, une psychiatre de soixante-deux ans ne rédigerait pas la moindre ligne sans avoir d'abord vérifié s'il existe un marché pour ce qu'elle envisage d'écrire.

— Peut-être qu'elle s'en fichait.

— Allons, Glenn. On ne pond pas un ouvrage de ce genre pour le laisser moisir au fond d'un tiroir. Ou alors ces notes ne faisaient qu'assouvir un simple besoin d'écrire, auquel cas Helen n'éprouvait nullement le besoin d'en faire un bouquin.

— Nous sommes persuadés qu'elle préparait un livre. Et Everett nous l'a confirmé.

— Il n'empêche. Je ne trouve pas ça logique.

Et dire que sans ces foutues notes personne n'aurait accès aux dossiers de Helen… le seul chemin vers nos secrets.

Ren passa la soirée devant la télé en pyjama. Elle sauta d'une chaîne à l'autre, fuyant les feuilletons et les jeux de téléréalité, s'arrêtant quelques instants sur un film ou un reportage, pour finalement s'échouer sur une chaîne consacrée à la nature. Ren n'avait rien d'une baba cool, mais la scène devant ses yeux était d'un suspense indicible.

Un crocodile se prélassait au soleil tout en regardant un minuscule oiseau voler devant son nez.

Soudain, il ouvrit la gueule.

— Sauve-toi, le piaf ! s'écria Ren en bondissant du sofa.

Elle ferma les yeux et retint son souffle, puis rouvrit lentement les paupières. Indemne, l'oiseau vaquait tranquillement entre les mâchoires béantes du reptile.

Pardon ?

Ren monta le son pour écouter le commentaire délivré d'une voix mâle :

« Peut-on qualifier le pluvier de courageux ? »

— Oh oui ! répondit Ren.

« Non, trancha le narrateur, car le pluvier sait qu'il ne court aucun danger. Bien avant sa venue au monde, par l'un de ces tours dont la nature a le secret, son espèce avait conclu un pacte tacite avec celle des crocodiles. "Plutôt que de nous dévorer, laissez-nous picorer les restes de nourriture entre vos dents. Ainsi, nous gagnerons notre pitance et vous des soins dentaires à domicile." N'est-ce pas là une relation fascinante ? »

Ren éteignit le poste.

Et moi qui croyais être folle.

Elle monta se brosser les dents. Ce faisant, elle médita sur cette étrange interaction entre l'oiseau et le reptile. *La nature n'est pas toujours loyale, se dit-elle, et un jour ou l'autre ce crocodile croquera son serviteur.* Comme Domenica Val Pando avec ses nervis. Certains se jetaient dans sa gueule, portés par une confiance aveugle. D'autres voletaient dans les parages, grisés par le danger. Et puis il y avait Ren, qui avait toujours su que ces mâchoires-là étaient programmées pour se refermer d'un coup sec.

Domenica exploitait les faiblesses d'autrui, et cette méthode lui permettait d'obtenir tout ce qu'elle désirait. Elle avait à sa botte des comptables, des juristes, d'anciens militaires. Des obligés au sein de la police des frontières et des autorités mexicaines. Domenica négociait, marchandait, et les discussions tournaient toujours à son avantage. Elle recrutait des clandestins qui avaient besoin d'argent pour régler des frais de santé ou pour faire venir leurs familles par l'entremise d'un « coyote ». Elle avait même recueilli un grand manager coupable de détournements de fonds.

À un moment clé de sa vie, Domenica Val Pando avait découvert la notion de « moyen de pression », et c'était devenu sa drogue. Bien mieux que l'héroïne, la coke ou le crystal-meth. Grâce au chantage, on pouvait lever des armées de pantins.

27

Robbie Truax était assis à son bureau, un gigantesque chapeau vert sur la tête. Ren se figea au milieu de la salle.

Ce truc me dit quelque chose...

Robbie leva les mains.

— Joyeuse fête, Ren Bryce !

— Oh, mon Dieu ! s'exclama-t-elle. Mais oui, on est le 17 mars ! C'est bien la première fois que la Saint-Patrick me prend par surprise. Je perds la main, les enfants.

— Tu veux un chapeau de lutin ? demanda Robbie en brandissant un deuxième couvre-chef.

Pour rien au monde, trésor.

— T'es un amour, dit-elle en posant devant elle son cadeau couleur trèfle.

— On va fêter ça chez Gaffney, ce soir.

— Mais ce sera noir de monde, chez Gaffney !

— Ça ne t'a jamais arrêtée, jusqu'ici.

— C'est vrai, admit-elle. Et ça ne me fera pas de mal, une bonne soirée de picole. Il se pourrait même que j'essaie le chapeau. (Elle s'installa à son poste.) Je suis tombée sur un documentaire dément, hier soir. Les pluviers et les crocodiles. Vous l'avez vu ?

Robbie secoua son haut-de-forme.

— Eh bien, cet oiseau, le pluvier, coopère avec le crocodile dans une symbiose stupéfiante. Le croco ouvre la gueule et laisse l'oiseau lui nettoyer les dents avec son bec.

— C'est quoi, cette fixette sur les crocodiles ? intervint Colin. Il y a un an, tu nous expliquais que les pédophiles étaient comme les crocodiles parce qu'ils n'avaient pas évolué depuis la nuit des temps...

Ren lui lança un regard froid.

— Écoute, bonhomme. Sois tu prends part à la discussion, soit tu t'écrases derrière ton ordi. Tu ne peux pas te contenter de relever les yeux toutes les deux minutes comme une vieille dame qui tricote. (Elle reprit pour Robbie, mais en parlant un ton plus haut :) Il y a donc la symbiose, qui est le contraire de l'*anti*biose, situation où deux organismes se partageant un même environnement – deux collègues de travail, par exemple – ont une relation qui n'apporte strictement rien à l'un des deux.

— Je ne te le fais pas dire ! lança Colin.

— Mais ton pluvier, demanda Robbie, ça ne l'angoisse pas de s'aventurer dans la gueule d'un crocodile ?

— Va savoir. Personnellement, je connais des moyens moins risqués de se procurer de la bouffe. Tu imagines si on devait faire comme lui ? On entamerait chaque repas la boule au ventre. Comme un premier rencard qui se répéterait tous les jours. (Elle se tut instant, puis :) Tu me diras, si tu es déjà dans sa bouche, c'est que la tension ne devrait plus tarder à se dissiper...

Colin prit un air outré.

— Oh, ça va, s'agaça Ren. Ce n'est quand même pas toi qui… Eh, mais attends voir. (Un rictus se forma sur ses lèvres.) Nom de Dieu, Robbie ! Colin Grabien a une copine !

Colin concéda un sourire.

— Ben ça, alors…

— C'est formidable, le félicita Robbie.

— Et comment ! confirma Ren. Enfin une pro saura me dire comment se renverser sur le poteau sans perdre les sous qu'on a dans le string.

— Tu lui poseras la question ce soir, rétorqua Colin.

— C'est vrai ? Elle sera là ? J'ai hâte de la rencontrer. Et comment s'appelle-t-elle ? Kitty Miaou-Miaou ? Désirée Labraise ?

— Naomi.

— Joli !

— Oui, c'est joli. Et maintenant boucle-la.

Il est vraiment mordu.

Ren se redressa sur son siège.

— J'ai compris à cause de ton sac de sport, dit-elle à Colin. Tu viens sans ton sac certains matins : tu traînes au pieu, petit coquin.

Comme Colin l'ignorait, elle tapa « Douglas Hammond » sur Google. Les articles obtenus se ressemblaient tous. Jusqu'au neuvième de la liste, une page de blog intitulée : « Nouvelle tragédie chez les Hammond ».

Tiens donc, pourquoi « nouvelle » ?

Après quelques lignes rapportant l'accident de voiture du juge – la police n'avait pas encore divulgué l'origine criminelle du drame – était reproduite une coupure de presse de 1983.

Une femme retrouvée morte dans un pavillon d'Everdale.

Le village d'Everdale est sous le choc depuis la découverte hier matin du cadavre de Trudie Hammond, 26 ans, par son mari Douglas Hammond, un avocat de 28 ans. Comme chaque jour, celui-ci avait quitté le domicile à 8 heures, et c'est en revenant dans la matinée qu'il a trouvé son épouse gisant sur le sol, sauvagement assassinée. Leur fille de deux ans, Mia, était indemne dans son berceau. Les voisins ont exprimé leur stupeur et leur tristesse face au décès de la jeune maman.

Suivaient deux photos en noir et blanc, l'une montrant une jolie rue envahie de voitures de police et de rubans jaunes, l'autre le visage de la défunte. Trudie Hammond arborait une mini-vague, des sourcils épilés et de longs cils enduits de mascara, des lèvres fines mais bien dessinées, et un sourire chaleureux.

Ren relut l'article. Informations sommaires, phrases toutes faites...

Les autres sites n'apprenaient pas grand-chose de plus. Mais Hammond était un homme de loi : si quelqu'un savait faire taire la presse, c'était bien lui. Il avait sans doute voulu épargner les détails sordides à sa fille pour lui éviter la peine de les découvrir quand elle serait en âge de lire.

Quoi qu'il en soit, le meurtrier de Trudie Hammond n'avait jamais été identifié.

Ren contacta Denver.

— Bonjour, Glenn, ici Ren. Simple question : existait-il un lien quelconque entre Helen Wheeler et Douglas Hammond ? Avant cette enquête, j'entends.

— Non, aucun.

— Elle n'a jamais été citée comme experte devant sa cour, par exemple ?

— Jamais.

— Même pas sous son nom de jeune fille ?

— Nous les avons tous pris en compte.

— « Tous » ?

— Elle a eu trois noms différents.

— Tant que ça ? Suite à des divorces ?

— Une fois veuve, deux fois divorcée.

— Ah oui ? Je ne l'aurais pas cru. (*Tu en sais décidément très peu, pour une soi-disant amie.*) Et comment se fait-il que la presse ne fasse pas mention des trois maris ?

— Les dépêches et les bulletins n'en parlent peut-être pas, mais attendez qu'on nous sorte une double page sur la jolie psychiatre qui exerçait près des quartiers chauds.

— À ce propos, elle aura peut-être eu le malheur de surprendre une transaction entre dealers sur le parking de son cabinet…

— Vous croyez ? Les dealers du quartier la connaissaient forcément. Ils savaient donc comment l'éviter. Et puis elle devait fermer les yeux.

— Oh, ce n'était pas son genre. Et pour peu qu'elle ait quitté son cabinet un peu plus tard que d'habitude… Personne n'a pensé à interroger ces arsouilles ?

— C'est plus facile à dire qu'à faire.

Ren continua de penser à voix haute.

— Et du côté de ses anciens maris ? Abandonner le cadavre de son ex-femme dans un entrepôt n'est certes pas un acte banal, mais on aurait pu faire appel à un tueur professionnel. Vous allez sans doute me demander le mobile, mais je n'aurai rien à suggérer. (Elle soupira.) Je ne sais vraiment pas quoi penser, Glenn. Cette mort ressemble tellement peu à Helen...

28

Le Gaffney était un bar irlandais bruyant, convivial et sautillant. Il y avait des poèmes gravés dans les boiseries, des portraits sous verre de Joyce et de Beckett, un cadre abritant les paroles de l'hymne national, et les photos des employés qui s'étaient succédé au fil des décennies, tous plus cramés les uns que les autres par les étés de plomb de Denver.

Colin Grabien se tenait près du bar, une main posée sur la taille d'une femme nettement plus petite que lui. Une blonde élégante, discrète, souriante. Âgée d'une trentaine d'années. Sans paillettes ni tétons à l'air.

Bravo, monsieur Grabien !

Ren vint à leur rencontre.

— Salut, dit-elle. Vous devez être Naomi. Je suis Ren, une collègue de Colin. Ravie de faire votre connaissance !

Extrêmement ravie, même. Mais calme-toi, ma grande.

— Enchantée, répondit Naomi. J'ai beaucoup entendu parler de vous.

— Ça commençait pourtant si bien…

Naomi partit d'un rire.

— Rien que du positif, je vous assure !

Elle sourit à Colin.

— Dans ce cas, merci, répondit Ren.

Ton nouveau jules est vraiment grave...

Robbie apparut à son tour.

— Bonjour, dit Naomi en lui tendant la main. Ravie de vous rencontrer.

— Tout le plaisir est pour moi. Colin nous a beaucoup parlé de vous !

Quel fayot, celui-là. Ren sourit à Robbie, puis à Colin. *D'ici deux secondes, Monsieur le tombeur va nous payer sa tournée...*

Colin tapa dans ses mains.

— Bon, vous boirez quoi, les enfants ?

— Une Coors light, s'il te plaît, répondit Ren.

Comme il s'éloignait vers le bar, elle demanda à Naomi :

— Et donc, ça fait combien de temps que vous sortez ensemble ? Il n'a jamais voulu nous le dire.

— Cinq mois, je crois.

— Déjà cinq mois ? C'est chouette, apprécia Ren en hochant la tête. Colin a un cerveau très impressionnant.

Mais pourquoi j'ai dit ça ?

Ren repensa à l'une de ses amies qui, se penchant sur un landau, avait déclaré à la maman : « Quelle jolie... couverture ! »

— On s'entend très bien, confia Naomi.

— En tout cas, je ne l'ai jamais vu comme ça !

Et que puis-je encore ajouter pour le mettre définitivement sur la touche ?

Colin dut se battre pour arracher Naomi aux griffes de Ren. La jeune femme annonça qu'ils allaient dîner chez les parents de Colin, une grande première que ce dernier illustra d'un sourire crispé.

— Ça sent le mariage à plein nez, estima Ren après leur départ. Je la trouve géniale.

— Oui, opina Robbie, elle m'a paru charmante.

— Soit cette femme sort de l'asile, soit elle y court tout droit.

Robbie leva les yeux au ciel.

— Et si tu te contentais d'être heureuse pour eux ?

Ren cogita.

— Je vais plutôt couper la poire en deux. Je peux être à la fois heureuse pour lui et triste pour elle.

Tout autour d'eux, les fêtards tombaient comme des mouches. La plupart étaient là depuis le déjeuner. Robbie en était à son troisième Coca sans caféine, Ren à sa quatrième Coors light.

— Et puis flûte ! dit Robbie en attrapant la bière de Ren. C'est la Saint-Patrick, après tout.

— Hé ! protesta Ren en tentant de reprendre sa cannette. Tu sais bien que les mormons n'ont pas le droit de boire !

— Oui, je sais. Et on a aussi le taux d'addiction au porno le plus élevé des États-Unis.

— Les deux choses sont liées ?

— Aucune idée. C'était seulement pour dire quelque chose.

— Que se passe-t-il, Robbie ? L'Église des saints des derniers jours a déçu tes attentes ?

— J'ai juste envie de m'amuser un peu.

— Je n'aurais jamais cru que je prononcerais cette phrase un jour, mais il existe d'autres moyens de s'amuser, Robbie.

— Sans doute. L'alcool n'est pas la réponse à tout.

— Non, seulement à la question : « Quelle est la chose que Ren Bryce aime le plus au monde ? »

Robbie pouffa.

— Allez, Ren, sois sympa. S'il y a quelqu'un avec qui je dois boire ma première bière, c'est bien toi.

— Bonjour le compliment ! Comme si je t'avais dit : « Viens là, gamin, viens goûter le bon jus de Jésus. »

À court d'arguments, elle inclina la tête.

Robbie commanda sa première bière, et lorsqu'il choqua sa bouteille contre celle de Ren elle vit dans ses yeux l'étincelle de la révolte adolescente.

Nous voilà bien...

Trois heures et quatre Coors plus tard, légèrement gaie, Ren observait un inconnu : Robbie Raide-Def.

— T'es magique, Ren, disait Robbie Raide-Def. Mais genre... magique.

Il lui prit la main sur la table.

— Ding, ding, fit Ren. C'est maintenant officiel : tu es très, très soûl.

— Mais tu *es* magique.

— Mais tu *es* bourré.

— Je t'ai toujours trouvée incroyable. Tu arrives dans le bureau, et tout de suite on s'éclate.

— C'est grâce à Colin.

— Je le trouve infect avec toi.

— Mais j'adore ça.

— Tu es si belle...

Allons bon.

Il voulut lui toucher la joue. Elle le repoussa gentiment.

— Je te ramène chez moi, Robbie.

Elle le vit bicher.

— Nooon, pas pour ça, Robbie. Pour dormir comme une souche.

Un seul dépucelage à la fois, s'il te plaît.

— Allez, insista-t-il. Pourquoi je serais le seul mec à pas y avoir droit ?

— Non, mais, dis donc ! (Elle lui attrapa le poignet.) Allez, debout, jeune homme.

— Je vaux bien mieux que tous ces types, Ren.

— Écoute, Robbie. Pour moi, tu es comme un petit frère. C'est comme ça que je te vois, OK ?

— Quoi ? Mais c'est horrible !

— Non, ça n'a rien d'horrible. Bouge tes fesses, maintenant.

Ren soutint Robbie Raide-Def le long de l'allée avant de le tirer comme un sac jusqu'en haut du perron.

— Hmm, dans quelle chambre vais-je te mettre ?

— Dans la tienne, répondit-il.

— Hé ! Je croyais que tu pionçais ! réagit-elle en lui flanquant un coup de pied dans la cuisse. Je m'interrogeais à voix haute, c'est tout. Je cherche la pièce la plus commode pour t'enfermer.

— Mais pourquoi ? Ce n'est pas parce que je suis ivre que je vais tout casser. Et pourquoi tu m'as frappé ? Tu es toujours comme ça, quand t'as bu ?

Non, en temps normal, je serais déjà au pieu avec un mec.

Elle lui empoigna le bras pour le hisser sur ses jambes.

— Tu m'as vu bourrée des millions de fois, Robbie.

— Ah oui, exact. Mais alors pourquoi pas ce soir ? Tu me trouves rasoir, comme copain de beuverie ? Je suis un mauvais buveur ?

— Tu es un buveur de seize ans, Robbie. C'est plutôt chou, mais je me sens sale. Et sans les côtés agréables de la chose.

— Alors tu me détestes, maintenant ?

— Absolument. Trouves-en une autre pour le bal de promo, moi, je retourne avec Biff.

— Qui ça ?

— Laisse tomber. Ça y est, je sais où je vais te loger. Il n'y aura qu'une volée de marches à gravir.

— Et toi, ta chambre se trouve où ?

— Au quarante-douzième étage. Allez, remue-toi un peu. On reprend le boulot dans… tu ne le croirais même pas.

Après une poignée d'heures, Ren revint douchée et sapée dans la chambre d'amis. Couché sur le flanc, Robbie la regarda entrer, le visage blafard et honteux.

— Misère, grogna-t-il. (Il essaya de se redresser.) Ouuuh !

Ren s'assit au bout du lit.

— Rallonge-toi, dit-elle. Fie-toi à ma longue expérience.

Elle lui caressa le front du dos de sa main fraîche.

— Merci, souffla Robbie. Je me sens minable, sans même savoir pourquoi. Je ne suis qu'un imbécile.

Ren avisa une flaque d'eau par terre.

— Tu aurais mieux fait de la boire, cette flotte, plutôt que de la renverser. (Elle ramassa le verre et le posa sur la table de chevet.) Inutile de t'en vouloir, Robbie. Tu n'as rien commis de répréhensible.

— J'ai honte, pourtant.

— Allons, trésor. Un garçon qui dit « misère » au lieu de « putain » et « flûte » au lieu de « bon Dieu » ne peut pas être foncièrement mauvais. C'est plutôt moi qui te dois des excuses.

— Pourquoi ?

— Je suis le cauchemar de toutes les mamans. Même à trente-sept ans. (Elle lui sourit.) Tu n'as rien à te reprocher, Robbie.

— Tu dis ça juste pour être gentille.

— Comme toutes les femmes qui soûlent les jeunes abstinents de trente ans.

— Ouh ! grimaça-t-il. Évite de me faire rire, s'il te plaît.

— Et toi, évite de vomir dans le lit d'Annie.

29

Le lendemain, au travail, Robbie ne décrocha pas un mot. Ses yeux naviguaient entre son ordinateur, la moquette et le téléviseur mural.

Les autres partis déjeuner, Ren se leva de sa chaise en brandissant une bouteille d'eau à la manière d'un oscar.

— J'aimerais remercier mon collègue Robbie Truax pour m'avoir offert le rôle de la Sobre et Responsable dans le film du même nom. Je remercie également l'académie, à Quantico, ainsi que ce bar à karaoké caverneux où il m'a entraînée – ça ne te rappelle rien, n'est-ce pas ? – et où nous avons redonné vie au grand standard country *Jolie bouteille, sacrée bouteille*. Merci du fond du cœur.

Robbie sourit et se renversa sur son dossier.

— Ah, Ren. Tu es vraiment…

— Magique, je sais. J'ai compris le message.

Le voyant s'empourprer, elle éclata de rire.

— Mon pauvre ami, tu viens de découvrir ce que les Irlandais appellent le « parler rond ». La boisson rend les autres plus merveilleux qu'ils ne le sont, et elle te pousse à leur déclarer ta flamme. Si tu te sens penaud ce matin, sache que c'est normal : ça fait toujours mal la première fois.

Robbie ouvrit des yeux ronds.

— Tu ramènes tout au sexe, ma parole.

— Moi, je ramène tout au sexe ? Tu aurais dû t'entendre, hier soir !

— Seigneur…

— Mais non, je te fais marcher.

— Comment peut-on vouloir s'infliger ça tous les jours ?

— Eh bien, ces jolies bouteilles tiennent bien en main, pour commencer. Puis, dès que tu en reposes une, tu t'aperçois que les verres à whisky sont très attachants, eux aussi.

En fin d'après-midi, la chaîne 9 News retransmit un moment des obsèques de Douglas Hammond. D'après le commentateur, la fille du juge, Mia, était la femme qui se tenait immédiatement derrière le cercueil à l'entrée de l'église, blottie contre la poitrine d'un homme que l'on supposait être son fiancé.

Colin interrompit ses activités pour suivre l'événement.

— Je ne savais pas qu'on pouvait être mis en bière après la crémation, dit-il.

— Tu es ignoble, pouffa Ren. Au fait, j'ai trouvé Naomi très sympathique. Et tu n'as pas choisi la plus moche.

Colin succomba à sa nouvelle faculté de rougir.

— Euh… oui, c'est vrai. Merci.

— Tu as déniché la perle rare, alors tâche de la garder. Le meilleur conseil qu'on puisse donner, c'est de rester soi-même, mais dans ton cas ce serait de la pure folie. Pour l'amour de Dieu, Colin, évite d'être toi-même !

Il ne put s'empêcher de sourire.
— Visez un peu la fille Hammond, lança Ren. C'est le portrait craché de sa mère.
— Je ne connais pas sa mère, répondit Colin.
— Tu peux la voir sur Google.
— Ça ne m'intéresse pas plus que ça.
— Cette fille est comme une version moderne de sa maman... (Ren se rapprocha de l'écran)... mais avec les yeux de son papa. (Elle se tourna vers Colin.) Non, non, je n'espère aucune réaction de ta part. Je me fais la conversation toute seule.
Cliff émergea de derrière un classeur métallique.
— C'est réparé ! annonça-t-il, un tournevis à la main.
Il vint se planter à côté de Ren devant le téléviseur.
— La malheureuse, soupira-t-elle. Moi, j'espère mourir avant le reste de ma famille. Et avant tous mes amis.
— Regarde qui est là, dit Cliff en désignant une très belle femme en manteau beige et toque de fourrure. C'est la fameuse Lucinda Kerr.
— L'ex-femme de Peter Everett ?
— Elle-même.
— Je serais curieuse de savoir d'où elle connaissait le juge Hammond.
— Ils devaient fréquenter les mêmes cercles.
— La Grande Confrérie des Riches ?
— Sociétés caritatives, réseaux d'amitiés... Les occasions ne manquent pas. Elle était aussi à l'enterrement de Helen Wheeler.
— Ah oui ?
— Je tiens l'info de Glenn. Et toi, pourquoi n'y es-tu pas allée ?

Parce que c'était au-dessus de mes forces et que j'avais opportunément programmé un voyage à El Paso ce jour-là.

— Ça tombait mal, répondit-elle.

— Je pense que Lucinda Kerr est venue pour soutenir Peter. Comme je te le disais, ils sont restés amis.

— Ou alors elle fait partie de ces pleureuses professionnelles qui trompent leur ennui en se montrant aux enterrements.

Après un dernier plan large sur la foule, les reporters rendirent l'antenne.

— Et tu n'aurais pas repéré le père de Lucinda, par hasard ? Ce bon vieux M. Kerr ?

— Non, répondit Cliff.

— Moi aussi, j'ai eu l'impression qu'elle était venue seule. Pourtant, où qu'elle ait pu rencontrer Douglas – dans un cabinet d'avocats, dans un dîner mondain ou dans une soirée caritative –, Kerr senior aurait dû se sentir affecté, lui aussi. Soit elle était juste sa partenaire de golf, soit…

Cliff la dévisagea.

— Parfois, Ren, ton esprit va si vite que j'ai l'impression de pourchasser un chauffard : il zigzague comme un malade, puis il me sème dans les ruelles latérales.

Ren eut l'air mortifiée.

— C'est un compliment, ma grande ! Tu as des espèces de fulgurances, et il y a toujours…

— Je devrais peut-être réfléchir à voix basse ?

— Excellente idée, glissa Colin.

Cliff passa un bras autour des épaules de Ren.

— Et il y a toujours quelques pépites dans le lot, disais-je.

— Ton tournevis me pique la fesse, Cliff.

— Je suis juste content de te voir.

Ren rentra tard à la maison. En remontant l'allée, elle avisa une enveloppe jaune sur les dalles mouillées du perron. Elle la ramassa, l'emporta à l'intérieur et l'ouvrit. Le pli contenait un document de quelques feuillets. Sur la page de garde ornée de l'en-tête professionnel de Helen figurait ce simple titre : *Patiente : Ren Bryce*.

Son cœur battit un peu plus vite.

Qu'est-ce que c'est que ce truc ?

Elle tourna la page. *Pitié, non...* Ces notes venaient bien de Helen. Et c'était son écriture.

Son ventre se noua. Ses jambes mollirent, ses mains tremblèrent.

C'est quoi, ce truc, bordel ? Et qui m'a déposé ça ?

Elle retourna l'enveloppe comme si elle espérait y trouver le nom de l'expéditeur. Puis elle rassembla son courage et commença sa lecture.

Patiente B, agent spécial Ren Bryce, arrivée au cabinet en 2007 après neuf ans de suivi par trois psychiatres successifs pour troubles bipolaires. Au long de ces neuf années, son traitement médicamenteux connut plusieurs périodes d'interruption. Quoi qu'il en soit, ce n'est qu'après un mois de traitement sous mon autorité que la patiente accepta le principe d'une psychothérapie.

Jusqu'ici, tout va bien...

Les sentiments exprimés par Ren Bryce dénotent un sentiment de culpabilité aiguë, lequel trouve son origine dans une faute grave commise lors d'une mission d'infiltration au sein du réseau criminel Val Pando, en 1998-1999. L'agent Bryce avait alors dissimulé des informations capitales à son agent référent, et aujourd'hui encore ce manquement semble lui causer une grande souffrance. Cet épisode marqua une période de stress intense dans la carrière de l'agent Bryce, au point que j'en suis venue à douter – aujourd'hui encore – de ses capacités à accomplir convenablement sa mission.

En 2008, l'agent Bryce a eu des relations sexuelles suivies avec un informateur confidentiel au cours d'une affaire d'homicide dans laquelle celui-ci était suspect. Dans le même temps, elle a été en proie à des pensées délirantes et a pris des risques inconsidérés, mais a refusé tout traitement.

Suite à de récents épisodes psychotiques, je lui ai prescrit du Zyprexa, mais la patiente n'a jamais présenté l'ordonnance à son pharmacien.

Après une évaluation approfondie de l'état mental de l'agent Bryce, je me vois contrainte de recommander la suspension de ses fonctions au sein du FBI, et ce pour une durée indéterminée.

J'ai en effet acquis la conviction que l'agent spécial Ren Bryce représentait un danger tant pour elle-même que pour ses collègues.

Ren resta assise dans l'escalier, les yeux rivés sur la signature de Helen en bas de la page. Elle était sûre d'une chose : ce texte ne pouvait émaner d'Helen Wheeler.

Je refuse d'y croire.

30

Billy Waites était assis dans un coin du bar de l'hôtel Teatro, où Ren et lui avaient naguère passé une nuit. Il n'avait mis qu'une heure et demie pour descendre de Breckenridge, ainsi qu'il l'avait promis en recevant le SOS de Ren.

À l'instant où elle l'aperçut, Ren éprouva une impression indéfinissable. Amour ? Désir ? Tristesse ? Douleur ?

Il se tenait parfaitement immobile. Ne bougeaient que ses yeux bleus, qui soudain s'arrêtèrent sur elle.

Verdict : désir, tristesse, douleur. Amour ? Difficile à dire, après tous ces longs mois à tenter de digérer notre rupture.

Billy Waites était amateur de tatouages. Ren, pas du tout. Elle avait même dissuadé nombre d'amis de se faire marquer le corps à l'encre indélébile. Mais un tatouage sur un mec si beau ? La laideur de la chose en devenait presque érotique. Surtout lorsque ce corps sculptural et viril était contrebalancé par un sourire à vous faire fondre. Le sourire d'un enfant le jour de son anniversaire.

Il lui sourit. Elle lui sourit.

Et c'est reparti pour un tour...

Billy repoussa son anorak au bout de la banquette, mais Ren préféra s'asseoir en face de lui.

— Salut, dit-elle.

— Salut. Je n'ai même pas droit à un bisou ?

— Je suis bien trop nerveuse. Regarde mes mains. Je suis une vraie midinette.

— Mais non, répondit-il en lui prenant les mains.

— Tu as l'air… très en forme, Billy.

— Toi aussi.

— Tu parles ! Je te remercie vraiment d'être venu, en tout cas. Ma tête est au bord de l'explosion.

— Quelles sont les nouvelles ?

— Bon sang, il y en a tellement…

— Comme toujours avec toi.

— Je sais, dit-elle en baissant les yeux. Ça me fait très plaisir de te revoir.

Et j'en suffoque déjà.

Billy se tenait face à elle, à un mètre de distance. La vie est étrange, parfois. Un corps qu'on connaissait par cœur mais qu'on ne peut plus toucher comme avant… Et cet espace vide qu'on s'était employé à combler lors des tout premiers tête-à-tête… Vlan ! Retour à la case départ, comme s'il ne s'était jamais rien passé.

Et, mon Dieu, ces bras…

— Désolée si je te parais bizarre, Billy. Mais tes bras m'ont toujours troublée.

Ils me ravagent la cervelle, oui !

Billy contempla ses biceps.

— Et je ne contracte même pas.

Il contracta.

— Arrête ça ! Tu sais bien que ce n'est pas ta personnalité qui m'attire le plus chez toi.

— Ah, parce que je t'attire toujours ?

Et merde.

Ren posa le front sur la table. Billy lui massa doucement le crâne.

Elle releva la tête.

— Tu es… Tu es une bouteille de champagne que je n'ai pas envie de déboucher, Billy.

— Tu veux dire que je n'existe pas, c'est ça ?

— Non, je veux dire que si je fais sauter le bouchon…

— Ça giclera partout ? devina-t-il en fronçant le nez.

— Pourquoi ai-je choisi le champagne ? soupira Ren. Qu'ai-je besoin d'une métaphore à la Danielle Steel, d'abord ?

— D'autant que ton rapport au champagne est bien plus net que nos rapports à nous.

— Ce n'est pas très gentil, ça. Même si c'est vrai.

— Déjà, le champagne ne t'a jamais rendue triste…

— Toi non plus, Billy.

— Mais tes sentiments à mon égard, si.

— Trêve de bla-bla, Billy. M'étendre sur mes problèmes ne fera que les aggraver. Telle est ma nouvelle devise.

— Bon. Quoi de neuf, alors ?

Ren jeta un regard autour d'elle.

— Et si on allait dans un endroit plus discret, là où les murs n'auront pas d'oreilles ? Je te montre où je loge en ce moment ? C'est à deux pas d'ici.

— OK, je te suis.

Ils s'installèrent côte à côte dans le canapé moelleux d'Annie.

— Voilà, Billy : je suis dans la merde.
— Qu'est-ce qui se passe ?
— Par où commencer… Ce soir, quand je suis rentrée du boulot, un document m'attendait sur le pas de la porte, un document confidentiel qui n'aurait jamais dû se retrouver dans la nature. Or il a été falsifié, et de manière très habile, si bien que des éléments tout à fait vrais côtoient les pires inepties. Sauf que je suis la seule à pouvoir démêler le vrai du faux. La personne qui détenait le vrai dossier est morte, et j'ignore qui a pu lire cette version trafiquée. Le problème, c'est que s'il est tombé entre les mains d'une autre personne – ce qui est de l'ordre du probable – je suis fichue. Car cette personne vient de mourir, elle aussi.
— Tu trembles, dit Billy en lui prenant les mains. Tu devrais boire un coup.
— Je vais… Je suis finie, Billy !
— Tu ne veux pas me préciser de quel dossier il s'agit, et qui sont ces personnes que tu as évoquées ?
Mais si je donne leurs noms ce sera irréversible. Es-tu seulement digne de confiance, Billy ?
Un long silence plana. Puis Ren se jeta à l'eau.
— Ma psy, Helen Wheeler, a disparu le soir de mon dernier rendez-vous à son cabinet. On l'a retrouvée peu après, morte, dans un entrepôt désaffecté. Le jour du crime, ma carte magnétique a été utilisée pour pénétrer dans cet entrepôt. Là-dessus, le juge Douglas Hammond, qui voulait examiner les dossiers de Helen, a été lui aussi éliminé, et mon dossier bidonné devient un gros index pointé dans ma direction.
— Qui est derrière tout ça, d'après toi ?
— Je refuse de me prononcer. J'attends d'avoir des preuves.

— Il y a forcément une solution, Ren. J'en suis persuadé. On va mettre au point une stratégie, et je ferai tout mon possible pour t'aider.

— Mais j'ai peur que ça ne s'arrête pas là, et qu'il y ait d'autres victimes. Pour comprendre de quoi il retourne, il faudrait que j'arrive à prendre une ou deux longueurs d'avance sur tous les autres.

— Il me semble que la première chose à faire, c'est d'empêcher quiconque de lire ce dossier.

— Maintenant que le juge est mort, ce sera très difficile. Et puis… j'ai aussi de gros soucis familiaux.

Ren parla des accusations lancées contre son frère Beau. Pour apaiser ses pleurs, Billy l'enveloppa dans ses bras et la berça jusqu'à ce qu'elle s'endorme. Puis il la porta à l'étage, la coucha, l'embrassa sur le front et se glissa dans le deuxième lit.

31

En ouvrant les yeux, Ren s'étonna de voir le lit voisin défait. Puis elle se souvint de sa soirée. Elle enfila un jean lâche, un pull gris, des chaussettes roses et descendit. Dans le couloir, elle entendit Billy inspecter le frigo et les placards de la cuisine.

— À moins que tu veuilles bricoler un cake, je doute que tu trouves grand-chose à grignoter.

— Tu ne manges jamais ? dit-il en se retournant.

— Pas le temps. Et pas envie. J'ai perdu l'appétit.

— Et si j'achète de quoi faire un bon petit déjeuner ? Ça te branche, des pancakes ?

— Ouh… Je ne crois pas avoir jamais dit non à des pancakes.

— Adjugé.

Billy mit le cap sur l'entrée.

— Je peux avoir un câlin ? demanda Ren.

— Bien sûr.

Il la serra fort et lui frotta le dos.

— Merci, dit Ren en se reculant d'un pas pour s'appuyer à la table de la cuisine. Si tu savais, Billy… Toute cette histoire me paralyse.

— Ne te bile pas. Tout va s'arranger.

— J'espère, Billy, j'espère. Je rêve de pouvoir faire « avance rapide » jusqu'à des temps meilleurs. Sauf que parfois on appuie par erreur sur la touche « épisode suivant » et on se retrouve dans le néant, parce qu'on a dépassé la fin de l'histoire.

— Et ensuite tu essaies « menu », mais tu obtiens ce maudit cercle barré, ou alors tu te retrouves dans les bonus et ils te dévoilent la fin du film, et là...

Ren plissa les paupières.

— J'adore quand tu m'expliques la vie à travers le prisme de la technologie, plaisanta Billy.

— Pourquoi ? Ça m'arrive souvent ?

Il hocha la tête.

— Surtout, ne change rien. Un jour, tu avais comparé ton étonnement au « bruit que fait Skype à l'ouverture », et j'avais trouvé ça splendide. OK, revenons à ton DVD. Est-ce que tu décèles une trame derrière ce qui t'arrive ?

— Oui, lâcha-t-elle après un temps d'hésitation. La perte de contrôle. Être à la merci d'une chose extérieure.

Billy hocha la tête.

— Mais, bon, je suis comme ça.

— Ça se travaille, tu sais.

Elle ne répondit pas.

— Ne le prends pas mal, Ren, mais je pense que cette histoire de contrôle tient une place excessive dans ta vie. Déjà, ton boulot te donne une autorité considérable sur les autres. Et dans tes relations sentimentales c'est généralement toi qui fais la pluie et le beau temps.

— C'est horrible, ce que tu me dis là. En plus, c'est faux.

— Si tu le dis...

— De toute façon, ce n'est pas le sujet. Quelqu'un cherche à me détruire, et je suis là à deviser sur tout et n'importe quoi. Je suis très forte à ce jeu-là, Billy. Je chante et je danse alors que je me consume à l'intérieur. Et que je suis à deux doigts de perdre la boule.

— Tu ne vas pas perdre la boule, Ren.

— Tu veux que je te confie un truc ? Les labyrinthes m'ont toujours terrorisée. Il y en avait un près de la maison quand j'étais môme, et l'été les gamins aimaient avoir leur goûter d'anniversaire dans ce parc. Eh bien, à chaque fois, je me faisais porter pâle. Ou alors je simulais un malaise au beau milieu de la fête – enfin, après le gâteau.

Billy sourit.

— Bref, continua Ren, cette peur des labyrinthes ne m'a jamais quittée. Or c'est exactement là que j'ai l'impression de me trouver aujourd'hui : au beau milieu d'un labyrinthe. Où que j'aille, je me heurte à un mur, et petit à petit tous ces murs se referment sur moi... Le sol se dérobe sous mes pieds, le ciel s'abat lentement sur mon crâne, l'air se raréfie...

— Allons, tu es en sécurité, ici. La maison est immense, mais on s'y repère facilement.

Ren le regarda.

— Je peux te demander quelque chose, Billy ?

— Laisse-moi deviner : tu veux que je te ramène une boussole du supermarché ?

— Pas du tout. J'aimerais juste savoir... pourquoi tu as pris le deuxième lit, cette nuit. Je n'espérais rien de particulier, mais...

— Je ne voulais pas abuser d'une femme en détresse.

— Ah, d'accord.

— Et puis... Je vois quelqu'un, en ce moment.

Le bond dans sa poitrine faillit la déséquilibrer.

— Ah oui ? Depuis quand ?

— C'est tout récent. Deux ou trois mois. J'ignore si cette histoire a de l'avenir, mais c'est une fille très chouette et je ne voudrais pas la blesser. Ni toi, d'ailleurs. Ni moi, accessoirement.

— Eh bien, cette femme a beaucoup de chance.

Est-elle plus sexy que moi ?

— Et comment s'appelle-t-elle ?

— Edith.

Doux Jésus !

— Mmm. C'est tout à fait…

— … au-delà de tes aptitudes à rester sérieuse, manifestement.

— Reconnais que c'est un prénom atroce ! Tu me diras, je peux parler.

— En tout cas, elle n'a pas une gueule d'Edith.

Ce qui signifie qu'elle est plus sexy que moi, avec un beau sourire et de plus belles fringues.

De retour des courses, Billy prépara des crêpes, et Ren se régala. Puis ils s'attardèrent dans le salon.

— Waouh ! fit Billy en avisant la photo de famille des Bryce. Ce que tu étais mignonne !

— Ouais, j'adorais cette robe.

— Et c'est qui, ce zozo ?

Ren avança le buste pour voir de qui il s'agissait.

— Ça, c'est mon frère aîné, Jay.

— Jay ? Tu ne m'as jamais parlé de lui. Laisse-moi deviner : avec un pantalon pareil, il a dû rejoindre un cirque et tu ne l'as plus jamais revu.

Ren s'esclaffa.

— Si, si, on se revoit de temps en temps. Mais on ne s'entend pas très bien.

— Comment ça se fait ?

— Je n'ai pas confiance en lui. Il m'a trahie plus d'une fois. Et puis tout nous oppose – comme cette robe et ce pantalon sur cette photo, tiens. C'est marrant, je ne m'étais jamais aperçue que ça remontait aussi loin…

— Tu veux bien développer ?

— Bon, je vais te donner un exemple. Tu vas trouver ça dérisoire, mais ça résume assez bien le personnage. À l'âge de quinze ans, Jay s'est mis à boire pour faire comme ses copains. Tous les week-ends, ils allaient se biturer, et il m'obligeait à lui servir de couverture. Je devais planquer ses bouteilles, occuper les vieux pendant qu'il escaladait le balcon de sa chambre, leur raconter des craques pour dissiper leurs soupçons… Je détestais ça. Je n'ai jamais su mentir, et ça me provoquait un stress pas possible, comme une boule d'angoisse permanente. Puis, quelques années plus tard, quand j'avais seize ans, ma copine et moi avons piqué deux bières dans le buffet de ses parents. Deux malheureuses bières. Le soir, en rentrant chez moi, je croise Jay dans le couloir. Résultat, le lendemain, je me retrouve coincée au salon avec ma meilleure copine et nos quatre parents, à subir un long sermon sur les méfaits de l'alcool et sur la profonde déception qu'ils ont ressentie en apprenant que leurs filles s'étaient conduites en voleuses. J'ai appris plus tard par mon frère Matt que Jay était tout bonnement allé voir les vieux pour leur dire : « Je crois que Ren a bu de l'alcool. » Tu te rends compte ?

— C'est moche, en effet. Mais ça ne peut pas être la seule raison de votre brouille.

— C'est juste pour te montrer comment il était – et comment il est toujours. Il ne tient jamais compte de ce que pensent les autres, et il décide à leur place de ce qui est bon pour eux. Il est impossible de lui confier un secret, par exemple, car il n'aura aucun scrupule à le répéter. Du coup, je ne lui dis quasiment plus rien.

— C'est triste.

— Je sais. Plusieurs fois, je lui ai redonné sa chance. Mais il n'y a rien à en tirer. Il se prend pour le nombril du monde. Il serait temps qu'il apprenne à respecter les désirs d'autrui, même s'il ne les comprend pas. Quand je lui demande par exemple de ne pas répéter à X que j'ai été promue, il ne devrait même pas chercher à savoir pourquoi. J'ai mes raisons, c'est tout.

— Et tu l'as souvent au téléphone ?

— Lorsqu'il y a un décès, principalement. Je sais que ça paraît terrible, mais, même quand il me demande comment ça va, je perçois un jugement dans sa voix.

— Peut-être qu'il a juste besoin de mieux te connaître.

— Surtout pas ! Il serait persuadé d'en savoir plus sur moi que je n'en sais moi-même.

— Tu n'es pas un peu dure, là ?

— Et toi, tu n'es pas un peu trop de son côté ? Ne parlons plus de lui ou je sens qu'on va se fâcher.

— Entendu. J'essayais simplement de me mettre à sa place.

— Pour quoi faire ?

— Je ne sais pas. Je n'ai ni frère ni sœur, alors…

— Tu les idéalises. Mais si ça peut te rassurer, sache que j'aime Jay du fond du cœur, et que je suis la première à vouloir qu'on se rabiboche. Compris ?

— Compris.

— En plus, il ne boit jamais d'alcool.

Billy éclata de rire.

— C'est donc ça ! Il te donne mauvaise conscience !

— Ha ! ha ! très drôle. C'est aux obsèques de Beau que Jay a pris sa dernière cuite. Et quelle cuite ! Ça l'a dégoûté de l'alcool à jamais. Tous ceux qui ont assisté à la scène auraient dû être vaccinés à vie, d'ailleurs.

— C'était si moche que ça ?

— Oui, mais je ne lui en veux pas. Il y avait une atmosphère tellement bizarre...

— C'est-à-dire ?

— Certains étaient là en simples curieux, alors que d'autres brillaient par leur absence. Mais le plus pénible, c'était cette espèce d'embarras qui planait dans l'église. J'avais envie de grimper sur l'autel pour leur crier à tous : « Mais qu'est-ce qui vous arrive, à la fin ? C'est un événement tragique, épouvantable, et personne ne devrait mourir comme ça, certes. Mais Beau n'était certainement pas la seule personne déprimée en ce bas monde, et ça m'étonnerait que personne parmi vous n'ait jamais songé au suicide. Alors pourquoi ce mot est-il si honteux ? Allez, répétez tous en chœur : "Beau s'est suicidé." N'ayez pas peur, ça ne va pas vous tuer. » Et puis, comme je te le disais, il y a tous ceux qui ne sont pas venus. Je comprends qu'ils aient été effrayés de voir le gros nuage noir du péché flotter au-dessus de notre maison, mais que faisaient-ils de la compassion et de la gentillesse ? Des gens que ma mère avait couverts d'attentions ; des voisins chez qui

Jay avait tondu la pelouse, ou dont les gamins avaient eu Beau comme professeur de piano...

Dans le silence qui s'ensuivit, les pensées de Ren volèrent vers d'autres funérailles, celles d'un certain juge qui avait eu l'insigne mérite de ne pas mourir « de sa propre main ». Personne n'avait rechigné à honorer cet homme-là.

Mais tout de même, comment expliquer la présence de Lucinda Kerr à cette cérémonie ? Lucinda Kerr, qui avait eu pour mari Peter Everett, lequel sortait avec Helen Wheeler, qui avait été assassinée, celle-là même dont les dossiers devaient être confiés au juge Douglas Hammond, qui avait été liquidé à son tour, lui dont l'épouse avait connu un sort identique trente ans plus tôt ?

Mais qu'est-ce que c'est que ce foutoir ?

32

Mia Hammond était désormais une orpheline de vingt-neuf ans. Ren n'avait aucune envie de la bousculer, mais il fallait bien avancer. Remuer les décombres faisait partie du boulot.

— J'aimerais juste vous dire deux mots à propos des obsèques de votre père, l'informa Ren. S'il vous plaît. Ce ne sera pas long.

— De ses obsèques ? s'étonna la jeune femme.

Ren hocha la tête.

— J'y ai aperçu Lucinda Kerr. Puis-je vous demander d'où vous la connaissez ?

— Je ne la connais pas. Ou seulement de vue, comme tout le monde. En la voyant là, j'ai d'abord supposé qu'elle avait croisé mon père dans un cadre professionnel. Puis, au moment des condoléances, elle m'a dit qu'elle se souvenait de moi petite fille. Elle et son mari avaient été nos voisins, ce que j'ignorais.

Les Everett habitaient la même rue que les Hammond ? Tiens donc.

— A-t-elle précisé à quelle période ?

— Elle a juste dit que j'étais gamine. Mais ce devait être en 1983 ou en 1984, parce qu'on a vite déménagé après la mort de ma mère. Mon père devait avoir hâte de quitter cette maison.

— On le comprend.
— Mais pourquoi vous intéressez-vous à Lucinda Kerr, au fait ?
— Je collecte des informations, rien de plus.
Et je ne saurais même pas te répondre...

La villa de Peter Everett était une autre de ces belles demeures abritant un morceau de souffrance. Le maître des lieux reçut Ren dans son bureau, une grande pièce dont la baie vitrée dominait un bassin entouré de dalles de granit clair. Le jardin parsemé de neige était joliment éclairé ; la maison, décorée avec goût. Mais la tristesse écrasait tout.

Ou est-ce seulement parce que je sais ce que tu as perdu ?

Le visage d'Everett parlait pour lui : traits tirés, yeux bouffis, joues hâves. Un très bel homme dans ses plus mauvais jours. Il était grand et svelte, brun, avec une raie sur le côté. Il portait un pull de cachemire rose à col en V par-dessus un tee-shirt blanc, ainsi qu'un jean bleu foncé et des mocassins marron. Malgré son look BCBG, il devait connaître un beau succès auprès des femmes, et sans bouger le petit doigt ni même s'en rendre compte.

— Je souhaiterais vous parler de Helen, monsieur.

Il acquiesça sans enthousiasme.

— C'était une femme formidable, dit Ren. Vous devez être anéanti.

Il écarquilla les yeux.

— Oui, bien sûr, mais... vous la connaissiez ?
— On se voyait assez régulièrement.

À heure fixe, sur rendez-vous.

Everett se frotta le visage.

— Elle avait beaucoup d'amis, dit-il d'une voix chevrotante.

Ren était elle-même à deux doigts de craquer.

— Et donc, d'après vous, elle préparait un livre ?

— Oui, confirma Everett. Enfin, ce n'était encore qu'un projet.

— Et sur quel thème ?

— Le bouquin devait traiter du métier de psychiatre, de la grande diversité des maladies mentales, de l'articulation entre médicaments et parole, etc.

— Et quand avait-elle commencé à écrire ?

— À mon avis, elle n'avait encore rien rédigé. Elle en était au stade de la réflexion. Depuis deux mois, environ.

— Elle avait un éditeur ?

— Non, ce n'était pas d'actualité. Il lui fallait d'abord bâtir un synopsis et trouver un angle d'attaque.

— Et tous ces cas qu'elle comptait décrire… Les malades étaient d'accord ?

— Autant que je sache, elle ne leur en avait pas encore parlé. Mais ce projet ne devait être dévoilé que bien plus tard, et il va de soi que Helen n'aurait jamais rien publié contre la volonté de ses patients. Un éditeur non plus, au demeurant. Même dans ses notes personnelles, elle veillait à préserver leur anonymat.

Pas suffisamment, hélas.

— Donc, si je vous suis bien, elle n'avait encore rien rédigé ?

— Non, rien de plus que les notes que vous avez saisies. J'étais le seul dans la confidence.

— Le problème, c'est que ces notes ne nous apprennent pas grand-chose…

— Cela ne m'étonne pas. Helen savait être discrète.

Ren hocha la tête et se leva du canapé.

— Merci de m'avoir accordé de votre temps, monsieur.

— Puis-je vous demander en quoi ce livre intéresse l'enquête ?

— Je regrette, mais c'est confidentiel. À propos, je viens de rencontrer Mia Hammond, la fille de Douglas Hammond.

— Douglas Hammond, le juge ?

— C'est ça. Mia m'a dit que vous aviez été voisins.

— Oui, autrefois.

— Vous n'avez pas assisté aux obsèques du juge ?

— Non.

— Votre ex-épouse y était, en revanche. Lucinda Kerr. À la fin, elle est allée se présenter à Mia, qui ne se souvenait plus d'elle.

— Oui, c'est tout à fait le genre de Lucinda. Nous vivions dans la même rue que les Hammond, à Everdale. Mais ça n'a pas duré longtemps. Un an, peut-être.

— Et vous habitiez là-bas quand Trudie Hammond a été tuée ?

— Oui. J'en garde un souvenir effroyable.

— Et après cet événement, vous êtes restés longtemps à Everdale ?

— Non, pas longtemps. Lucinda attendait notre fille. Everdale n'était qu'une résidence provisoire, vous savez, le temps de faire construire notre maison.

— Je vois. Étiez-vous proches des Hammond ?

— Non, non. Ils habitaient sur le trottoir d'en face, un peu plus loin sur la droite. Mais ils donnaient l'image d'une famille charmante.

— Très bien, monsieur. Merci encore.

— Je vous en prie. S'il y a quoi que ce soit que je puisse faire, n'hésitez pas...

Elle lui serra la main et partit.

De retour au bureau, Ren fut convoquée chez Gary.

— Bonne nouvelle, lui dit-il. Tout porte à croire que vos dossiers psy ne vont pas revoir la lumière du jour de sitôt. L'un des patients d'Ellen a appris que les flics voulaient y fourrer leur nez. Il a fait circuler l'info et les avocats des malades sont montés au créneau.

— Merci, mon Dieu ! souffla Ren. Tu ne peux pas savoir combien ça me soulage... Et d'où est venue la fuite ?

— Les possibilités sont nombreuses. Mais la secrétaire de Helen est une bonne candidate.

Bien joué, Sandy !

— Voilà, conclut Gary en hochant la tête.

Comprendre : « Maintenant, tu peux sortir. »

— Tu es..., commença Ren.

Si froid, si impassible...

— Oui, Ren ?

— Tu es si... Tu joues au poker, Gary ?

Le chef reposa son stylo.

— Il se trouve que oui. Pourquoi ?

— Tu gagnes souvent ?

— Oui, souvent. Mais je ne joue jamais pour du fric.

— N'est-ce pas l'un des attraits du jeu, pourtant ?

— Pour certains, peut-être.

— Et par « certains », tu entends « gros nazes ».

Gary se replongea dans sa paperasse.

— Mes adversaires sont tous de gros nazes, Ren. Par définition.

C'est simple, un homme, finalement. Je lutte, je gagne et je recommence. Dans tous les domaines de la vie.

33

Ren resta prostrée sur son siège, les mains sur les genoux, le regard perdu dans le vague.

Mon dossier est à l'abri !

Mais ce n'est sans doute qu'un sursis.

Elle tira son clavier et chercha « Trudie Hammond » dans Google. Voilà presque dix ans, le dossier d'homicide de l'épouse Hammond avait été transmis au service des affaires non élucidées – service où officiait une seule personne, une inspectrice du nom de Janine Hooks. Le site Internet de cette unité présentait quarante affaires – disparitions, homicides, restes humains non identifiés –, et chaque texte était entrecoupé d'images : portraits de victimes, effets personnels, visages reconstruits à la cire... Le dossier Trudie Hammond apparaissait en dixième position, et le descriptif reprenait peu ou prou ce qui figurait dans la presse. Trois autres victimes avaient un nom commençant par H. Ren en choisit une au hasard et étudia son cas. Puis elle attrapa son manteau et quitta le bâtiment.

Les affaires non élucidées du comté de Jefferson étaient installées dans un immeuble administratif de la grand-rue de Golden. Ren connaissait les lieux puisque c'était aussi là que travaillait le Dr Barry Tolman, le légiste de la région.

L'intérimaire à l'accueil était une novice du standard. Elle dut s'y reprendre à trois fois pour atteindre l'inspectrice Hooks.

— Elle sera disponible d'ici une dizaine de minutes. Vous pouvez patienter ?

— Bien sûr, répondit Ren. Je vais m'en griller une dehors.

— Ils n'aiment pas trop qu'on fume devant l'entrée, prévint la fille d'un air contrit.

— Entendu.

Ren ressortit et puisa dans son sac un paquet de cigarettes. Elle n'était pas fumeuse, sauf quand cela se révélait utile. Elle contourna le bâtiment et demanda du feu à deux secrétaires qui faisaient une pause. Lorsque celles-ci regagnèrent les locaux par une porte de service, Ren repéra discrètement la combinaison du digicode. Puis elle écrasa son mégot, regagna l'entrée principale et prit l'escalier jusqu'au premier étage.

Le bureau de Janine Hooks était un vrai trou à rats : exigu, dans les tons marron, tout à fait dans l'esprit des années soixante-dix. Ren trouva l'inspectrice assise sur le siège des visiteurs, face à son bureau et à son propre fauteuil vide. De dos, on aurait dit un adolescent, avec ce cou maigre, nerveux, et cette petite tête brune coiffée à la garçonne. Les bruits de talons de Ren la firent se retourner. Elle avait de grands yeux marron, à peine maquillés, des pommettes saillantes et une large bouche aux dents proéminentes. Ce curieux assemblage dénotait néanmoins une touchante vulnérabilité. De la même façon qu'un chien peut ressembler à son maître, Janine Hooks ressemblait à son boulot : l'air un peu perdue, comme si elle guettait une réponse, un salut. À elle seule, cette femme était une affaire non élucidée.

— Bonjour, dit-elle en se levant.

Ren fut frappée par sa maigreur. *Un corps d'anorexique.* Son chemisier formait des plis autour de ses hanches, et la ceinture de son pantalon devait être un modèle pour enfant. Mais sa tenue était impeccable et son sourire chaleureux. Elle faisait l'effet d'une chic fille.

Elle tendit sa main droite tandis que la gauche essayait de remballer un sandwich.

— Je suis l'agent spécial Ren Bryce, de la Brigade des Rues sûres de Denver.

— Enchantée. Asseyez-vous donc.

— Excusez-moi de débarquer à l'improviste, mais j'ai vu que vous enquêtiez sur un meurtre commis en 1989, celui d'un certain Hopkins. Je souhaiterais vous poser quelques questions à ce sujet.

— Pourquoi ? demanda Hooks sans la quitter des yeux.

Merde.

— Eh bien, j'ai lu sur Internet que Hopkins avait été abattu puis jeté dans la Golden River. Or, l'an dernier, j'ai eu un cas semblable, mais dans la Clear Creek. C'est d'ailleurs le Dr Tolman qui a procédé à l'autopsie, si vous voulez vérifier.

— Vous pensez donc que les deux affaires seraient liées ?

— Pourquoi pas ?

— Pourquoi pas, répéta Hooks en haussant les épaules.

Elle tira le deuxième tiroir d'un classeur métallique et sortit le dossier, ce qui permit à Ren de constater que ceux-ci étaient rangés non pas par année ni par type de crime, mais par ordre alphabétique, et qu'ils ne dormaient pas au fond d'un coffre mais ici même, dans ce bureau sinistre.

Janine Hooks ouvrit la chemise cartonnée. Ses mains étaient menues et ses doigts délicats.

— Voyons voir… Blessure par balle…

— Mon gars a reçu une balle de .22 dans la nuque, dit Ren.

— Non, ça ne colle pas. Hopkins a reçu la sienne dans la poitrine, d'un calibre 45.

Et ça me fait une belle jambe.

— Bon, d'accord. Merci du renseignement.

Ren prit congé sans laisser le temps à Hooks de poser la question qui tue : pourquoi ne pas avoir tout simplement téléphoné ?

Les affaires non résolues étaient un domaine passionnant, mais Ren n'aurait pas supporté d'en faire son pain quotidien. Chaque fois que vous rouvrez une enquête, c'est en sachant que vos prédécesseurs ont échoué avec les mêmes cartes en main. Il faut une solide vocation, et une foi à toute épreuve. Et puis les indices se dégradent, les anciens partent en retraite ou meurent ; les témoins disparaissent eux aussi, ou bien ils perdent la mémoire…

Ren ignorait ce que recelait le dossier de Trudie Hammond. Une chose était sûre, elle ne pouvait y accéder par les voies normales. Réclamer ces documents à Janine Hooks quelques heures avant que la presse ne révèle l'assassinat du juge Hammond ? Autant se rendre directement au commissariat de Denver en réclamant des menottes ! Ren n'avait pas le choix : il lui fallait biaiser.

Billy Waites descendit de voiture en voyant Ren se garer devant la maison d'Annie. Il marcha jusqu'à la Jeep.

— Alors ? demanda-t-il. Pourquoi tant de mystères ? Et qu'en pense Misty ?

Ren sourit et ouvrit la porte d'entrée. Ils ôtèrent leurs manteaux et s'installèrent sur le canapé.

— Tout d'abord, Billy, sache que c'est en désespoir de cause que je te demande un tel service.

— Comme c'est flatteur…

— Mais oui, Billy, ça l'est. Si je t'embringue là-dedans, c'est parce que, primo, je sais que tu seras à la hauteur et, deuzio, que je serai là pour te couvrir.

— Tu veux bien m'expliquer ?

— Bon. Je te préviens, ce n'est pas de la gnognote. Je veux que tu t'introduises quelque part.

— Carrément ? Tu es sérieuse, là ? (Il scruta son visage.) Merde, tu l'es.

— Oui, c'est on ne peut plus sérieux. Et je comprendrais que tu refuses. Je t'avouerai même qu'un non me surprendrait moins qu'un oui.

Mais, je t'en supplie, dis oui.

— Hmm…, fit Billy. Il y a de l'acier dans ton regard. Les yeux de cocker m'ont toujours laissé froid, mais l'acier…

— Le métal que tu vois là est mille fois plus robuste que l'acier, Billy. Il est indestructible.

— Je veux bien le croire. Mais, franchement, je ne sais pas trop.

— J'ai un plan béton.

Il secoua la tête.

— Allez, raconte.

— Je voudrais que tu te faufiles dans le bureau de l'inspectrice…

— Non, la coupa Billy. Pas chez les flics.

— Écoute-moi deux secondes. Ce bureau est très facile d'accès. C'est celui de l'inspectrice Janine Hooks, des affaires non élucidées. J'ai besoin d'un dossier qui se trouve dans un classeur au fond de la pièce. Je t'ai indiqué l'emplacement exact sur un croquis. Le dossier est à la lettre H, pour Hammond, Trudie Hammond.

— Hammond, comme dans *juge* Hammond ? Tu ne veux pas que je force deux ou trois bureaux de sénateurs, tant qu'on y est ? Ou les locaux des stups ?

— Ce dossier concerne le meurtre de son épouse, en 1983.

— Et j'en fais quoi, ensuite ?

— Attends, je réfléchis... Tu as un appareil photo numérique ?

— Non.

— Je te passerai le mien.

— Et comment comptes-tu me couvrir les miches, pendant ce temps ?

— J'attendrai dans la Jeep, devant le bâtiment. Je me suis déjà rendue chez Janine Hooks, alors ma présence n'aura rien d'extraordinaire. Je connais aussi le légiste, donc, j'ai plusieurs options.

— Des options pour quoi ?

— Pour faire mine de t'arrêter si quelqu'un te surprenait. Ce qui n'arrivera pas, parce que tu es un pro.

Billy leva les yeux au ciel.

— Et tu as pensé aux gardiens de nuit ?

— La porte de derrière est juste protégée par un code. Que je connais.

— Pas de caméras ?

— Il se pourrait qu'elles aient été trafiquées...

Elle lui remit le plan des lieux.

— Pourquoi t'intéresses-tu tellement à Douglas Hammond ? demanda Billy tout en examinant le dessin.

— Parce que.

— Espèce de gamine. Tu me le diras quand même, d'accord ?

— Oui, promis.

Billy sauta sur ses pieds.

— OK, allons-y.

— Quoi, tout de suite ?

— Billy Waites réalise vos travaux photos dans la minute.

34

Assise dans la cuisine, Ren étudiait les clichés pris par Billy. Maintenant qu'elle avait surmonté ses remords vis-à-vis de lui et de Hooks, la peur lui serrait l'estomac. Il lui fallait pourtant un maximum de concentration pour assembler ce puzzle dont elle ignorait le motif, pour combiner ces ingrédients livrés sans recette. On mélange et on enfourne, sans savoir quel gâteau sortira… Le gros de l'exercice consistait à deviner, supposer et extrapoler. En rouvrant une enquête, on peut aussi bien devenir la personne qui trouve de l'or dans une mine désaffectée que celle qui prouve une fois pour toutes qu'il n'y avait plus rien à gratter.

Le dossier Trudie Hammond dormait depuis vingt-sept ans, et il était d'une minceur désolante. Quelques photos macabres et un compte rendu lapidaire.

Trudie Hammond, sans profession et mère d'un enfant, fut retrouvée sans vie par son mari le 16 août 1983 à 11 heures du matin. Celui-ci était parti au bureau à 8 heures, et c'est en revenant chercher des documents de travail qu'il avait découvert le corps de son épouse étendu sur la moquette du salon. Son crâne révélait plusieurs coups assénés par un vase ; dans sa chute, sa tête avait traversé le plateau vitré de la table basse.

La fillette du couple, alors âgée de deux ans, dormait dans son berceau. Elle fut réveillée par une policière et rapidement emmenée chez des parents de la famille.

Aucune trace d'agression sexuelle ; Mme Hammond et son mari avaient eu un rapport au réveil.

Pièces à conviction : une chemise de nuit, des fragments de vase, un rectangle de moquette.

Les vingt maisons du quartier avaient été passées au peigne fin. Parmi les voisins interrogés, Lucinda Kerr se trouvait chez elle au moment du meurtre. Mais, souffrante et alitée, elle affirmait n'avoir rien entendu dans son sommeil. Son mari, Peter Everett, était sorti courir, et lui non plus n'avait rien vu ni rien entendu d'anormal avant de retrouver sa rue remplie de véhicules de police. La plupart des résidents n'apprirent le drame qu'en rentrant de leur travail.

Ren examina les photos. Trudie Hammond gisait en chemise de nuit blanche, sa chevelure blonde répandue autour de sa tête. C'était dans cette tenue-là qu'elle avait dit au revoir à son mari aux environs de 8 heures. Elle était maquillée de frais, mais les larmes avaient fait couler son mascara le long de ses joues, et il ne restait sur sa bouche que quelques traces de rouge à lèvres rose vif.

Ren s'étonna : pourquoi Trudie était-elle maquillée alors que sa chemise de nuit laissait penser qu'elle n'avait pas encore pris sa douche ? Et comment se faisait-il que la petite Mia eût roupillé tout ce temps ? Une intrusion, des bris de verre, les pleurs de sa maman, et sans doute des cris ; puis la voiture de papa, son arrivée dans la maison...

Quelle frustration de ne pouvoir arpenter l'intérieur de ce pavillon, de ne pouvoir parler ni à Douglas Hammond, ni aux non-témoins, ni aux enquêteurs chargés de l'affaire !

Ren reconnut cependant un nom, apposé au rapport d'autopsie, celui du Dr Barry Tolman. Elle appréciait cet homme affable, efficace et accommodant. Accepterait-il de lui glisser des informations dans le dos de Janine Hooks ?

Ren rassembla ses papiers, les glissa sous le canapé et monta se coucher.

On ne prend pas les bonnes décisions à 4 heures du matin.

À 8 heures, Ren attrapait une boîte de thé à la menthe en rêvant du jour où les nuits de quatre heures ne la rendraient plus nauséeuse. Alors qu'elle remplissait la bouilloire, le téléphone de la maison la fit sursauter.

Un jour, les nuits de quatre heures ne lui mettraient plus les nerfs à vif.

Peu de gens connaissaient le numéro d'Annie. Et très peu se seraient attendus à tomber sur Ren.

— Allô ?

— Tu savais que Beau se droguait ? lâcha sa mère d'une voix stridente, celle qui laissait présager un échange truffé d'inepties.

Ren consulta sa montre.

— Il est 8 heures du matin, bon Dieu...

— Dieu se moque de l'heure qu'il est, ma fille !

Ineptie numéro un.

— Tu sais bien que je vais devoir partir au boulot, maman. Allez, calme-toi et raconte-moi ce qui se passe.

— Ne me dis pas de me calmer ! Tu serais calme, toi, si le monde entier traitait ton fils de drogué ?

Ineptie numéro deux.

Ren respira un grand coup.

— Tu m'appelles pour quoi, au juste ?

— Je veux savoir si tu étais au courant que Beau se droguait.

— Qu'est-ce qui te fait croire ça ?

— Cesse ce petit jeu, Ren ! Tu n'es ni psy ni avocate (*ineptie numéro trois*), alors réponds à ma question. Est-ce qu'il se droguait, oui ou non ?

— Non, il ne se droguait pas. Et quand bien même, qu'est-ce que ça change ? Et qu'est-ce que ça peut faire que je l'aie su ou non, ou que le « le monde entier » l'ait su ?

— Les hommes de Daryl Stroud ont questionné les amis de Beau pour leur demander s'ils s'étaient rendus dans sa chambre, s'ils avaient connaissance de ce trou secret dans le lit, et ainsi dc suite. Et c'est là qu'ils ont déclaré que Beau se droguait.

Ren marqua un silence.

— Sérieusement, maman, c'est important ?

— Et comment, que c'est important ! Ton frère était dépressif, Ren. Pour quelqu'un dans son état, la drogue est le pire des poisons. Il se droguait sous notre nez, et nous n'avons rien vu !

— Je t'en prie, maman... Pourquoi faudrait-il écouter ces rumeurs, d'abord ?

Et pourquoi ne peut-on laisser Beau reposer en paix ?

— Mais parce que si c'est vrai ça change tout !

— Comment ça ?

— Cela signifie qu'on aurait pu le sauver. Si j'avais remarqué qu'il se droguait, j'aurais pu y mettre le holà. Dieu sait dans quelle mesure ces cochonneries lui attaquaient le cerveau. Il serait peut-être encore de ce monde si j'avais été plus attentive.

— Arrête ! Il n'y avait pas plus attentifs que papa et toi !

— Nous ne l'étions pas assez, manifestement.

Au contraire, vous l'étiez trop.

— Écoute, maman, quoi que tu veuilles penser de ces révélations douteuses, je maintiens que ça ne change…

— Si, ça change tout ! À force d'entendre dire que ton père et moi n'aurions rien pu faire pour sauver Beau, nous commencions à y croire un peu. Je m'autorisais à penser que j'avais été une bonne mère. Mais, maintenant, j'ai la preuve que non.

Ren soupira.

— Je sais que tu n'es pas disposée à entendre ce qui va suivre, mais tant pis, maman, je te le dis quand même. Tu as été une mère formidable, et tu n'es en aucun cas responsable de la mort de Beau. Alors, de grâce, ne prends pas prétexte de ces rumeurs pour recommencer à te flageller. Tu as fait tout ton possible, seulement personne ne pouvait s'immiscer dans la tête de Beau. Sa cervelle le bombardait de messages aberrants, et, à un moment donné, il leur a obéi. Et si lui-même n'avait aucun contrôle sur ses idées noires, comment aurais-tu pu en avoir, toi ?

— Ta sérénité m'impressionne, Ren.

— C'est le fruit de longues années de thérapie, maman. Tu devrais peut-être essayer.

— Je n'ai pas besoin de psy !

Ineptie numéro quatre.

— Personnellement, je pense qu'on a tous besoin d'un psy.

— Tu parles ! Que voudrais-tu que ça m'apporte, à mon âge ?

Et puis merde, je jette l'éponge.

— Allez, maman, j'ai du boulot. Repose-toi, embrasse papa pour moi, et Beau ne se droguait pas, point final.

35

Sur le chemin du bureau, Ren appela le Dr Tolman.

— Salut, Barry, dit-elle. Ici Ren Bryce, des Rues sûres.

— Bonjour, Ren. Comment allez-vous ?

— Très bien, merci. J'aurais aimé, si possible, m'entretenir avec vous d'une affaire que vous avez traitée jadis.

— Euh... oui. Quelle affaire ?

— Un homicide en 1983. Trudie Hammond.

Il y eut un blanc.

— Désolé, Ren. Je peux vous parler de n'importe quel dossier, sauf de celui-là.

Quoi ?

— Vraiment ? Je peux vous demander pourquoi ?

— Oui, vous pouvez. On m'a ordonné de la boucler.

— Qui donc ?

Tolman soupira :

— Janine Hooks.

— Janine Hooks ?

— Vous avez bien entendu. J'adorerais vous aider, mais, pour une raison qui appartient à Janine et à elle seule, je n'ai pas le droit de le faire.

Si cela peut vous consoler, sachez que j'étais simple assistant sur cette affaire : rien ne dit que je vous aurais été d'un grand secours.

— Je suis sûre que si.

— Et j'en aurais été ravi. J'ignore quelle mouche l'a piquée.

Ren cogita.

— Vous êtes copains, tous les deux ?

— Non, pas plus que ça. Janine est très gentille, mais un peu trop exaltée à mon goût, avec cet air grave et concentré qu'elle affiche en toute circonstance. On se croise de temps en temps dans les couloirs, mais ça s'arrête là.

— Et sur le plan professionnel, elle est comment ?

— C'est une fonceuse, du genre à ne rien lâcher. Elle se sent investie d'une mission, et ce n'est pas moi qui irais lui chercher des crosses.

Merci de me prévenir, mais je crains qu'il ne soit un peu tard.

La salle baignait dans un silence studieux mâtiné de bruits de clavier et de paperasse. Ren s'installa sans un mot, l'esprit focalisé sur Janine Hooks. *Que sait-elle au juste ? Peut-il s'agir d'une simple coïncidence ? Devrais-je lui téléphoner ?*

Quoi qu'il arrive désormais, la balle était dans le camp de Hooks, et Ren ne tenterait rien tant qu'elle n'en saurait pas davantage.

Elle considéra le tableau des cinquante fugitifs les plus recherchés. C'était là-dessus qu'elle aurait dû enquêter au lieu de se laisser distraire par d'hypothétiques liens entre Helen Wheeler et les époux Hammond. Domenica Val Pando semblait la narguer depuis le mur. *Que représentes-tu pour moi ?* se demanda-t-elle avant que la réponse la frappe en plein cœur. *La relation la plus malsaine de toute ma vie, voilà ce que tu es. Comme un petit copain que j'aurais trompé en même temps qu'il me trompait, jusqu'à ce que chacun découvre le pot aux roses.* Sauf qu'aucun homme n'avait obnubilé Ren à ce point, et cette pensée la démoralisait.

— Mais bien sûr ! s'écria-t-elle en bondissant de son siège. Domenica n'est pas le crocodile : elle n'est que le pluvier !

Les claviers se turent ; les regards convergèrent sur elle.

— Nous sommes confrontés à plus lourd que Domenica, avança Ren. Elle ne peut plus être la reine. Elle a perdu le pouvoir, et la face, depuis que le FBI l'a infiltrée jusqu'à l'os. Elle n'a rien vu venir, ni l'attaque du groupe rival ni la descente des fédés, et plusieurs de ses sbires y ont laissé la vie. Puis elle a été violée par deux hommes sous les yeux de son fils. Mais ce qui lui aura fait le plus mal, la connaissant, c'est la débâcle financière. Après ça, fini l'image de la businesswoman intraitable et rusée ! Le milieu a dû opérer une vaste redistribution des pouvoirs, et dans ces cas-là il n'y a jamais que deux solutions : soit ça explose, soit le système retrouve un nouvel équilibre, mais lentement, pas à pas. Domenica aura compris que, à défaut de conserver son monopole sur le crime organisé, elle pouvait encore se rendre utile à certaines personnes en leur fournissant divers services. Mais, pour cela, il fallait d'abord faire allégeance aux nouveaux rois, et Dieu sait si les rois sont féroces à la frontière mexicaine. Leurs mâchoires peuvent se refermer sur elle à tout moment, mais a-t-elle vraiment le choix ? La véritable question qui se pose à nous est donc la suivante : qui est le crocodile ?

Les gars hochèrent la tête.

— Si je comprends bien, dit Colin, on devrait essayer d'atteindre Domenica non plus par le bas, via son fils Gavino, mais par le haut, à travers son nouveau patron.

— Je pense que c'est la voie la plus prometteuse. Car mon petit doigt me dit que ce nouveau boss n'aura guère apprécié de voir la demoiselle revenir sous le feu des projecteurs avec notre fichu classement.

— La prochaine étape, c'est son arrestation ! jura Cliff.

— On l'aura ! approuva Robbie.

— Je vais rappeler les collègues de Nogales pour me rancarder sur les gros bonnets du coin, décida Ren. Et j'en profiterai pour demander où en est l'enquête sur Erubiel Diaz.

Une heure plus tard, Ren raccrocha son téléphone et rameuta l'équipe pour faire un nouveau point.

— Les autorités de Nogales considèrent toujours le meurtre de Diaz comme un effet collatéral des représailles sanglantes du cartel de Puente. Mais le plus intéressant, c'est que l'événement qui a mis le feu aux poudres, à savoir l'arrestation du numéro deux du cartel, est le fruit d'une dénonciation attribuée à un type qui se fait appeler « El Coyote Panzón ».

— Le coyote ventru ? traduisit Colin.

— Il doit s'agir d'un passeur, car ce sont eux qu'on surnomme les coyotes. Pourtant, j'ai du mal à imaginer un passeur obèse. Si je souhaitais traverser la frontière aussi vite que le permettent mes guibolles de clandestine, je préférerais suivre des gars un tant soit peu athlétiques...

— Ce Coyote Panzón fait partie d'un cartel ? demanda Cliff. C'est un chef local ?

— On l'ignore. Tout ce que l'on sait, c'est qu'il a déclenché les foudres du cartel de Puente. Et que, pour une raison ou une autre, Erubiel Diaz en a fait les frais.

— Tu crois que Domenica Val Pando pourrait être le Coyote ? suggéra Robbie.

Ren s'esclaffa.

— Domenica est bien trop fière pour laisser quiconque la qualifier de grosse !

— Et on n'a rien de plus sur ce Coyote ? s'enquit Colin.

— J'ai mis la police des frontières sur le coup, dit Ren. Nous serons prévenus s'il y a du nouveau.

Les collègues se dispersèrent pour vaquer à leurs occupations. On aurait dit qu'ils se remettaient difficilement d'une nuit blanche : muets comme des carpes, chacun déjeunant dans son coin... Quand Ren reparut à 14 heures, Colin leva le nez de son ordinateur.

— Tu connais la nouvelle, Ren ? (Il lut le titre affiché sur son écran.) « Réouverture de l'enquête sur le meurtre de Trudie Hammond ».

Quoi ?

— D'où tu sors ça ?

— Ça vient du *Post*.

— Et que dit l'article ?

— Pas grand-chose.

— Rassure-moi : il n'est écrit nulle part que l'accident du juge était en fait un homicide ? Qui est cité ? Quelle est la source ?

Alors que Ren s'efforçait de reprendre son souffle, la réponse tomba du ciel sous la forme d'un mail. Signé de Janine Hooks et intitulé : « Ha/Ho ».

Je crains le pire.

Ren ouvrit le message.

> « H-A vient avant H-O.
> Cordialement,
> Janine Hooks »

Oh non, Billy…

36

Ce soir-là, Billy revint chez Annie en se demandant – une fois de plus – ce qu'il pouvait y avoir de si urgent.

Après lui avoir ouvert, Ren se laissa tomber sur le sofa.

— Billy…

Il s'assit à côté d'elle.

— Que se passe-t-il ?

— Tu as mal rangé le dossier.

— Pardon ?

— Tu l'as replacé derrière un autre commençant par HO.

Billy se cacha le visage dans les mains. Puis il redressa la tête.

— Tu es sûre de ça ?

— Janine Hooks me l'a signalé par mail. Et elle rouvre l'enquête.

— Ce n'est pas une bonne chose ?

— Non, Billy, à aucun point de vue.

— Merde ! Je suis vraiment confus, Ren. Ça m'étonne d'avoir fait une telle erreur. Alors tu t'es fait griller ?

— Je n'en sais rien. Je retiens mon souffle. Qui sait comment elle va réagir ?

— Tu crois qu'elle risque d'en parler à Gary Dettling ?

— J'espère que non.

— Merci de ne pas m'en vouloir, soupira-t-il en lui prenant la main.

Tu rigoles ? Je t'en veux à mort ! Mais bon, c'était un accident, alors je ne peux rien dire. Mais quand même... Mais non... Mais si, c'est plus fort que moi.

— Tu n'imagines pas ce que pourrait me coûter cette connerie ! gronda-t-elle. Ma carrière...

— J'ai déjà entendu le couplet sur ta carrière, dit Billy en lui lâchant la main.

— Eh bien, merci de ne pas en avoir tenu compte !

Elle bouillait de colère.

— C'est précisément pour préserver ta carrière que j'ai accepté de t'aider, rétorqua Billy. (Il se leva.) Pour la préserver, et pour te préserver, toi.

— Rassieds-toi, Billy. S'il te plaît. Je ne voulais pas élever la voix.

Il obtempéra.

— C'est moi qui suis désolé, Ren.

— Je sais que tu l'es. Je te connais. J'ai juste... la frousse.

— C'est ma faute. Je t'ai toujours attiré des ennuis.

— Pourquoi tu dis ça ? Tu n'es pas responsable de mes décisions.

— Non, mais ce n'est pas la première fois que je te mets dans une posture difficile. Quand on sortait ensemble, par exemple.

— Là aussi, j'étais responsable de mes actes. Quoique... Si tu n'avais pas eu ce joli petit cul...

— On en a bavé, Ren. Tu en as bavé, et tu t'es battue comme une lionne. Alors si quelqu'un doit tomber pour cette boulette, ce sera moi.

— Ne sois pas stupide. (Elle hocha lentement la tête.) Mais qu'est-ce que je vais faire de toi, Billy ?

— Pardonne-moi, ce sera déjà énorme.

— Bien sûr que je te pardonne, imbécile. C'était merveilleux de ta part d'accepter de piquer ce dossier. Certes, le rangement l'était moins. Mais j'aurais dû te laisser en dehors de ça.

— Allez, personne ne remontera jusqu'à nous. Et, même si c'était le cas, il faudra encore qu'on me retrouve. N'oublie pas que tes potes m'ont traqué pendant des années avant que je me range des voitures !

Lui ayant arraché un sourire, il se releva, lui caressa les joues et l'embrassa sur le front. Quatre fois.

— Ne... t'in... quiète... pas.

Elle se hissa dans ses bras.

— Tu me perdras, grand fou.

— Ce n'est pas la fin du monde, Ren. Dis-toi que tout labyrinthe possède une issue.

— Ah non, ne me parle pas de labyrinthe !

— Si, écoute-moi. Les labyrinthes sont généralement formés de haies, n'est-ce pas ? En d'autres termes, ce qui t'effraie tant se résume à des rangées de buissons taillés. Vu comme ça, c'est tout de suite moins effrayant, non ? Surtout, ça montre qu'avec une bonne tronçonneuse tu peux te sortir de là en moins de deux.

— Pas bête.

— Tu sais, ce labyrinthe qui te terrorisait quand tu étais môme... Une seule chose t'empêchait de couper à travers les haies. Tu sais laquelle ?

— J'avais laissé ma tronçonneuse dans ma maison Barbie ?

— Les convenances, voilà ce qui te retenait. Les bonnes manières, les normes sociales, la peur de faire honte à tes vieux, de choquer tes camarades ou de gâcher une fête d'anniversaire.

Ren sourit.

— Tu marques un point.

— Il y a toujours une issue, Ren. Il faut juste savoir enfreindre certaines règles.

— Je suis plutôt du genre à traverser dans les clous, tu sais.

— Alors je suis d'autant plus heureux que tu t'en sois écartée avec moi. Et n'oublie pas : une panne, un problème ? Intervention gratuite dans l'heure, vingt-quatre heures sur vingt-quatre et sept jours sur sept.

Elle rit, le serra fort et le raccompagna à la porte.

Le téléphone d'Annie sonna. Ren regarda l'appareil d'un œil las. *Je suis crevée. Je suis occupée. Je suis à la bourre. Je suis sous pression.* Comme il était usant de devoir sans cesse faire bonne figure, d'avoir sans cesse à trouver les mots pour cacher l'étendue de ses soucis… Saurait-elle un jour répondre : « Je me sens fragile en ce moment, j'ai besoin d'être seule » ?

Un jour peut-être, mais pas ce soir.

Elle décrocha.

— Jay m'a appris que tu avais appelé Ricky Parry, attaqua sa mère.

Quand apprendra-t-il à fermer sa gueule, celui-là ?

— Pourquoi te me l'as caché, Ren ?

— Je ne voulais pas que tu t'inquiètes, c'est tout. Je n'étais pas sûre que Ricky apprécierait ma démarche. On avait été copains, alors j'espérais pouvoir parler sans qu'il se braque. Ça n'a pas marché, mais j'aurai essayé.

— Tu aurais quand même dû m'avertir. Ton père et moi vivons toujours ici, au cas où tu l'aurais l'oublié. De quoi nous aurions eu l'air, si nous l'avions croisé dans la rue et qu'il ait évoqué ce coup de fil ?

— Désolée, maman. Je faisais ce qui me semblait juste et utile.

— Je sais bien, mon trésor, mais je n'aime pas qu'on agisse à mon insu. Tu n'as pas besoin de me ménager.

— C'est plus fort que moi.

— Et ce petit ami cow-boy, tu ne m'en avais rien dit non plus.

Le monteur de taureaux qui m'a branchée à la foire du bétail il y a deux mois ?

— Ce n'était pas un petit ami ! s'étrangla Ren.

— Et c'était quoi, alors ?

Si tu seulement tu savais...

— Nous sommes sortis ensemble quelquefois, rien de plus.

— Et alors ? Pourquoi nous dissimuler son existence ?

Pour que tu évites de m'appeler chez lui, entre autres choses.

— Parce ce qu'il n'était pas assez bien, sans doute.

— Mais s'il n'était pas assez bien, pourquoi le fréquenter ?

Au secours !

— Tous les hommes que je rencontre ne sont pas destinés à m'épouser, maman. Écoute, j'ai un travail monstre et cette conversation ne mène à rien.

Sa mère déploya l'un de ses effets favoris : le silence pesant. Puis :

— Je me demande juste...

Et c'est reparti.

— Je me demande juste si tu n'essaies pas de remplacer Beau.

Ce doit être un cauchemar.

— Arrête de te poser des questions, maman. Et cesse de te gaver d'émissions psy à deux balles. Tout se mélange dans ta tête et ça te fait dire n'importe quoi.

— Comment ça, je me « gave » ?

— Et n'essaie pas de me marier avec le fantôme de mon frère ! C'est d'un glauque !

— Mais enfin, Ren, tu n'y es pas du tout. Je me suis mal exprimée. Je veux parler du vide que le départ de Beau a laissé dans ta vie, et que visiblement tu essaies de combler.

— Ouf, c'est déjà moins sordide. Mais ça reste faux. Je vais très bien, maman, et le célibat me convient parfaitement.

Ce qu'elle m'aura fait dire, tout de même.

— Et tu... couches avec des hommes ?

— Enfin, maman !

— Parce que j'ai lu quelque part que les gens comme toi couchaient beaucoup.

— Les femmes, tu veux dire ?

— Non, les gens qui ont... ta maladie.

— Je dois te laisser, maintenant. On me propose une conversation agréable sur une autre ligne.

— Comme tu voudras. Mais sache que beaucoup d'hommes ne s'intéressent qu'au sexe. Quand ils ont eu ce qu'ils voulaient, ils disparaissent.

Et à coups de pied au cul, s'il le faut !

Assise à l'immense table en acajou du salon, Ren cherchait un moyen d'échapper aux griffes de Janine Hooks.

A-t-elle rouvert le dossier Trudie Hammond dans le seul but de m'embêter ? Pour me signifier qu'elle sait que je l'ai consulté ? Ou parce qu'elle aussi suppose que les deux décès sont liés ? Notre accrochage va-t-il tourner à la compétition ?

Ren posa les yeux sur les documents étalés devant elle.

Janine Hooks va me tuer. Puis me jeter dans une rivière, pour me donner une bonne leçon.

Trois lettres flottaient dans l'esprit de Ren : CRP, le comité de responsabilité professionnelle du FBI. Ces gens-là auraient le vertige en entendant parler d'effraction dans des locaux de police par un ex-indic ayant été l'amant d'une flic du FBI alors que celle-ci enquêtait sur le meurtre d'une autre flic du FBI dans lequel cet indic était suspect.

La tête leur tournera, et la mienne tombera.

37

Après un week-end passé à retourner le problème dans tous les sens, Ren avait pris sa décision. Le lundi matin, à la première heure, elle retourna à Golden pour s'expliquer avec Janine Hooks. Contre toute attente, celle-ci daigna la recevoir : elle la pria d'entrer dès qu'elle la reconnut dans l'embrasure de la porte beige.

— Bonjour, dit Ren. Merci infiniment de me recevoir. Je suis mortifiée. Je suis venue m'excuser d'avoir piqué ce dossier, et aussi vous avouer mes motifs.

— C'était d'une outrecuidance inimagi…

— Je comprends votre indignation. Mais croyez-moi, cela n'avait rien d'une bravade. Il fallait que je consulte ce dossier sans que personne ne le sache. Par conséquent, je ne pouvais ni vous demander de me montrer ces pièces ni même les signaler à votre attention. Je ne sais pas encore de quelle façon, mais les meurtres des Hammond sont…

— *Les* meurtres, dites-vous ?

— Oui. Ce n'est pas un accident qui a tué le juge, mais un acte criminel. Pour l'instant, seuls le FBI et la police de Denver sont au courant, et ils ne souhaitent pas l'ébruiter. Comme je vous le disais, je pense que ces deux meurtres sont liés, non seulement entre eux mais aussi avec d'autres affaires que je suis de près. Voilà pourquoi il me fallait prendre connaissance du dossier de l'épouse. J'ai agi de manière cavalière, je l'admets, seulement je ne vous connaissais pas, et personne n'aurait rien gagné à connaître mes soupçons.

Hooks se renversa dans son fauteuil.

— En somme, c'était pour me protéger.

— Je ne dis pas ça. Il n'empêche que vous avez commis une grave erreur en rouvrant l'enquête Trudie Hammond. C'est exactement ce que je cherchais à éviter.

— Je pense que je m'en remettrai.

— Vous peut-être, mais...

— Et quel serait ce lien, alors ?

— Avant de vous répondre, j'aimerais savoir une chose : êtes-vous prête à coopérer avec moi sur cette affaire ?

Hooks écarquilla les yeux, comme si elle faisait face à une cinglée.

— Je vais jouer franc jeu, dit Ren. Mes supérieurs ne doivent pas apprendre que je m'intéresse à ce dossier car, comme vous l'aurez probablement remarqué, il ne concerne en rien les Rues sûres. C'est *votre* affaire non élucidée, vieille de presque trente ans, et ma brigade a bien trop à faire pour que j'aille demander à mon chef la permission de m'éparpiller. Il y a aussi certaines circonstances, personnelles celles-là, qui me mettent dans une posture délicate vis-à-vis de Douglas Hammond. Je sais que je n'ai rien à me reprocher. Je le sais. Quant à en convaincre les autres...

— Et que voulez-vous que ça me fasse ?

— Rien. Mais votre budget...

— Je vous demande pardon ?

— J'aimerais vous aider. Sincèrement. La première fois que j'ai mis les pieds dans ce bureau...

— La fois *autorisée*, donc...

— J'ai tout de suite vu que vous connaissiez votre métier, et votre personnalité m'a plu. Mais je ne pouvais pas me contenter de ça. Et l'enjeu était trop important pour que je renonce à mon plan. Croyez-moi, je n'ai aucun goût pour les larcins. Si j'ai pris de tels risques, c'est bien parce que ce dossier me paraissait d'une importance capitale.

— Comment saviez-vous que je ne porterais pas plainte ?

— Vous n'aviez aucun moyen de prouver que c'était moi.

— J'aurais pu téléphoner à... (elle regarda un Post-it)... M. Gary Dettling, pour lui transmettre en toute innocence l'information que vous m'aviez demandée.

— Et moi, j'aurais trouvé une justification à cette requête. Écoutez, la situation est la suivante : premièrement, je sais qu'il y a des coupes budgétaires et que votre service est sur la sellette ; deuxièmement, je sais que vous adorez votre boulot.

— Du chantage, maintenant ! Tout ce que j'aime.

— Il ne s'agit pas de chantage, il en va de notre intérêt commun. Je pourrais toujours m'effacer et vous laisser mener l'enquête toute seule. Je suis sûre que vous finiriez par en venir à bout. Mais je crois avoir déniché un élément crucial dans ce dossier.

— Ça m'arrive aussi, répondit Hooks en indiquant une pile de dossiers derrière elle. Ce n'est pas pour autant que je peux y donner suite.

— Nous ne fonctionnons pas de la même façon.

— Je m'en doute, dit Hooks. Si c'était vous qui souhaitiez, mettons, inspecter quatre ou cinq zones susceptibles d'avoir servi de fosse commune à différents tueurs, vous pourriez le faire sur-le-champ.

— Pas sûr. Mais il est évident que nos ressources sont sans commune mesure avec les vôtres, et c'est précisément cela que je mets sur la table.

— Je vous écoute.

— J'aurais juste besoin que vous me demandiez de réaliser un test ADN.

— En d'autres termes, vous me soufflez une idée, je feins de l'avoir eue toute seule, et je demande au FBI d'examiner un échantillon dans son labo.

— Exactement.

— Et qu'est-ce que je gagne ?

— Si mes soupçons se confirment, vous détiendrez enfin la solution de l'énigme. Résultat, votre taux d'élucidation progressera et vous serez en position de force pour défendre votre budget.

— Hmm, je vois. Qu'avez-vous trouvé dans ce dossier ?

— Eh bien, c'est encore assez flou, mais...

Ren trouva au bureau un Robbie Truax radieux.

— Bonjour, joli sourire.

— J'ai une bonne nouvelle pour toi, Ren.

— Vide ton sac.

— Enfin, « bonne » nouvelle... Pour toi oui, pas pour l'autre personne concernée.

Elle inclina la tête d'un air impatient.

— J'ai pris un message en ton absence, expliqua Robbie. De la part de l'hôpital Hunt Memorial de Nogales, en Arizona. Luke Sarvas vient d'émerger d'un coma artificiel. Son squelette est en mille morceaux.

— La vache... Que s'est-il passé ?

— Il affirme être tombé du mur frontalier.

Le mur séparant les États-Unis du Mexique avait été relevé au fil des ans pour dissuader les grimpeurs, en pure perte. La seule vraie conséquence, c'était que les sauts devenaient plus dangereux et les blessures plus graves.

— J'en déduis qu'il essayait de fuir le Mexique, mais qu'il ne pouvait pas le faire par des moyens légaux. Comment expliquer ça ?

— Toi, je sens que tu vas sauter dans le premier avion pour Nogales...

— On ne peut décidément rien te cacher. Et son frère, Michael Sarvas ?

Robbie secoua la tête.

— Toujours introuvable. Luke était seul.

Gary pointa le nez dans la salle.

— Glenn Buddy veut te voir, Ren. Il est en salle de réunion.

Une deuxième bonne nouvelle ? espéra-t-elle dans le couloir.

Glenn se leva pour la saluer. Son expression était neutre, mais ses yeux cachaient quelque chose. Et rien de positif.

— Vous connaissez Breckenridge, n'est-ce pas ?

— Oui, j'y étais l'an dernier, répondit Ren en s'asseyant. Pourquoi cette question ?

— Que faisiez-vous là-bas ?

— Rappelez-vous, Glenn : j'enquêtais sur l'affaire Jean Transom.

— Et saviez-vous que Douglas Hammond se trouvait là lui aussi ?

— Comme tout un tas de gens, a priori.

— Connaissez-vous les Amis de Breckenridge ?

— Non.

Mais je devine qu'on y croise plein de vieilles rombières en tricot.

— C'est une association montée par Hammond et ses amis, indiqua Glenn. Certains adhérents ne viennent que pour la saison de ski, d'autres préfèrent varier les plaisirs. Quoi qu'il en soit, il y a toujours un noyau dur en hiver et en été. L'association a fêté ses quarante ans l'année dernière.

Vous m'en voyez ravie.

— Et donc ?

— Étiez-vous à Breckenridge à cette période ?

— En effet. Mais attendez un peu… Ne me dites pas que vous cherchez un rapport entre…

— Je vous accorde le bénéfice du doute, Ren, alors permettez-moi de vous poser quelques questions. Je m'intéresse à vos liens avec Hammond, rien de plus.

— Mais de quels liens parlez-vous ? C'était une pure coïncidence !

— Vous ne me facilitez pas la tâche. Alors je vais être plus direct : que faisiez-vous en compagnie du juge Hammond le soir de sa mort ?

38

Le visage de Glenn Buddy était un mélange de fatigue et d'appréhension.

Ren passa aux aveux.

— Hammond m'a abordée un soir chez Gaffney. *(Il savait où me trouver, pardi.)* Soi-disant pour me fixer un rendez-vous.

Glenn s'enfonça dans son siège.

— Pourquoi ne l'avez-vous dit à personne ?

— Il... il m'a demandé de tenir ma langue.

L'excuse était médiocre, mais Glenn l'accepta.

— Je ne savais pas qu'il allait mourir, bien sûr. Dans mon esprit, j'avais un rendez-vous secret avec le juge Douglas Hammond, point.

— Je vois. Et où deviez-vous le retrouver ?

— Sur une aire de repos entre le golf de Hiwan et son domicile.

— Et cela ne vous a pas intriguée ?

— Bien sûr que si. J'en ai déduit que ce devait être très important, et hautement confidentiel.

— Et de quoi voulait-il parler ?

— Je n'en sais rien, figurez-vous.

— Mais que vous a-t-il dit, dans ce bouge ?

— Pas grand-chose. Très sincèrement, Glenn, je n'ai pas compris où il voulait en venir. C'était comme s'il s'était ravisé au dernier moment.

— Ses intentions étaient-elles d'ordre... sexuel ?
— Sexuel ? Entre le juge et moi ?
— Est-ce qu'il vous draguait, si vous préférez.
— Non, ce n'était pas le propos. Il semblait inquiet. Effrayé, même.
— Dans ce cas, pourquoi n'avez-vous pas...
— Il n'y avait pas écrit « danger de mort » sur son front, OK ? Il n'avait pas l'air bien, c'est tout.
— Était-il ivre ?
— Je n'ai pas lu les rapports toxicologiques. Son haleine sentait l'alcool, mais je ne dirai pas qu'il était ivre.
— Vous l'aviez déjà rencontré, auparavant ?
— Jamais.
— Et Helen Wheeler ? Elle le connaissait ?
— Pas que je sache.
— Aviez-vous une autre raison de retrouver Douglas Hammond ce soir-là ?
— Non. Et je ne l'ai pas tué, si c'est à ça que vous pensez.
— Personne ne vous accuse, rétorqua Glenn. (Il se tut un instant, la mine chiffonnée.) Vous connaissez l'expression « point de non-retour », Ren ? Je viens de le franchir, ce point, et c'est très inconfortable. J'ai commis une grossière erreur en optant pour la transparence totale vis-à-vis de vous. Mais cette erreur, vous m'avez poussé à la commettre, et j'ai l'impression d'avoir été manipulé.

Oui, c'est chez les êtres les plus lumineux que le côté obscur est le plus difficile à cerner.

— Pourquoi dites-vous ça, Glenn ? Je ne serais plus digne de confiance ?

La réponse du flic se lisait sur son visage.

— Je sais, Glenn, je sais... Je ne vous demanderai plus rien, promis. Mais je vous jure que je n'ai rien fait que vous ayez besoin de...

Elle fut interrompue par la sonnerie de son téléphone.

— Excusez-moi, dit-elle en regardant l'appareil. C'est mon frangin. Un problème familial.

Jay volant à mon secours ! On aura décidément tout vu.

Glenn fit signe qu'il sortait fumer une cigarette. Ren hocha la tête et prit l'appel.

— Salut, Jay.

— Je viens d'avoir maman, déclara-t-il sans préambule.

Et tu as aussi ses mauvaises manières…

— Oui, Jay ?

— Elle a appris que papa était allé remuer Daryl Stroud.

— Et… ?

— Tu trouves ça judicieux ?

— Bien sûr. Pourquoi le lui aurais-je suggéré, sinon ?

— À ta place, je ne l'aurais pas fait, Ren.

— OK.

— Quoi, OK ?

— Chacun pense ce qu'il veut. Papa et Matt sont du même avis que moi, mais je respecte le tien.

— Tu parles ! Tu lui as forcé la main, oui.

— Qu'est-ce que tu racontes ? Papa est un grand garçon. Je lui ai soumis l'idée et ça l'a tenté.

— Tu sais bien qu'il ferait n'importe quoi pour toi.

— Comme pour chacun d'entre nous, y compris Beau. Daryl a reçu la visite du paternel, et après ? Je ne vois pas en quoi cela pourrait nuire à l'enquête ou salir la réputation de Beau – au contraire.

— Ton problème, Ren, c'est que tu réagis au quart de tour. Tu es tellement impulsive !

— Ah oui ? Et si je te dis « va chier », c'est impulsif ?

— Je n'appelle pas pour qu'on s'engueule.

— Et tu m'appelles pour quoi, alors ?

— Pour te conseiller de rester en retrait. De ne pas en rajouter. Papa et maman souffrent bien assez comme ça.

— Non, mais tu t'entends, Jay ? Comme si je sonnais aux portes pour extorquer leurs économies aux petits vieux ! Au fait, tant que je t'ai sous la main, qu'est-ce qui t'a pris de leur parler de ma passade avec le cow-boy ?

— Qui te dit que c'était moi ?

— Comme si ça pouvait venir de Matt ! Mes histoires de cul ne regardent que moi. Tu comprends ce concept ?

— C'est Matt qui m'en a parlé, d'abord.

— Mais *à toi*, Jay, pas aux parents ! Pourquoi irais-je leur raconter ce genre de chose ?

— Justement, Ren, je ne vois pas pourquoi tu t'en caches.

— Et parce que tu désapprouves, tu te crois autorisé à cafter ? Quand te décideras-tu à respecter la volonté d'autrui ?

— Je me souciais de ton bien-être, c'est tout.

— Et en quoi ces petites trahisons contribuent-elles à mon bien-être ?

— Je ne suis pas certain que ces aventures sans lendemain te réussissent, voilà tout.

Ren explosa.

— Mais comment oses-tu ? Je n'en crois pas mes…

— Vas-y, défoule-toi. Ren contre le monde entier !

— Pourquoi « contre le monde entier » ?
— Il y a une telle colère en toi !
— Faux.
— Si, tu débordes de colère.
— Et il ne t'est jamais venu à l'esprit que c'était seulement contre ta personne ?
— Mais pourquoi tu m'en voudrais à ce point ?
— Oh, pour rien.
— Tu es une vraie gosse, ma parole.
— Et toi, le pire des... Va te faire foutre, Jay.
— Tu te conduis comme ça, au boulot ?
— Pourquoi tu me parles du boulot, maintenant ? C'est ça, ton grand souci ? Est-ce que ta petite sœur travaille bien ? Tu veux peut-être appeler mon chef pour qu'il te raconte comment je me porte ?
— Ça veut dire quoi, ça ?
— Tu ne sais rien sur moi, Jay. Rien du tout. Parce que tu n'écoutes jamais. Parce que tu te crois tellement mieux que tout le monde. Tu juges, c'est tout. Tu regardes et tu juges. C'est ce que j'appelle le filtre Jay. Mais le filtre Jay n'est qu'un filtre à merde.
— Tu as fini ?
— Non, je n'ai pas fini. Pourquoi m'as-tu dénoncée aux vieux ?
— *Dénoncée ?*
— Je t'ai toujours couvert, Jay. Et, pour me remercier, tu es allé leur dire que je buvais. Pour deux malheureuses bières !
— Tu veux parler de cette pauvre histoire quand tu avais quinze ans ?
— Non, imbécile ! C'est de Beau que je te parle ! Pourquoi ce n'est pas lui que tu as balancé ?

Pourquoi ne pas leur avoir dit qu'il fumait du shit tous les soirs ? Qu'il avait en permanence un sachet de pilules dans sa poche ? Tu étais au courant, je le sais. Alors va te faire foutre. Ce n'est pas lui que tu as trahi quand il t'a demandé de garder un secret. Tu as préféré me trahir moi, et tu as eu tort. Ça ne t'a jamais traversé l'esprit, ça ? Vraiment jamais ? Tu t'es planté, Jay. Il fallait livrer ton frère, et tu as livré ta sœur.

Elle raccrocha et posa bruyamment son téléphone sur la table.

Dans son dos, Glenn Buddy se racla la gorge.

— Excusez-moi, dit-elle en se retournant.

— Je n'ai entendu que la fin de votre échange. Après le « va te faire foutre ». Vous employez toujours ce ton-là, avec votre frère ? C'était ça, votre coup de fil important ?

— J'ai des circonstances atténuantes.

Glenn se rassit face à elle.

— Il vous arrive de prendre les choses au sérieux, Ren ? Je me déplace exprès pour vous entendre évoquer vos liens personnels avec un juge assassiné, et vous m'interrompez pour discuter avec votre famille.

— Je prends tout au sérieux, Glenn. Cette affaire est grave, mais ce coup de fil était important, lui aussi. Vous devez me…

— Faire confiance, c'est ça ? (Il haussa les épaules.) Je n'ai plus beaucoup de temps, mais, avant de partir, je veux être sûr que vous ne me cachez rien d'autre.

— Non, je ne vous cache rien.

— Vous comprenez ma situation, agent Bryce. J'enquête sur la mort d'un juge fédéral. Vous êtes du FBI, et Cliff James était mon témoin à mon mariage. Quand je vous dis que c'est inconfortable…

— Oui, je comprends. Mais je vous assure que je ne ferais jamais rien qui puisse vous nuire.

Je suis bien assez occupée à me saborder moi-même.

39

Une semaine plus tôt

Douglas Hammond patientait dans sa BMW verte, près d'un bouquet d'arbres, au bord d'une route de Genesee. Quand Ren frappa au carreau, il déverrouilla la portière pour la laisser monter. Le chauffage soufflait fort.

— Merci d'être venue.

Le regard de Ren trahit sa surprise.

— Vous auriez pu refuser, expliqua-t-il.

— Vous croyez ça, vous ?

Le froid transformait leur souffle en vapeur blanche. Les cheveux du juge luisaient de sueur.

— Alors ? demanda Ren. Qu'aviez-vous à me dire de si important ?

— Je vous conseille vivement d'autoriser la consultation de votre dossier psychiatrique, lâcha Hammond.

Ren le dévisagea.

— Comment savez-vous que…

— Faites-le, je vous dis. Ne résistez pas.

— Donnez-moi une seule raison valable.

— J'en suis réduit à vous convoquer en pleine nuit au bord d'une route déserte ! Cela devrait vous suffire.

— Vous ne me connaissez même pas.
— J'ai pris mes renseignements.
— Et ?
— Vous n'êtes pas du genre à capituler.
— Pas sans raison, non.
— Croyez-moi, vous avez toutes les raisons de le faire.
— Mais de quoi parlez-vous, à la fin ? Qu'est-ce qui peut bien vous intéresser dans ces dossiers ?
Hammond la dévisagea.
— Vous tremblez, dit-il. Vous avez froid ?
— Oui, j'ai froid.
Il contempla le bouton du chauffage, sans y toucher. Ren s'en chargea pour lui.
Ils se turent quelques instants dans le boucan de la soufflerie.
— Je n'ai pas seulement appris que vous étiez une femme coriace, reprit le juge. Il y a tant de choses à découvrir sur l'agent Ren Bryce...
Elle serra les dents et contrôla sa respiration. Mais sans grand résultat.
— Désolée, dit-elle en laissant monter sa voix, mais je ne comprends strictement rien à ces simagrées ! Vous avez du pouvoir, Votre Honneur, alors pourquoi m'infliger ce jeu de charades ? Vous avez besoin de ça pour vibrer ? J'ai fait tout ce chemin dans la nuit noire, bordel !
Hammond regardait droit devant lui.
Petit snobinard de merde.
Ren posa une main sur la portière.
— S'il vous plaît, agent Bryce.
Elle se retourna et frémit. Hammond avait les yeux exorbités de peur. Il lui agrippa le bras et l'attira contre lui.
— Vous ne savez pas dans quoi vous vous embarquez, marmonna-t-il.

— Lâchez-moi ! cria-t-elle en se dégageant.
Hammond pinça les lèvres.

— Je sens que d'ici à vingt-quatre heures votre dossier sera entre les mains de l'équipe écran.

— Ne vous fiez pas à vos intuitions.

— Faites ce que je vous dis, agent Bryce ! Ne m'obligez pas à passer par votre supérieur. Lui aussi pourrait tout à coup s'intéresser à votre dossier.

Il lui tourna légèrement le dos, comme pour clore la discussion. Elle vit qu'il tremblait, et que le froid n'y était pour rien.

— Mais qu'est-ce qui vous empêchait de me dire tout ça au bout du fil ?

Le passage d'une paire de phares fit tressaillir le juge. Il agita son avant-bras et Ren vit son pouce s'affairer sur le clavier d'un téléphone.

Il lui montra l'écran :

« C + que 345 »

Puis il effaça tout.

Ren voulut comprendre, mais le regard terrorisé du juge lui cloua le bec.

40

Ren était assise côté hublot. Elle préférait l'allée, mais celle-ci était revenue à un marmot cramponné à sa Nintendo DS. Il n'avait pas coupé le son, et chacun de ses bips hérissait Ren, façon supplice de la goutte d'eau. Lorsqu'elle se décida enfin à le fusiller du regard, il sourit et inclina la console pour lui montrer comme il se débrouillait bien.

Une bouffée de tristesse happa Ren. C'est à l'âge que devait avoir ce garçon, huit ans, qu'elle s'était pour la première fois sentie menacée par elle-même. Au beau milieu d'un éclat de rire avec son frère Matt, elle s'était soudain demandé : *Mais est-ce que tu rigoles vraiment ?* Effrayée par cette pensée, elle l'avait chassée de son esprit. Mais, aujourd'hui encore, ce souvenir la glaçait. *Est-ce que tu rigoles vraiment ?* Comme une voix surgie des ténèbres…

Une petite tape sur le coude la tira de sa rêverie : son jeune voisin lui proposait des Skittles, et elle en eut presque les larmes aux yeux. Parfois, la plus infime marque de gentillesse suffisait à la bouleverser. On se sent si seul quand on est bipolaire… Il lui était arrivé d'espérer un coup de fil de Helen annonçant : « Je me suis plantée, vous allez bien. » Ou d'imaginer une séance se conclure par un grand coup de tampon : SAINE D'ESPRIT, marqué à l'encre rouge sur son dossier. Le pire, c'est qu'elle en rêvait encore, à trente-sept ans passés. Contre toute évidence.

Du coin de l'œil, elle observa l'écran de la DS. Le gamin jouait à Mortal Kombat 3, un jeu déconseillé aux moins de dix-sept ans. Deux types se bastonnaient à mort, encouragés par des « Achève-le ! » clignotants. L'enfant s'excita sur ses boutons jusqu'à ce que son adversaire chute de dix étages et s'empale sur une grille. Des giclées d'hémoglobine illustrèrent son trépas, puis une voix d'outre-tombe annonça : « Sektor gagne. Victoire sans appel. *Fatality*. »

Le gosse montra à Ren un visage rayonnant.

— Bien joué, lui dit-elle.

— Je dois réussir un maximum de *fatalities*.

— Ah ouais ? Ç'a a l'air cool.

Continue comme ça, et nos chemins se recroiseront peut-être un jour.

Ren se redressa et regarda ses mains. Elle pensait de nouveau à Helen, et aux secrets que celle-ci avait – ou pensait avoir – emportés dans la tombe. « + que 345 », avait tapé Hammond sur son portable. Mais 345 quoi ? Dossiers psychiatriques ? Dans les classeurs de Helen ? Et après ? Quel était le problème ? Quel était le sens de ce message ?

Luke Sarvas était alité, plongé dans une pénombre qu'éclairait seulement le halo d'un téléviseur muet. Ren traversa la chambre et éteignit le poste, ce qui lui valut un clin d'œil plein de gratitude. L'adolescent avait le crâne bandé et le visage défiguré : l'orbite droite enfoncée, la mâchoire recousue, des coupures et des bleus sur toutes les parties à nu, les lèvres boursouflées et craquelées sous une épaisse couche de vaseline. Son cou était lui aussi couvert d'ecchymoses.

Il suivit sa visiteuse des yeux, sans bouger.

Ren se présenta et s'assit à côté du lit.

— Savez-vous comment vous avez atterri ici ?

Il hocha faiblement la tête.

— Que s'est-il passé, Luke ?

Il mit du temps à décoller ses lèvres. Elles étaient si abîmées que Ren faillit lui interdire de répondre.

— J'ai chuté, mâchonna-t-il.

— Du mur frontalier ?

Il hocha la tête.

— Vous mentez.

Le regard du jeune s'assombrit.

— J'ai parlé à vos toubibs, Luke. Vos blessures sont ce qu'on appelle des lésions d'écrasement. Quelque chose vous est tombé dessus.

Il ferma les paupières.

Gagné.

Il tenta de nier en secouant son crâne de momie.

— C'est un fait médical, insista Ren.

Il rouvrit les yeux et soutint son regard.

— Qu'est-ce qui a causé ça, Luke ?

Il secoua la tête de plus belle.

— Rien.

— Très bien. Alors revenons en arrière. Que s'est-il passé dans ce 4 × 4, il y a huit mois ?

Il hésita avant de répondre :

— Je ne me rappelle pas.

— Vous ne vous souvenez de rien ?

— Mes souvenirs s'arrêtent juste avant.

Son débit était laborieux, comme si chaque mot le torturait.

— Vous ne savez donc pas qui a bloqué le véhicule, ni quelle a été la chronologie des événements ?

— Non.

— Votre mémoire est intacte jusqu'à ce jour fatidique ?

Il confirma.

— Dans ce cas, parlez-moi de vos vacances de printemps à Tijuana.

Ses yeux trahirent le choc, mais il se reprit assez vite pour ne pas les écarquiller.

Je t'ai eu, petit con.

Ren le regarda activer ses neurones de faux amnésique : *Qu'est-ce que cette meuf du FBI peut bien savoir sur Tijuana ?*

— Je suis fatigué, gémit Luke.

Ben voyons.

D'un air plein de défi, il pressa le bouton rouge pour appeler l'infirmière.

Je te plaquerais bien ton oreiller sur la tronche, sale menteur de mes deux.

— Entendu, dit Ren. Je repasserai. Et autant de fois que nécessaire.

Luke se détourna vers le mur.

— Ne vous fatiguez pas, madame.

— Pardon ? Qu'est-ce que vous venez de dire ?

Il tourna son visage vers elle.

— J'ai dit : « Ne vous fatiguez pas. »

Comme par miracle, sa voix avait recouvré toute sa clarté.

— OK, répondit Ren. Ravi de vous avoir rencontré, alors. (Elle se leva de sa chaise.) Au fait, j'allais oublier. J'ai un truc à vous montrer. Où est-ce que j'ai rangé ça ? (Elle plongea la main dans sa sacoche et en sortit une photo.) Tenez, regardez. (Elle lui fourra le cliché sous le nez.) Là, c'est vous. Et ce môme, juste à côté ? C'est votre frère de quinze ans, Michael, qui vous prend pour un dieu vivant. Inutile de préciser que je ne le rejoins guère sur ce point.

Luke tordit la bouche et cligna des yeux.

— Je vais la laisser ici, dit Ren en posant la photo contre la lampe de chevet. Je sais que vous dégustez salement, Luke. J'en ai vu, des grands blessés, et je serais bouleversée si vous n'étiez qu'une victime innocente. Vous et votre famille vivez un enfer, et je compatis sincèrement. Mais, voyez-vous, cette compassion a quelque peu vacillé lorsque vous avez nié la vraie nature de vos blessures. Maintenant, je vous laisse, j'ai du boulot. (Elle empoigna sa sacoche, se dirigea vers la porte et se retourna sur le seuil.) Puisse Dieu avoir pitié de votre mère et de votre frère.

Catherine Sarvas faisait les cent pas dans le couloir.

— Luke affirme avoir presque tout oublié de son accident, dit Ren.

— Oui, je sais. Au fond, c'est aussi bien comme ça.

— Sauf que Michael n'a toujours pas refait surface !

— Je le sais mieux que personne, lui renvoya Catherine.

— Écoutez, il faut tout faire pour découvrir ce qui est arrivé à Michael.

— C'est aussi mon avis.

— Je pense que Luke ne nous a pas tout dit. Et j'ai besoin d'entendre ce qu'il sait.

— Comment ? se raidit Catherine. Êtes-vous en train d'insinuer que mon fils dissimule des faits qui pourraient nous aider à retrouver son frère ?

— C'est une possibilité.

Voire une certitude.

— Dans votre petit monde cynique, peut-être ! s'emporta Catherine. Cela fait huit mois que je prie pour revoir mes fils. Comment pouvez-vous croire que Luke pourrait nous cacher des informations vitales ? Il vient d'échapper à la mort et Dieu sait ce qu'il a enduré pendant ces huit mois. Comment voulez-vous qu'il ait les idées claires ? Alors peut-être, je dis bien *peut-être*, qu'il sait quelque chose, mais ce n'est pas en le brutalisant que vous le rendrez loquace !

— Loin de moi l'envie de le brutaliser, Catherine. Mais, malgré tout le respect que je vous dois, Luke vous a déjà menti par le passé, à propos des vacances de Pâques. Et lorsque je lui ai dit à l'instant que je repasserais le voir quand il serait plus vaillant, il m'a répondu : « Ne vous fatiguez pas. » Ça m'a plutôt étonnée, vu que nous n'avons toujours pas trace de son frère.

Catherine se figea.

— Vous avez dû mal entendre.

— Je vous assure que non. Je lui ai même fait répéter. C'est une phrase qu'il prononce souvent ?

Un silence.

— Si Luke vous a réellement dit ça, il ne faut sans doute y voir que la réaction d'un adolescent déboussolé qui souffre comme un damné et vient de traverser une terrible épreuve.

— Je le conçois tout à fait. Sincèrement. Mais raison de plus pour éviter à son frère de connaître le même sort. À sa place, je déballerais tout ce que je sais, quitte à y passer des heures, en espérant qu'un détail, même le plus anodin, puisse nous mettre sur la piste de Michael.

— Mais puisqu'il ne se souvient de rien !

— Vous a-t-il dit s'il avait vu Michael ? Ont-ils été enlevés ensemble ?

Mais ont-ils seulement été enlevés ? Les frangins auraient-ils tué leur père et pris le large ? Luke aurait-il dézingué les deux autres ?

— Oui, ensemble, répondit Catherine. Par l'homme qui a abattu Greg. C'est tout ce dont il se souvient.

— Encore une fois, Catherine, je veux juste vous aider à retrouver votre jeune fils. Et éviter que d'autres ne connaissent le même cauchemar que vous.

— Eh bien, ce n'est pas en harcelant un gosse de dix-sept ans que...

— Mais enfin, Catherine ! C'est vous que j'essaie de convaincre ! C'est vous qui devez le pousser à parler, parce que vous êtes sa mère et qu'il faut retrouver Michael d'urgence !

— Pardonnez-moi. J'ai si peur, vous comprenez. Je redoute d'entendre ce qu'il va me raconter. Et je ne peux pas me résoudre à lui faire revivre tout ça.

— Mais vous n'êtes pas Luke. Les deux situations ne sont pas comparables. Le moment est peut-être venu pour lui de soulager sa conscience.

— Seigneur, rien que d'y penser... Vous l'avez vu : on pourrait croire qu'il a simplement réchappé à un accident, et au fond j'étais prête à faire comme si. Comme s'il n'y avait pas eu ce trou de huit mois, comme si tout ce que vous m'avez appris sur lui n'avait jamais existé. Cela doit vous paraître absurde...

— Pas du tout. Mais quand même, poussez-le à parler, que ce soit à vous ou à moi. S'il se rappelle quoi que ce soit…

— Il vous l'aurait déjà dit, trancha Catherine avant de s'éloigner vers la chambre. Au revoir, Ren, et merci pour tout.

Un désastre.

41

De retour de Nogales, Ren fila directement à la Brigade des Rues sûres. Le visage accueillant du jour était celui de Cliff.

— J'ai besoin de tes lumières, lui dit Ren tout en posant sac et sacoche. Toi qui as des enfants, peux-tu m'expliquer pourquoi certains parents sont incapables d'imaginer que leurs rejetons puissent déconner, même quand c'est gros comme une maison ?

Cliff se carra dans son fauteuil.

— Lorsque j'étais au cours préparatoire, répondit-il, un de mes camarades de classe était pyromane. Un pyromane chevronné, amateur de grands brasiers. Qui prit l'habitude par la suite de se masturber devant les flammes. Ses fringues sentaient en permanence le charbon de bois, il avait des brûlures aux mains, et il a fini par mourir dans un incendie. Eh bien, aujourd'hui encore, ses parents persistent à parler de son « accident ». À l'époque, je me figurais son père planté dans le garage, au-dessus de la tondeuse, à secouer un jerrycan en se disant : « Zut ! Nous sommes encore à sec. »

— Je trouve ça dingue, commenta Ren. Moi, quand je faisais des bêtises, c'est-à-dire très souvent, ma mère ne cherchait jamais à me couvrir.

Cliff ne répondit rien.

— Mon Dieu ! glapit Ren. C'est pour ça que je suis bizarre ? Pourquoi ce silence, Cliff ?

— Ne t'emballe pas, cocotte. Les mères le sentent, quand leurs gamins ont des choses à se reprocher. Le tout est de savoir si ta maman te défendait quand tu étais innocente.

— Je ne l'étais jamais.

— Dommage. Si quelqu'un t'avait accusée à tort, je suis sûr qu'elle aurait pris ta défense.

— En attendant, Luke Sarvas est un fieffé menteur…

— C'est surtout un marmot de dix-sept ans que sa mère croyait avoir perdu à jamais.

— Tu sais, au cinéma, quand la caméra zoome sur un regard oblique pour suggérer qu'un type n'est pas net ? Luke Sarvas me fait le même effet. Un gosse qui sniffe de la poudre et fréquente les bars de *lap dance* ne peut être innocent, de toute manière. (Elle sourit.) J'ai conscience de parler comme une vieille bique, mais je préférais le temps où les enfants se tenaient à carreau. Mon Dieu, si j'ai des gosses un jour, ce sera terrible pour eux !

— Au contraire, tu apprendras la patience et la souplesse. Et tu leur enseigneras le respect du monde qui les entoure, tout en leur donnant des armes pour s'y épanouir.

— Waouh ! fit Ren. Tu veux être le père de mes enfants ?

— Je veux bien te les faire, mais c'est tout.

Elle sourit.

— Et à part ça ? dit Cliff. On te soupçonne d'avoir buté le juge Hammond ?

— Tu as entendu notre conversation, alors ?

— Bien sûr que j'ai entendu. Et je me demande ce que tu fabriquais avec ce juge au beau milieu de la nuit.

— Je ne peux pas t'en parler, Cliff. Désolée. Tu sais que je t'adore, mais... je ne peux pas.

— Cela concerne ton amie Helen ?

Elle confirma de la tête.

— Et, tant que j'y suis, tu sais quelque chose sur Trudie Hammond ?

— Je sais quelque chose sur *moi*, Cliff : je n'ai pas pris part à l'assassinat du juge. Mais, comme les apparences jouent contre moi, j'essaie de glaner des contre-preuves. Si j'arrivais par exemple à établir que le meurtrier de Trudie ne la visait pas elle, mais lui, cela ferait déjà un bon argument en ma faveur.

— C'est le fait que tu aies menti qui te rend suspecte.

— Il n'y a pas que ça. Et je sais combien ça doit être frustrant que je ne t'en dise pas plus. Désolée, Cliff.

— Ne t'excuse pas, Ren. Mais je ne voudrais pas que tu t'attires des ennuis simplement parce que tu refuses de demander de l'aide.

— C'est noté.

— Pour en revenir à Trudie Hammond, le comté de Jefferson cherche quoi, au juste ?

— Ils veulent procéder à des tests ADN. Sur des fragments de verre, une chemise de nuit et un bout de moquette.

— Tu as une théorie ?

— Pour commencer, je m'étonne que le juge Hammond n'ait jamais réclamé lui-même ces analyses. Ensuite... Non, rien. Voyons d'abord ce que donnent ces tests.

— L'épouse a été violée ?

— Le rapport d'autopsie dit que non. Mais elle avait fait l'amour avec son mari avant qu'il parte au boulot.

— Elle aura peut-être été victime d'un cambrioleur qui s'attendait à trouver une maison vide.

— C'est une possibilité, bien sûr. Mais je me demande surtout si elle n'est pas tombée dans un piège tendu à son mari.

Cliff imagina le scénario.

— Le juge est témoin d'un truc gênant. Il faut donc se débarrasser de lui. Par erreur, on tue sa femme, mais on se dit que cela servira de mise en garde. Et puis il recommence à faire des siennes, alors on l'élimine pour de bon.

— Autre hypothèse : le coup viendrait d'une personne ayant travaillé sur le premier meurtre. Un flic véreux, par exemple.

— Et quel serait le mobile ?

— Je ne sais pas... Hammond aurait récemment découvert que le flic en question avait dissimulé des éléments clés.

Mais comment Helen Wheeler s'intègre-t-elle dans ce schéma ?

— En cas de doute, café ! lança Ren.

— Volontiers, approuva Cliff.

Alors que Ren rapportait deux mugs fumants de la salle de repos, son téléphone sonna.

— Tiens, jeune papa, dit-elle en servant Cliff.

— Merci, octo-maman.

— Tant que ça, tu es sûr ?

— Réponds au téléphone, au lieu de bavasser.

— Je vois : maintenant que tu m'as engrossée, je ne suis bonne qu'à tenir la maison. C'est le labo, dit-elle en lisant le numéro inscrit sur l'appareil. (Elle décrocha.) Allô ?... Oui ?... Ah bon ?

— Qu'est-ce qu'il y a ? articula Cliff.

Ren couvrit le combiné avec sa paume.

— L'ADN sur la chemise de nuit, souffla-t-elle. Il y a du sperme, mais pas celui du juge Hammond. (Elle reprit son correspondant.) Dans ce cas, accepteriez-vous de procéder à une autre analyse, rien que pour moi ?

42

Ren s'assit à son bureau et posa les mains sur son clavier, comme si elle comptait s'en servir.

— Mais au fait, lâcha-t-elle dans le vide après un instant, à propos de mères et de déni...

Elle composa le numéro de ses parents.

— Salut, maman. Je discutais avec mon collègue Cliff de la question du mensonge et du déni dans les familles, et soudain je me suis demandé un truc. (Elle traversa la pièce pour s'isoler dans le couloir.) Dis-moi, à quand remonte ta dernière discussion avec Rita Parry ?

— Avec cette pauvre Rita ? Oh, cela fait déjà plusieurs mois, avant cette sombre histoire de cartes de poker dans les prisons. Ricky m'a appelée pour me dire que sa mère souhaitait me parler. Je me suis immédiatement rendue là-bas, et j'y suis restée de longues heures. Je lui ai préparé à manger, je l'ai sortie de son lit, l'ai aidée à se laver, à s'habiller... Si j'insiste là-dessus, ce n'est pas pour me décerner des lauriers, mais pour te montrer à quel point nous étions amies, avant.

— C'est elle qui a dit à Ricky de te faire venir ?

— Oui, mais pour parler, rien de plus. Tout le reste, c'était de ma propre initiative. Que veux-tu, ça me paraissait normal de l'aider un peu.

— Et de quoi voulait-elle parler ?

— De la mort. Nous sommes les deux familles catholiques du quartier, alors cela facilite les confidences.

— Quel genre de confidences ?

— Elle voulait mon avis sur le suicide et le péché.

— Mais quel culot !

— Non, non, détrompe-toi. Ce n'était pas à propos de Beau. Enfin, pas directement. Elle se demandait si ce qu'elle éprouvait était condamné par l'Église. Elle était épuisée, elle avait envie de lâcher prise, elle m'a demandé si se laisser mourir était une forme de suicide.

— L'euthanasie ?

— Non, juste cesser de se battre. Elle n'avait plus qu'une envie, retrouver son fils Louis.

— Elle pense donc qu'il est mort...

— Oui, elle en est persuadée. Depuis un bout de temps, même, pour ne pas dire depuis le début. Ensuite, elle m'a demandé si je ressentais la même chose vis-à-vis de Beau, s'il me tardait moi aussi de suivre mon fils défunt. Je lui ai répondu...

— Je n'ai pas besoin d'entendre ça, maman.

— Si, ma fille, j'y tiens. Je lui ai dit que oui, moi aussi, après la mort de Beau, j'avais espéré en finir, et que cela avait duré assez longtemps. Je sais que c'est choquant, Ren, mais j'étais vraiment au plus bas. Vous l'aviez forcément remarqué, de toute façon.

— Disons qu'on évitait de te le montrer, murmura Ren.

— Mais j'ai expliqué à Rita que, peu à peu, le temps m'avait aidée à faire mon deuil, qu'il me restait mon mari et mes trois autres enfants, et que l'idée de vous quitter m'était insupportable. Par conséquent, même malade et fatiguée comme elle, je choisirais de me battre jusqu'au bout. Je ne baisserais pas les bras. Cela peut paraître déplacé, ou insensible, mais Rita n'était pas mourante, après tout. Ce n'était pas comme si les médecins ne lui donnaient que quelques semaines ou quelques mois à vivre. À la fin de la conversation, je lui ai dit que sur mon lit de mort, à l'heure du grand départ, ce serait sans doute un grand réconfort de savoir que Beau m'attendrait de l'autre côté, mais pas au point que je veuille partir. Et que, non, son attitude ne pouvait être assimilée au suicide, mais qu'à mon avis elle avait le devoir de se battre. Ne serait-ce que pour Ricky.

— C'était courageux de lui dire tout ça, maman. Rita a de la chance d'avoir une amie comme toi. Mais es-tu certaine qu'il n'y avait aucune arrière-pensée derrière cet appel à l'aide ?

— Comment ça ? Des arrière-pensées de quel ordre ?

— Eh bien, peut-être qu'elle s'interrogeait sur le rôle de Beau dans la disparition de Louis. Auquel cas son petit numéro de mourante visait sans doute à t'arracher des aveux.

— Mon Dieu ! Cela ne m'a pas effleurée une seconde…

— T'a-t-elle demandé, par exemple, ce qui avait poussé Beau au suicide ?

— Pas du tout. Elle disait que Louis et Beau étaient deux anges qui avaient succombé à une force maléfique trop puissante pour eux. Cette force avait certes revêtu deux visages différents, mais en fin de compte le résultat était le même : une tragédie sans nom.

— Et une tragédie interminable, avec des soubresauts dont on se serait bien passés… Rita ne t'a jamais téléphoné, depuis ces accusations contre Beau ?

— Non, pas une seule fois. Il paraît qu'elle est très faible.

Ren laissa filer un soupir.

— Je la plains de tout mon cœur. Mais quand même, j'aimerais bien savoir où elle en est dans sa tête.

— À mon avis, elle ne pense plus qu'à une chose : retrouver Louis.

— Quelle tristesse...

— Comme tu dis. Mais au fait, pourquoi me posais-tu cette question ?

— Pour la même raison que d'habitude.

— Que suis-je censée comprendre ?

— Je ne sais pas, maman. C'est la fatigue qui parle. (Ren se dirigea vers son bureau.) Allez, je ferais mieux de me remettre au travail.

Elle sortit son calepin pour relire ses notes sur la double affaire Hammond. Les marges du carnet étaient jonchées de points d'interrogation et de petites figures griffonnées au fil de ses pensées. Le nombre 345 revenait souvent, calligraphié de différentes manières. En bas d'une page, Ren avait tracé des chiffres épais et en relief, à l'image de ces caractères colorés qu'on aimante sur un tableau noir. Le 3, le 4, le 5.

Oh, mon Dieu !

Ren leva les yeux vers un tout autre tableau, en haut duquel s'affichaient ses trois ennemis jurés.

3 : Domenica Val Pando

4 : Javier Luis

5 : Erubiel Diaz

43

Son cœur battait la chamade.

Douglas Hammond. Helen Wheeler. Domenica Val Pando. Javier Luis. Erubiel Diaz.

L'attelage le plus insensé qui soit.

Cliff vit son trouble.

— Que nous couve ton petit crâne, Ren ?

— Une tempête de questions.

— Sur… ?

— Désolée, mais je…

— … ne fais plus confiance au bon vieux Cliff ?

Il paraissait vraiment vexé.

— C'est en moi que je n'ai plus confiance, répondit-elle.

— C'est embêtant, ça.

— Je te le confirme.

— Bon. Si jamais tu changes d'avis…

— C'est gentil, Cliff. Là, je sens que ma tête est sur le point d'exploser. Sans compter mes soucis familiaux…

— Et ça, tu veux en parler ?

— Non plus. Mais, de grâce, ne le prends pas mal.

— OK. En tout cas, tu sais où me trouver.

— Merci, t'es un amour.

Un médaillon s'incrusta dans le coin du téléviseur : « Effondrement du tunnel de la drogue : des suspects arrêtés ».

— Monte le son, dit Ren.

— C'est toi qui as la zapette.

Elle attrapa la télécommande et poussa le volume.

C'est quoi, cette histoire ?

Ren regretta de ne pas avoir vu quarante-huit heures plus tôt la photo qui apparut à l'écran. À côté d'un gros camion de chantier, on remarquait une béance dans le flanc terreux d'une colline de Nogales, au Mexique – l'entrée d'un tunnel clandestin menant à Nogales, Arizona. C'était la quinzième galerie de ce type à être mise au jour en un an, et les experts attribuaient celle-ci au cartel de Puente.

La police des frontières avait fait cette découverte trois jours plus tôt en voyant émerger un groupe d'ouvriers suite à l'effondrement d'une poutre.

Tu crois qu'il y a eu des blessés, petit faux jeton de Luke ?

Ren appela aussitôt le Hunt Memorial Hospital et demanda la chambre de Luke Sarvas.

— Allô ? répondit une voix féminine.

— Catherine ? Ici Ren Bryce. Luke est avec vous ?

— Oui. Mais je vous ai dit…

— Passez-le-moi immédiatement, ou dans la demi-heure qui vient cette piaule grouillera de fédéraux beaucoup moins conciliants que moi !

— Mais il ne peut même pas tenir le téléphone.

— Tenez-le vous-même ! C'est de la plus haute importance.

Ren l'entendit manipuler le combiné. Les bruits de respiration changèrent.

— Bonjour, Luke. Ici Ren Bryce. Comment la poutre est-elle tombée ?

Silence.

— Répondez-moi, Luke. Comment s'est-elle effondrée ?

— Je me suis arrangé pour qu'elle tombe, fit-il d'une voix étranglée.

— C'est vous qui avez provoqué ça ?

— Oui... Ils nous ont obligés... Ils disaient qu'ils nous tueraient si on refusait. Je... je voulais me tirer de là. (Il fondit en larmes.) Il fallait que je m'en aille. Je voulais revoir ma mère !

Les mots de Cliff résonnèrent aux oreilles de Ren : *un marmot de dix-sept ans.*

— Que vous est-il arrivé, Luke ? Dans quel engrenage avez-vous mis le doigt ?

— Je... je ne peux pas le dire ! dit-il dans un sanglot.

— OK, procédons autrement. Avez-vous entendu parler du cartel de Puente ? Ou d'un type qui se fait appeler El Coyote Panzón ?

Aucune réponse.

— Luke ? Vous pouvez tout nous raconter, maintenant. Vous êtes en sécurité.

Le garçon restait muet.

— Vous êtes hors de danger, insista Ren.

— Pas vous, rétorqua Luke.

Sur quoi la communication fut coupée.

C'est quoi, ce délire ?

Ren tenta de joindre Catherine sur son mobile mais tomba sur la messagerie. Et, lorsqu'elle rappela le standard de l'hôpital, on lui répondit que la chambre de Luke Sarvas sonnait occupé.

Pourquoi serais-je menacée, moi ? Et comment ce gosse serait-il au courant ? S'il sait de telles choses, cela signifie qu'il est au contraire en grand danger. Tout comme sa mère, et tout comme son frère. Et d'ailleurs où est-il, ce malheureux Michael Sarvas ?

Ren composa le numéro de la police d'El Paso. Tandis qu'elle attendait que la connexion s'établisse, son mobile sonna. Voyant qu'il s'agissait de l'hôpital, elle prit l'appel tout en raccrochant le fixe.

C'était Catherine Sarvas.

— Je me suis glissée dans la chambre d'un autre patient, murmura celle-ci. Luke vous enjoint de renoncer. Ne mêlez pas la police à ça. Ne prévenez pas vos patrons. Et il m'a priée de vous dire que le Coyote Panzón est mort.

Fin de la communication.

Mais qu'est-ce qui se passe ? s'affola Ren.

Le mobile sonna de nouveau.

— Mannering Security Systems à l'appareil. Puis-je parler à Annie Lowell ?

— Non, elle n'est pas là, mais elle m'a confié la garde de sa maison.

— Vous connaissez le mot de passe ?

— Oui. Edward.

— Exact, madame. Nous avons reçu un signal indiquant le déclenchement de l'alarme.

Merde.

— C'est noté, monsieur. Inutile d'envoyer quelqu'un. Je suis agent du FBI, je m'en occuperai moi-même.

— C'est-à-dire que… notre politique…

— Oubliez votre politique. Je travaille à la Brigade des Rues sûres des Rocheuses et je ne suis pas du genre à tirer sur tout ce qui bouge. Alors s'il vous plaît, laissez-moi régler cette histoire. Cela épargnera des risques inutiles à vos vigiles. Je m'appelle Ren Bryce et mon supérieur est l'agent superviseur Gary Dettling. Vous pouvez le contacter sur-le-champ pour vérifier ce que j'avance. Merci de m'avoir prévenue.

Ren attrapa son sac et s'élança vers la sortie. Elle informa Gary en criant que l'alarme d'Annie s'était déclenchée, qu'il allait recevoir un coup de fil à ce propos et qu'elle se chargeait elle-même de constater l'intrusion.

Ou la bourrasque de vent, ou le chat de gouttière…

Du dehors, la maison d'Annie paraissait telle que Ren l'avait laissée le matin. Pas de fenêtre ouverte ni de porte forcée. Elle tourna la clé et entra tout en appelant Misty. Pas de réponse. Elle recommença. Toujours rien. Elle courut à l'étage, mais Misty n'était pas dans la chambre. Ren commença à paniquer. *Quelle idée de construire des baraques aussi grandes !* Elle dévala l'escalier pour scruter le rez-de-chaussée. Parvenue dans la cuisine, elle perçut un bruit derrière la maison. Le jardin étant fermé de tous côtés, il fallait obligatoirement passer par ici pour y accéder ou en sortir. Comme Ren empoignait son arme sous sa veste, une forme noir et blanc bougea derrière le carreau.

Misty ! Te voilà !

Elle rengaina son pistolet, ouvrit la porte, et faillit pleurer d'émotion en voyant la chienne se jeter dans ses bras.

— Ce que j'ai eu peur, Misty Bryce !

Elle s'assit sur le seuil et frotta tendrement le crâne de l'animal.

— Qui t'a laissée sortir, ma fille ?

Elle se releva et ramena Misty à l'intérieur. À l'entrée du salon, un frisson la saisit. Elle avait bien reçu de la visite. Et, contrairement à la dernière fois, on lui avait déposé un présent.

Un DVD joliment étiqueté à son nom.

Ren s'empressa de l'insérer dans le lecteur d'Annie. L'écran resta longuement bloqué sur « chargement », puis il vira au noir.

Reste comme ça. Reste noir. Ce sera forcément mieux que ce que je vais découvrir.

Rongée d'angoisse, Ren hissa Misty sur le sofa et la retint contre elle. Un visage apparut à l'image, le visage hideux d'un homme infâme, le quatrième sur la liste des ennemis publics de Denver : Javier Luis, recherché pour assassinat, tentative d'assassinat, vol avec violences, trafic de drogue, viol et abus de mineure. Sur le tableau de la brigade, Luis avait une sale mine. Sur ce DVD, il était carrément atroce. On lui aurait donné soixante ans – les miracles du crystal-meth.

Il ouvrit une bouche édentée et déclara :

— De 1996 à 1998, j'ai travaillé pour Domenica Val Pando sur sa base du Nouveau-Mexique. Vers la fin, je n'étais plus satisfait, alors j'ai voulu partir. Mais j'étais piégé poings liés.

« Piégé poings liés. » T'en deviens poète, tellement t'es con.

— Je n'avais aucun moyen de m'échapper.

Tu m'étonnes.

— Le truc, c'est qu'à la même période une femme que je prenais pour la nounou du fils de Mme Val Pando, une certaine Remy Torres…

Hep ! À quoi tu joues, là ?

— Ce que je ne savais pas, à l'époque c'est que cette Remy Torres était en vérité l'agent spécial Ren Bryce, qui travaille aujourd'hui à la Brigade des Rues sûres des Rocheuses, à Denver.

C'est quoi, ce film, putain ?

— Le soir du 28 décembre 1998...

Ren appuya sur PAUSE et se rapprocha de l'écran. *Le 28 décembre ? Pitié, pas ça...* Retenant son souffle, elle appuya sur PLAY.

La caméra pivota vers un homme assis à la droite de Luis.

Ren crut défaillir.

Non ! Tout, mais pas ça !

44

Ren lâcha la télécommande et courut vomir au toilettes, jusqu'à la dernière goutte de bile. Comme elle revenait au salon d'un pas chancelant, elle entendit son portable sonner. Mais où l'avait-elle mis ?

L'appareil se tut. On aurait dit que le bruit provenait de la cuisine. Tant pis.

Puis les sonneries reprirent.

Puis plus rien.

Puis encore.

La barbe.

Elle fila dans la cuisine et décrocha in extremis. C'était Colin.

— Où es-tu, Ren ?

— À la maison, pourquoi ?

— Tout va bien ? Gary m'a dit que tu avais dû…

— Oui, oui. T'inquiète. Ce devait être un chat errant.

— Tant mieux. J'arrive devant chez toi. Tu as dîné ?

— Hein ? Qu'est-ce que tu dis ? Mais je ne suis pas libre ce…

— Je ne t'invite pas au restau, Ren. Je t'emmène sur une scène de crime. Et ce n'est pas beau à voir, paraît-il.

Et merde.

— Ne t'inquiète pas, Colin, je te promets de ne pas vomir.

Elle entendit un coup de klaxon dans la rue et dans l'appareil.

— Accorde-moi deux minutes, Colin.

Elle raccrocha et s'activa.

Merde de merde.

Elle courut éteindre la télé et le lecteur puis se rua à l'étage pour changer de fringues et se brosser les dents.

Elle se regarda dans le miroir, prit une longue inspiration.

C'est reparti pour un tour.

Colin conduisait aussi vite que le permettait le verglas. Ses essuie-glaces balayaient la neige, s'arrêtaient deux minutes, puis s'ébrouaient de plus belle. *Horripilant.* Ren se sentait étouffer dans cet espace confiné. Après le coup de massue du DVD, voilà qu'on l'extrayait de son logis quasiment de force. Elle enfonça la commande de la vitre. Colin regarda les flocons de neige pénétrer dans l'habitacle.

— Désolée, mais j'ai chaud.

— Aucun problème.

Il lui avait acheté un café. Nature, comme elle l'aimait. Une attention délicate. L'avantage, avec Colin Grabien, c'est qu'elle n'avait pas besoin de feindre la bonne humeur. Il la connaissait trop bien. Elle pouvait se réserver pour les autres.

Ils s'arrêtèrent dans le centre de Denver, devant un entrepôt cerné de gyrophares. Les véhicules de patrouille côtoyaient ceux, banalisés, des inspectrices et des rues sécurisées. Ren précéda Colin vers le bâtiment. Elle brandit son badge et pénétra dans un espace presque entièrement vide baigné d'une lumière crue.

— C'est la deuxième porte au fond, lui indiqua un flic en uniforme.

— Merci.

Ses talons claquaient plus fort qu'elle ne l'aurait voulu, attirant sur elle une attention non désirée. Elle gagna la pièce indiquée en gardant la tête baissée. Avant même d'être arrivée, elle remarqua l'odeur. Pestilentielle. Puis elle aperçut du monde dans l'embrasure de la porte.

— Toujours pas d'identification ? demanda-t-elle à un policier en tenue.

— « Homme sans tête », ça ferait l'affaire ?

— Peut-être dans d'autres juridictions, répondit-elle avec un rictus crispé.

Elle salua d'un signe Gary et Cliff, postés à l'autre bout de la salle. À mesure qu'elle avançait au milieu des policiers, une étrange impression l'envahit. Ce n'était ni la présence de Glenn Buddy et des ses hommes ni celle de ses propres collègues qui lui inspiraient cet irrépressible sentiment de déjà-vu, mais quelque chose qui émanait des murs : cette vilaine teinte jaune délavé, et ce grand carré vert pâle criblé de trous de cheville – là où les projections de sang, de cervelle, d'os et de chair étaient les plus abondantes.

Gary et Cliff la saluèrent, mais dans son vertige elle ne les entendit pas. Parvenue à leur hauteur, elle considéra les restes du visage de la victime, abattue à très courte distance par un fusil de gros calibre : quelques lambeaux de peau brûlée, un morceau de mâchoire, et un sourire de squelette qu'une dentition clairsemée rendait plus grotesque encore.

— Pas de nom, disait Cliff.

— Vraiment ? répondit Ren. Et comment a-t-on été prévenus ?

— J'ai reçu un coup de fil anonyme, confia Gary. « Allez à l'entrepôt machin », rien de plus. J'ai prévenu le commissariat de Denver en arrivant sur place.

Ren avait l'impression que son cœur allait lui perforer la poitrine.

— « Grande liquidation à l'entrepôt machin » aurait été plus explicite, marmonna-t-elle.

— J'étais à ce concert, dit Gary en pointant un doigt sur le tee-shirt AC-DC de la victime.

Et moi je te parie que le macchabée n'y était pas.

Ren posa une dernière fois les yeux sur le cadavre de l'homme qu'elle venait de voir quelques minutes plus tôt, dans un tout autre film en Technicolor.

L'ennemi public numéro quatre : Javier Luis, né en 1973, un mètre cinquante-cinq pour quatre-vingts kilos.

Ren se fit raccompagner au plus vite. Sitôt rentrée, elle se jeta sur la télécommande et se repassa le film à partir du moment où Luis disait : « Le soir du 28 décembre 1998... »

Le voisin de Luis à l'image n'était autre que James Laker, le père biologique de Gavino Val Pando. Blond, les traits rudes, vêtu d'un jean et d'une chemise, Laker avait l'air d'un type ordinaire. Et il y avait de la chaleur dans ses yeux azur surmontés d'épais sourcils.

Luis avait laissé sa phrase en suspens. Il souriait à Laker pour l'encourager à prendre le relais. Comme celui-ci renâclait, une voix hors champ lança :

— On n'a pas que ça à foutre, putain ! Maintenant, tu racontes ton histoire et on se casse.

Les yeux de Laker se remplirent de peur. Il se redressa sur sa chaise. Lorsqu'il prit enfin la parole, son timbre avait perdu le charme dont se souvenait Ren.

Il regarda vers le sol.

— Je m'appelle James Laker. J'ai travaillé pour Domenica Val Pando de 1990 à 1998. Auparavant, je dirigeais un fonds d'investissement rattaché à l'une des plus grandes sociétés du pays.

— On ne te demande pas ton CV, grogna Luis.

Une lueur de colère traversa le regard de Laker. Il poursuivit, en fixant le plafond :

— Je suis entré au service de Mme Val Pando à la suite de problèmes personnels, à savoir ma dépendance à la cocaïne, à la marijuana et à la métamphétamine. Cette dépendance m'avait conduit à détourner des millions de dollars, millions que Mme Val Pando a intégralement remboursés à ma compagnie, en contrepartie de quoi je suis devenu son employé. J'avais un accès illimité à tous les types de drogues. Néanmoins, en octobre 1998, j'ai eu envie de partir. Je me suis alors lié avec Remy Torres, c'est-à-dire l'agent spécial Ren Bryce.

Pourquoi tu me fais ça, James ?

— J'ai confié à l'agent spécial Ren Bryce mon désir de suivre une cure de désintoxication, afin de reprendre une activité et une vie normales, loin du crime organisé. Et j'ai imploré son aide. La base où nous vivions était sévèrement gardée, et l'agent spécial Ren Bryce...

Arrête de m'appeler comme ça !

— ... semblait avoir toute la confiance de Domenica Val Pando. (Laker s'adressa soudain au cameraman.) C'est trop long, de répéter ça à chaque fois. Je préfère dire Remy, ça ira plus vite. (Il regarda de nouveau l'objectif.) Le soir de Noël, Remy est venue me trouver pour m'annoncer qu'elle allait me faire sortir du QG dans les quatre prochains jours. Elle semblait très bien informée sur les systèmes de sécurité, sur les relèves des gardes et sur les chemins les plus sûrs pour atteindre l'extérieur. Depuis, j'ai compris que cela tenait à sa qualité et à ses compétences d'agent du FBI, mais à l'époque je ne savais rien de tout ça. Je pense qu'elle s'était attachée à moi du fait de notre intimité sexuelle...

Mais qu'est-ce qui te prend, James ?

— ... et que c'est cela qui l'a poussée à organiser ma fuite, à l'insu de ses supérieurs.

La caméra plongea vers la table où reposait une vieille feuille de papier crasseuse. Laker la déplia devant l'objectif.

— Ceci est le plan que m'a dessiné Remy, et sur lequel figurent tous les éléments que j'ai évoqués. Pour des raisons évidentes, ce document n'est pas signé, mais un graphologue y reconnaîtrait sans doute l'écriture de l'agent spécial Ren Bryce.

Sans aucun doute, même.

— Et tu es resté combien de temps en désintox après t'être sauvé de chez Val Pando ? ricana Luis.

— Ferme ta gueule ! répliqua Laker.

Soudain, Luis se figea. Un rictus s'attarda sur son visage saisi de peur. Il devint flou le temps que le cameraman zoome sur son expression médusée. Ren savait ce qui allait suivre, et pourtant elle fut incapable de fermer les yeux. Elle voulait le voir. C'était plus fort qu'elle.

La première balle rata la cible en lui éraflant à peine le cou. Luis parvint alors à esquiver sur le côté. Ainsi, Ren ne vit pas la seconde balle qui lui détruisit la face, mais seulement l'arrière de son crâne exploser. Un morceau de cuir chevelu retomba sur fond de projections rouges et grises.

Deux autres coups partirent hors champ, et James Laker hurla. Mais, aux oreilles de Ren, l'écho de ses mots l'emportait sur ses cris.

Moi, coucher avec toi ? Le pire, c'est qu'on y croirait, espèce d'enfoiré de menteur.

45

Qu'une seule personne tombe sur ce DVD, et c'en était fini de sa carrière.

Un an durant, Ren avait vécu dans un monde déshumanisé. Il l'était avant son arrivée, et il le resta après son départ. Le démantèlement partiel du réseau n'y avait rien changé, car le mal suivait tous ces gens où qu'ils aillent. Dans les prisons, dans les maisons, il se propageait sans fin.

D'ailleurs, Pando ne signifie-t-il pas « je me répands » en latin ?

Mission numéro un : mettre Ren Bryce entre parenthèses. Mission numéro deux : attendrir Domenica Val Pando sur le martyre de Remy Torres, une jeune femme de vingt-six ans anéantie par la perte de son bébé de quatre mois. Mission numéro trois : amener Domenica Val Pando à accorder sa confiance à Remy Torres. Mission numéro quatre : exploiter cette confiance pour découvrir tout qu'il y avait à savoir sur Domenica Val Pando.

Et Dieu sait si cette confiance avait été grande…

Ren avait enfreint les règles, mais elle savait pourquoi. La rencontre de James Laker lui avait apporté un peu d'oxygène et d'amitié dans ce QG peuplé de brutes et de paumés. James était gentil et avait une vision du monde compatible avec la sienne. C'est pour cette raison qu'elle avait voulu les aider, lui et son jeune fils de sept ans. Mais jamais il n'avait été question d'emmener Javier Luis avec eux – du moins jusqu'à ce que celui-ci force la main de Laker.

Ren n'était pour rien dans les crimes commis par Erubiel Diaz. Mais, pour ceux de Javier Luis, elle se sentait coupable. En le délivrant du QG en même temps que James Laker, elle avait remis un violeur-tueur dans la nature.

Aujourd'hui, une telle conduite lui semblait inconcevable, tant cela contrevenait à tout ce qu'on lui avait enseigné, et, lorsqu'elle y repensait, il lui semblait observer les errements d'une autre femme. Pendant une année, elle avait perdu conscience du réel, et sa maladie l'y avait sans doute aidée : les bipolaires ont une tendance naturelle à la rupture. Aujourd'hui, Ren se servait de cette aptitude pour être un bon agent, mais par moments elle ne lui inspirait qu'amertume et défiance.

Son geste envers James Laker avait eu des répercussions dramatiques. Tout comme le suicide de Beau. Ou la disparition de Louis Parry.

Culpabilité. Mensonges. Culpabilité. Mensonges. Oh, mon Dieu !

Elle téléphona à sa mère.

— Salut, maman, c'est moi. Navrée de vous déranger si tard, ou si tôt, comme tu voudras. C'est à propos de ce tête-à-tête avec Rita dont tu m'as parlé…

— Je t'écoute.

Mme Bryce ne faisait jamais de commentaires sur les heures d'appel fantaisistes de sa fille.

— Eh bien, je me demandais… Comment as-tu vécu ça ?

C'était la première fois de sa vie que Ren sondait les émotions de sa mère. Non parce qu'elle s'en désintéressait, mais parce que Kitty Bryce n'en parlait jamais – ni des siennes ni de celles de ses enfants. Un trait de caractère qu'elle avait transmis à Jay.

— Oh, je ne sais pas, répondit-elle. Disons que je me sentais mal à l'aise. De l'entendre avouer son envie de mourir… Et puis de savoir qu'elle ignorait ce qui était arrivé à son fils. Moi, au moins, je savais comment Beau était mort.

— Et ensuite, si ma mémoire est bonne, tu as proposé à Ricky Parry de réaliser de menus travaux chez nous ?

— Oui, c'est ça. L'ambiance était tellement triste, là-bas. Il n'y avait plus une once de vie dans cette maison ! Ce pauvre Ricky vivait avec une maman malade et dépressive qui avait décidé de baisser les bras, quoi qu'il puisse dire ou faire. Ça ne devait pas être facile.

— Oui, c'était sûrement très douloureux. Et je pense qu'il ne savait pas bien comment canaliser cette douleur.

— Euh… oui, sans doute. Mais pourquoi tu me demandes tout ça ?

— Pour savoir si je prends un jour de congé.

— Oh oui, ma fille, excellente idée ! Ce drôle de métier doit t'épuiser.

— Si seulement il était drôle tous les jours… Allez, je vous embrasse.

— Nous aussi, on t'embrasse, Ren. Tu peux retourner te coucher.

Ren reposa le combiné, sortit son portefeuille, sa carte de crédit, et composa un nouveau numéro. Elle nota les horaires sur un bout de papier. Vol aller à 8 heures. Vol retour à 20 heures.

La maison Parry puait la maladie et tout ce qui sert à la traiter. Ren trouva Ricky amaigri : il avait un visage émacié, et ses yeux semblaient se rétracter dans leurs orbites, comme s'ils en avaient marre de contempler le vide.

Il tenta un sourire et l'invita à entrer. Sans prévenir, Ren le prit dans ses bras. Il se raidit et se mit à trembler. Elle resserra légèrement son étreinte puis le libéra.

— On peut s'asseoir ? lança-t-elle.

Il hocha la tête.

— Ta mère est là ?

— Elle dort, dit Ricky en indiquant la pièce voisine du salon. On a transformé la salle de jeux en chambre.

Ils s'assirent sur le canapé. Ricky gardait la tête baissée. Ses cheveux sentaient le sale, ses vêtements le renfermé. Ses ongles étaient rongés jusqu'au sang et sa jambe droite remuait sans qu'il s'en rende compte.

Le buffet était chargé de photos, la plupart antérieures à la disparition de Louis : vacances en famille, photos de classe – l'assortiment classique. Mais les derniers clichés vous donnaient la chair de poule.

— Je sais, murmura Ricky en voyant Ren frémir.

Il s'agissait de portraits de Louis vieillis par ordinateur. L'évolution virtuelle de son visage à quinze ans, à vingt-cinq ans, et jusqu'à aujourd'hui. On avait extrapolé à partir de ses traits d'enfant, de la physionomie et de l'implantation capillaire des autres hommes de la famille, et de la mâchoire arrondie qu'il avait héritée de sa mère. Un sinistre patchwork qui n'avait rien à faire dans un cadre.

— Tu sais pourquoi je suis là, déclara Ren.

Il laissa planer un silence. Puis il la regarda.

— Fantômette, dit-il avec un sourire triste.

— Bon sang, Ricky… Comment as-tu pu nous faire ça ?

46

Ricky Parry regardait ses pieds. Ses larmes tombaient sur la moquette, lourdes et intarissables.

— Je n'ai pas arrêté de penser à toi dans l'avion, dit Ren.

— Je n'en pouvais plus, confessa Ricky. Ce foutu jeu de cartes a tout ramené à la surface. Quand ma mère a entendu parler de ce projet, elle a sauté sur l'occasion. C'est elle qui a voulu que Louis figure dans ce jeu. Et voilà, la machine était relancée. Louis Parry, les médias, les voisins…

— Tu ne voulais pas revivre tout ça.

Il secoua la tête.

— Je n'en avais pas la force.

— Cette histoire t'avait bouffé…

— J'aimais Louis, tu sais.

— Je sais, Ricky.

— Mais, après sa disparition, je me suis retrouvé sur la touche. Dans l'ombre écrasante de mon frère disparu. Tout le monde était traumatisé, mes parents n'étaient jamais là…

— Et lorsque ça s'est apaisé, tu as culpabilisé à mort. Je le voyais bien. Sous ta carapace d'ado rebelle, tu souffrais pour tes parents, et ton frère te manquait.

— Mon père est mort sans savoir ce qui était arrivé à Louis !

— Et tu ne voulais pas que ta mère parte dans les mêmes conditions.

— Je ne voulais pas qu'elle se laisse mourir, surtout. Alors je me suis dit que si elle découvrait le fin mot de l'histoire elle pourrait se concentrer là-dessus plutôt que d'attendre avec impatience de revoir Louis dans l'au-delà. Elle en parlait sans arrêt, de ces retrouvailles à la noix. À croire qu'elle avait davantage de raisons de mourir que de raisons de vivre ! Elle ne parle jamais de me dire adieu, mais seulement de le rejoindre, lui. Je suis là, pourtant, en chair et en os. Mais non, je compte pour du beurre.

— Je comprends que ça t'ait dévasté. Et il fallait l'être, pour faire ce que tu as fait.

— Je m'en veux terriblement, Ren. Seulement je ne pouvais pas rester les bras croisés !

— Mais de là à charger Beau ! Sans déconner, Ricky...

— Désolé, gémit-il. Je regrette vraiment. Mais d'un autre côté, il est...

— Oui, il est mort, et ton geste n'en est que plus lâche ! Sais-tu seulement comme il était bon envers Louis ? Sais-tu qu'il lui a même donné des leçons gratuites quand tes parents ont traversé une mauvaise passe ? Beau était...

— Je sais tout ça. Je sais que c'était un mec génial, et je te répète que je suis désolé. D'ailleurs, c'est bien parce que vous êtes des gens formidables et généreux que j'ai pu réaliser mon plan. Ta mère m'a confié ces petits boulots parce qu'elle savait que j'avais besoin de sous. Je n'ai jamais été fort en bricolage, pourtant. Mais cela m'a permis de me glisser dans la chambre de Beau. C'était la solution la plus commode.

Ren secoua la tête.

— Ta mère a vraiment cru que Beau avait pu faire du mal à Louis ?

— Va savoir. Elle n'est plus que l'ombre d'elle-même, aujourd'hui.

— Ça prouve bien que ton plan était foireux.

Il la regarda.

— Je suis impressionné par ton calme, Ren.

— Rassure-toi, il n'est qu'apparent. À l'intérieur, je bous. Comment as-tu pu, Ricky ?

Il renifla et coula un regard vers la pièce voisine.

— Ah non ! réagit Ren. N'essaie pas de m'amadouer avec ta mère malade. Mon frère est mort et tu as tenté de détruire notre famille une deuxième fois, après tout ce qu'on avait fait pour vous !

Elle se leva du canapé pour ne pas le gifler.

— Regarde-moi ! gronda-t-elle. Regarde-moi dans les yeux, Ricky.

— Je suis désolé, Ren. Je suis désolé…

— Mais où avais-tu la tête, imbécile ? Indépendamment même de Beau, tes conneries ont failli ruiner une enquête qui avait encore une petite chance d'aboutir. Tu aurais voulu protéger les ravisseurs de Louis que tu ne t'y serais pas pris autrement ! Qui sait, ce jeu de cartes aurait peut-être permis d'apprendre quelque chose. De glaner des tuyaux – et pas percés, ceux-là !

— Ou de ne rien glaner du tout, rétorqua Ricky. Ça fait trente ans qu'on est dans le noir.

— Et alors ? Qu'espérais-tu ? Que ces accusations odieuses allaient s'enraciner dans ta cervelle, et que d'ici à quelques années tu y croirais toi-même ? C'est ça que tu appelles des réponses ?

— Encore une fois, je n'attaquais personne de vivant...

— Pardon ? Et ma famille, alors ? Tu crois que c'est indolore, pour nous ?

— Je suis navré.

— J'arrête là, Ricky. Je préfère m'en aller avant de péter un câble. Daryl Stroud est dehors. Il va venir te parler.

— Et il se passe quoi, maintenant ?

— Eh bien, je doute que mes parents ou mes frangins souhaitent porter plainte. Personnellement, ça ne m'intéresse pas. Ce que tu peux faire, de ton côté, c'est donner une dernière interview à la presse pour révéler comment tu as piégé Beau Bryce, et montrer par quelques anecdotes à quel point c'était un mec bien.

Voyant Ren ouvrir la porte d'entrée, Daryl Stroud sortit du véhicule de police garé le long du trottoir.

Muscles gonflés, veines du cou saillantes, teint bronzé, cheveux ras.

Il vint à sa rencontre et lui serra la main.

— Salut, Ren. Tu m'expliques ?

— Votre informateur n'est autre que Ricky Parry. C'est lui qui a planqué le tee-shirt.

— Quoi ? T'es sérieuse ?

Elle hocha la tête.

— On vit dans un sale monde, n'est-ce pas ? (Elle s'engagea dans l'allée.) Ricky t'attend. Il te racontera tout ça.

— Je n'en reviens pas ! Je...

— On se revoit dans ton bureau ? lança Ren sans s'arrêter.

N'obtenant pas de réponse, elle finit par se retourner.

Daryl semblait pétrifié.

— Tu croyais que j'allais en rester là ? s'étonna-t-elle. Que j'allais rentrer à Denver sans faire d'histoires ?

— Mais on est obligés de régler ça au poste ? On ne pourrait pas aller chez Bob ?

— Si tu préfères. Ça m'est égal.

Ren remonta dans sa voiture de location et téléphona à sa mère.

— Ren ? Où es-tu ?

— Je suis à Catskill. Je t'appelle pour te dire que Beau va être lavé de tout soupçon.

— Mon Dieu, c'est vrai ? Mais que fais-tu à Catskill ?

— Je n'aurai pas le temps de passer. Je rentre à Denver par le prochain avion. Je tenais juste à t'annoncer la nouvelle. C'est Ricky Parry qui…

— Ricky Parry ?

— Laisse-moi finir, maman. C'est lui qui a accusé Beau et qui a planqué le tee-shirt dans sa chambre. Il a creusé la tête de lit quand il venait bricoler à la maison.

— Ricky Parry ? Mais…

— Je sais, c'est incroyable.

— Mais j'ai toujours été aux petits soins avec lui ! Je lui ai donné du boulot, je lui ai fait porter des plats lorsque Rita restait du matin au soir au chevet de son mari mourant. J'ai payé de ma personne pour cette famille !

— Il a agi par désespoir, maman. Il voulait à tout prix soulager les souffrances de sa mère. À défaut de pouvoir agir sur sa douleur physique, il a essayé d'alléger son chagrin. Cela n'excuse rien, bien sûr, mais son but n'était pas de nous blesser. Beau faisait un coupable idéal : il avait souvent reçu Louis, et il n'était plus là pour se défendre.

— Mais en quoi cette explication devait-elle soulager Rita ? Au contraire : elle devait s'en vouloir de l'avoir envoyé chez nous !

— N'essaie pas de trouver une logique là où il n'y en a pas, maman.

— Mais…

— Inutile de chercher midi à quatorze heures. Ricky Parry ne tournait plus rond, point final. Il n'y a plus qu'à oublier l'incident.

— Je vais avoir du mal.

— Il le faut, pourtant. Et puis, si affligeante soit-elle, cette révélation est aussi un grand soulagement. Alors essaie, maman, essaie d'apprécier la bonne nouvelle.

47

Le Bob's Diner avait changé de fond en comble depuis la dernière visite de Ren, à Noël.

— Mais quelle mouche a piqué le vieux Bob ? s'exclama-t-elle.

— Il est mort, répondit Daryl. C'est sa fille la hippie qui a repris l'affaire. Mais elle fait un excellent café.

— Alors tout n'est pas perdu, soupira Ren. (Elle promena son regard sur la salle.) J'ai toujours du mal avec la nouveauté.

— Sauf en matière de garçons, peut-être...

Elle sourit avec grâce.

— Tu sais, reprit Daryl, je n'ai jamais vraiment cru que Beau était coupable. Mais je devais agir en professionnel. J'espère que tu comprends. La dénonciation, le tee-shirt : je ne pouvais pas ignorer ces éléments à charge.

— Oui, je comprends. J'aurais sans doute agi comme toi. Mais ça n'aurait pas été facile.

— Oh ! ne crois pas que ça l'était pour moi !

— Et que retiens-tu de cette affaire qui n'en est pas une ?

— Eh bien, ça m'a surtout rappelé que nous n'avions jamais su ce qui était arrivé à Louis

Parry. Et son frère, Ricky… il fait vraiment peine à voir.

— Oui, c'est affreux. J'espère qu'il va remonter la pente.

— Et ta pauvre mère. Et vous tous. Tant de souffrances pour rien.

— Mais le pire, à mes yeux, c'est que Beau n'a même pas été blanchi. Ricky a menti, certes, mais, comme tu le dis toi-même, on ne sait toujours pas ce qui est arrivé à Louis. Et le fait que Beau se soit supprimé peu de temps après cette disparition a inévitablement éveillé les soupçons. Le suicide dérange, alors pour se rassurer on décide que ça cache forcément quelque chose. Un terrible secret, une vérité indicible. Pourquoi diable le charmant et talentueux Beau Bryce, né dans une famille sans problèmes, aurait-il décidé d'en finir ? Il avait sans doute été victime d'abus étant enfant, ou bien il était homo, ou bien c'était un violeur, un pédophile, un assassin… On n'incrimine jamais la dépression, ni le désespoir qu'elle génère. Tu connaissais Beau : c'était un esprit brillant. En fait, son intelligence s'est retournée contre lui. C'est ainsi que je vois les choses. Ton cerveau s'emploie à te convaincre d'une idée fausse, à savoir que le monde se passerait bien de toi et que tu te passerais bien de lui.

Daryl lui prit la main.

— Ça me fait toujours de la peine de te voir triste, Ren.

— Que veux-tu, ça me colle à la peau. Je ne cesse de me dire qu'un jour je parviendrai à parler de son suicide, ou de n'importe quel autre suicide, sans me mettre à trembler. Mais rien à faire, j'ai le cœur brisé. (Elle se tut un instant.) J'ai un service à te demander, Daryl.

Plantée devant le carrousel à bagages de l'aéroport de Denver, Ren ralluma son téléphone. Quelques secondes plus tard, une série de bips lui annonça plusieurs messages. Elle s'apprêtait à les écouter lorsque l'appareil sonna.

— Salut, Ren. C'est Jay.

— Salut, frérot. Comment ça va ?

— Je voulais te féliciter pour Ricky Parry. Je n'aurais jamais deviné.

— Merci, Jay. Ça me touche.

— Sincèrement, je ne sais pas comment tu fais.

— Moi non plus, Jay.

— C'est à peine si je me souviens où j'ai passé le week-end dernier, et pourtant j'y étais !

— Ah oui ? Quelqu'un peut le confirmer ?

Jay émit un petit rire.

— Et à part ça ? demanda-t-il.

— Écoute, ça va.

— Tu tiens le coup, sans ton… médecin ? Ça ne doit pas être évident.

— Ouais, c'est dur. Je ne peux même pas te dire à quel point.

Je pense que tu ne comprendrais pas.

— Quoi qu'il en soit, si jamais tu as besoin de parler, je suis là.

— C'est sympa, Jay.

— Ce sera au téléphone, bien sûr, mais bon…

Ren entendit le signal du double appel.

— Maman essaie de me joindre. Je dois te laisser.

— À bientôt, alors.

— Bye-bye. Et merci.

Kitty Bryce semblait dans tous ses états.

— Ren, Ren ! Daryl vient de nous contacter ! Le témoin qui affirmait que Beau se droguait avait menti ! Il a tout avoué !

Merci, Daryl.

— Tu vois, je te l'avais dit.

— Et moi qui refusais de te croire ! Si tu savais comme j'ai honte…

— Ah non, maman ! Ça suffit, maintenant. Tu passes ton temps à chercher des raisons de culpabiliser. On t'annonce un truc positif ? Voilà que tu déniches une contrepartie négative. T'es-tu accordé ne serait-ce qu'une minute pour savourer cette nouvelle ? Ou crains-tu d'être foudroyée sur place pour avoir osé te réjouir ?

— Que suis-je censée comprendre ?

— Tu ne sais plus être heureuse, maman.

— C'est faux.

— Non, maman, c'est vrai. Et ça ne s'arrangera pas tant que tu refuseras de l'admettre. Ce n'est pas épuisant, à la longue ?

— Ça, pour être épuisée, je le suis !

Ren poussa un soupir.

— Tu as besoin de décompresser, et de t'offrir un peu de bon temps. Tiens, et si tu emmenais papa au restaurant ?

— Oh non, j'aurais trop peur qu'il…

— Quoi ? Qu'il te pique des frites ? Qu'il glisse sur le carrelage des toilettes ? Qu'il s'étouffe avec son steak ? Ce qu'il te faut, maman, c'est une sorte de boîte à gros mots dans laquelle tu glisseras 1 dollar chaque fois que tu exprimeras une crainte, un remords ou un regret. On appellera ça ta « boîte à flip », et je te parie que d'ici à Noël tu auras économisé assez d'argent pour te payer cette croisière autour du monde que tu avais *peur* de ne jamais pouvoir t'offrir. À moins que tu ne craignes que le paquebot coule ?

— Oh non, ce serait le cadet de mes soucis. De nos jours, on peut se faire tuer sur les bateaux de croisière.

Ren éclata de rire.

— Que dis-je ? Il te suffira d'une semaine pour épargner cette somme ! Allez, maman, je dois y aller. Bon restau avec papa.

— Mais tu ne crois pas que tout le monde risque de nous regarder de travers ?

— Ils vous regarderont parce qu'ils se diront : « Quel couple magnifique. Après toutes ces années de vie commune, ils semblent s'aimer comme au premier jour. »

— Oui, enfin... Parfois, il me fait vraiment devenir chèvre.

— Au revoir, maman.

En montant dans le taxi, Ren se souvint qu'elle avait laissé sa Jeep à la brigade. De retour là-bas, elle vit de la lumière au troisième étage, son lieu de travail. Elle gravit l'escalier. Gary était à son poste, derrière sa porte fermée. Ren poussa jusqu'à son bureau et y trouva un pli du labo : les résultats de la seconde analyse d'ADN sur la chemise de nuit de Trudie Hammond. Elle déchira l'enveloppe et survola le rapport.

Je le savais !

Elle consulta sa montre. Il était 23 heures passées.

Si même les morts acceptent de me parler à cette heure, je peux bien déranger les vivants.

48

Peter Everett ouvrit lentement sa porte et laissa retomber sa main le long de sa cuisse. Il avait les cheveux en épis, les yeux rouges et des pupilles en tête d'épingle.

Ren lui lança, de but en blanc :

— Vous deviez être drôlement tendu, ces dernières semaines.

L'attaque le prit au dépourvu.

— Tendu ? Pourquoi aurais-je été tendu ?

— Je peux entrer ?

Il acquiesça d'un signe de tête.

Cette fois, il l'accueillit au salon. Il lui désigna le sofa et s'appuya contre un bureau, bras et jambes croisés.

— Veuillez vous asseoir, dit Ren.

Elle lui montra le fauteuil. Il s'y installa sans broncher.

— Très bien, dit-elle. Commençons.

Elle posa une photo sur la table basse. Everett écarquilla les yeux puis fronça les sourcils.

— Vous connaissez cette personne.

— Euh... oui. C'est l'épouse du juge Hammond. Trudie.

— Exact.

Elle laissa s'étirer un silence de plusieurs minutes. Passé le premier coup d'œil, Everett avait cessé de regarder la photo. Mais Ren sentait que mille pensées lui traversaient l'esprit.

— Rassurez-vous, je n'ai pas l'intention de vous montrer des clichés de la scène de crime.

Les yeux d'Everett se mouillèrent et redevinrent secs presque aussitôt.

— Racontez-moi, dit Ren. Je sais déjà, mais racontez-moi quand même.

Un nouveau long silence.

— Je ne vois pas à quoi vous faites allusion.

— Je vous en prie, monsieur. Je n'ai ni le temps ni la patience de jouer à ce jeu-là. Je vous demande de me raconter ce qui est arrivé à Trudie Hammond, alors ne faites pas l'innocent et répondez-moi.

La main d'Everett tremblait un peu lorsqu'il la leva pour se masser le front.

— Douglas Hammond a déménagé trois mois après la mort de son épouse, dit Ren. Et vous et Lucinda, deux.

— Parce que vous seriez restée, vous ? rétorqua Everett. Nous n'avions aucune envie d'élever notre fille dans une rue où s'était produit un meurtre. D'autant que le tueur courait toujours. Quant aux raisons qui ont fait partir Douglas Hammond, je pense qu'elles vont de soi.

— Enfin, bref. Quand j'ai ouvert le dossier, j'ai eu le sentiment qu'il manquait quelque chose. J'ignore ce que vous savez sur les affaires non résolues, mais le plus frustrant, avec ces enquêtes-là, c'est qu'elles concernent des faits anciens – vingt-sept ans, ici – et que les inspectrices de l'époque devaient se débrouiller avec les moyens du bord.

Everett se demandait où elle voulait en venir.

— Nous disposions toutefois – que Dieu bénisse l'inspectrice Je-ne-sais-qui – d'une pièce à conviction précieuse, enveloppée dans un sac en papier. À savoir la chemise de nuit de Trudie Hammond.

Le brouillard commençait à se dissiper sous le crâne de Peter Everett.

Ren continua :

— Il y avait des taches de sang sur ce vêtement, mais était-ce uniquement le sang de Trudie ? Telle est la question que je me suis posée. Étant donné que le vase qui avait servi à la tuer était en mille morceaux, il se pouvait que le meurtrier se soit coupé avec un bout de verre. J'ai donc envoyé cette chemise de nuit au labo pour faire analyser l'ADN, chose impossible en 1983. Il s'est finalement avéré qu'il n'y avait que le sang d'une personne sur le tissu, celui de Trudie Hammond.

Everett se décrispa un brin.

— Mais là où la chance m'a souri, poursuivit Ren, c'est que le labo a également décelé des traces de sperme. Au dos de la chemise. Personne ne les avait remarquées au milieu de tout ce sang. Et quand bien même, nous savions de la bouche de Douglas Hammond que le couple avait fait l'amour au réveil. Rien que de très normal, donc. Seulement, dans une affaire non élucidée, on se raccroche à tout ce qu'on peut, et en particulier à ce que nos devanciers ont laissé de côté. Ainsi, par acquit de conscience, j'ai fait analyser ce sperme. Et j'ai eu le nez creux, car figurez-vous que n'était pas celui de Douglas Hammond ! Or, comme l'autopsie n'avait révélé aucune trace de viol, cela signifiait que Trudie avait couché de son plein gré avec un autre.

— Je n'ai pas besoin de connaître tous ces détails sur la chemise de nuit de Trudie Hammond, protesta Everett.

— Vous verrez que si, monsieur. Maintenant, revenons un instant à Helen Wheeler. Vous sortez avec elle. Elle est assassinée. Le juge qui s'intéresse à ses patients meurt peu après. Et vous connaissiez cet homme. (Elle marqua une pause.) Comment aviez-vous rencontré Helen ?

— C'était lors d'un gala de charité.

— Quand ?

— En septembre dernier.

— Vous aviez été son patient ?

— Bien sûr que non. Les psychiatres n'ont pas le droit d'entretenir des…

— Vous voulez rire ?

— Écoutez, je vous dis qu'on s'est rencontrés lors d'une soirée mondaine. Puis on s'est revus et les choses ont pris forme.

— Je trouve ça un peu gros, tout de même.

— Mais non, je vous assure !

— Donc, vous n'avez jamais été le patient de Helen Wheeler, à qui vous auriez avoué, au cours d'une séance, être l'assassin de Trudie Hammond ? Un lourd secret que risquait d'apprendre le juge Hammond s'il accédait aux dossiers de Helen… Comme il était écrit dans les journaux que les enquêteurs exploraient la piste d'un patient tueur…

— Mais qu'est-ce que vous me chantez là ? C'est parfaitement ridicule. Je n'ai pas tué Trudie Hammond, je n'ai jamais été le patient de Helen, et je connaissais à peine Douglas Hammond. Je le jure devant Dieu !

— Je veux bien croire que vous le connaissiez peu. Rares sont les hommes qui souhaitent connaître le mari de leur maîtresse.

Everett se pétrifia.

— Vous en faites, une tête ! s'étonna Ren. Vous ne m'aviez vraiment pas vue venir avec mes histoires d'ADN ? Ce que j'ai demandé au labo, c'est de comparer ces traces de sperme avec l'échantillon que vous avez fourni dans le cadre de l'enquête sur la mort de Helen. La concordance est parfaite. Indiscutable. En d'autres termes, soit vous vous êtes servi de la chemise de nuit de Trudie Hammond pour…

Non, je refuse de tomber si bas.

Everett déglutit et se mura dans le silence. Ren l'observa. Ces instants bénis – le mutisme d'un coupable – équivalaient pour elle à une séance de méditation, puisque c'était l'une des rares situations où elle parvenait à réfléchir sans bouger. Certes, ce n'étaient pas des conditions idéales – on est bien plus détendu devant la flamme d'une bougie ou une statue de Bouddha. Mais c'était mieux que rien.

L'exercice prit fin lorsque Everett releva la tête.

— Cela faisait deux ans que j'étais marié à Lucinda, confia-t-il. J'étais jeune, je montais mon entreprise et je travaillais à la maison. Douglas Hammond exerçait dans un cabinet d'avocats et y restait très tard le soir. Trudie, elle, était femme au foyer. Je vous fais grâce de la partie « comment nous sommes devenus amants ». Sachez seulement que ce n'était pas juste pour le sexe.

Nous y voilà enfin.

— C'est noté. Vous pouvez continuer.

— On se retrouvait dans la journée, chez l'un ou chez l'autre, peu importe.

— Excusez-moi, mais… où était votre femme ?

— Ah oui, ma femme… Lucinda était… merveilleuse. La plupart des hommes auraient donné un bras pour l'avoir. J'ai vraiment essayé de l'aimer comme un fou, mais… (Il haussa les épaules.) Mais non, ça ne marchait pas. Lucinda était belle, brillante, généreuse et douce – elle l'est encore aujourd'hui –, mais ça ne suffit pas à créer la magie, n'est-ce pas ? On peut même se passer de certaines de ces qualités dès lors que cette magie est présente, cette chose indéfinissable à laquelle je ne croyais pas avant de rencontrer Trudie. J'étais tellement bien, avec elle…

— Ce serait un charmant conte de fées si je n'en connaissais pas la fin tragique…

Everett releva la tête et regarda Ren d'un air perdu.

— Et puis-je savoir si vous aviez l'intention de la quitter ?

— Non, c'eût été prématuré.

— Parce que c'était sa famille qui finançait votre boîte ?

— Oui, admit-il en rougissant.

— Et vous vous retrouviez souvent, avec Trudie ?

— Tous les jours.

— Et ce jour-là, que s'est-il passé ?

— Douglas est rentré à l'improviste et il nous a surpris.

Hein ? Douglas Hammond serait arrivé avant que Trudie se fasse tuer ?

49

Combien de crimes passionnels déclenchés par un retour inopiné...

— Nous étions... Trudie et moi avions pour principe de ne jamais faire ça dans le lit conjugal. Je sais ce que vous pensez : « Quelle droiture, vraiment ! »

— Continuez.

— Nous étions dans la cuisine, qui était séparée du salon par un simple comptoir, et la porte d'entrée s'ouvrait directement sur le salon. Douglas arrive, donc, et surprend sa femme juchée sur le comptoir, avec moi derrière.

Levrette au milieu des casseroles. Un vrai porno des seventies.

— Douglas n'avait jamais songé que son épouse pouvait se sentir délaissée. Il pensait qu'il suffisait de pourvoir à son confort matériel. Alors, quand il nous a vus, il a fondu en larmes, et c'est à ce moment-là seulement qu'on a remarqué sa présence. On a commencé à se rhabiller en catastrophe, mais Trudie n'avait pas fini de remettre sa chemise de nuit que Douglas lui empoignait le bras.

Everett baissa la tête. Ren attendit la suite.

— L'autre bras de Trudie était coincé dans la bretelle de sa chemise de nuit. Ne pouvant se rattraper au comptoir, elle est tombée contre son mari, et là il l'a repoussée violemment vers la table basse. La tête de la malheureuse a traversé le plateau de verre et Trudie a atterri sur le dos. Il y avait des éclats partout, comme après l'explosion d'une bombe. C'était un vrai cauchemar. Alors je suis là, avec mon slip à moitié remonté et mon short de tennis aux chevilles, et il y a du sang partout où je pose les yeux. Douglas, lui, a encore la main tendue vers la table basse, mais il ne bouge plus, ne pleure plus. Une statue. Puis nos regards se croisent, et je devine que nous imaginons la même chose. Des gros titres, des photos en première page, des flics, des menottes, des familles effondrées, la prison… Nous n'avons pas eu à prononcer un mot pour prendre notre décision. Trudie était encore vivante. Elle étouffait dans son sang, mais pas suffisamment vite, si je puis m'exprimer ainsi. Nous étions deux à aimer cette femme, et aucun ne voulait la voir souffrir.

Ren ouvrit la bouche, mais les mots qui lui vinrent à l'esprit auraient anéanti sa dignité professionnelle.

Everett se mit à pleurer.

— C'était un spectacle insoutenable… J'allais lui presser un coussin sur le visage pour abréger son supplice, mais Douglas m'en a empêché. « Un cambrioleur ne ferait pas ça, a-t-il déclaré. Un cambrioleur la laisserait agoniser. » J'étais sidéré par son sang-froid. Mais le plus affreux, c'est que Trudie a entendu ce qu'il disait – on l'a vu à son expression. Croyez-moi, je me liquéfiais sur place. Je n'arrivais plus à la regarder. Mais, si je ne réagissais pas, ma vie serait détruite. Et celle de Lucinda, qui était enceinte. Après tout ce que sa famille avait fait pour moi ! Comme pour Douglas

Hammond, qui avait une fillette de deux ans. Alors j'ai attrapé un vase et… j'ai aidé Trudie à partir.

« Aidé Trudie à partir. » Tous les euphémismes sont bons pour atténuer ta faute. Comme du vernis sur du bois pourri.

— Le futur juge Douglas Hammond et moi, reprit Everett comme s'il parlait là de deux étrangers, nous sommes restés plantés quelques minutes, en état de choc, devant le corps sans vie de Trudie. L'instant d'après, j'étais chez moi, tout frais sorti de la douche, comme s'il ne s'était rien passé.

— Puis vous avez fait semblant de tomber des nues en apprenant que la jolie femme du voisin avocat avait été tuée…

— Voilà.

— Et où était votre épouse, au moment du drame ?

— À la maison. Elle devait garder le lit, car elle faisait une pré-éclampsie.

— Manifestement, cela ne vous tracassait pas outre mesure !

Si seulement Helen avait su avec qui elle frayait…

— Vous avez déjà été amoureuse ? se défendit Everett. De la bonne personne au mauvais moment ? De la mauvaise personne au bon moment ? Ou de la mauvaise personne au mauvais moment ?

— C'est donc l'amour le grand fautif ?

— Je ne suis pas un sale type.

— Si vous n'êtes pas un…

— Ne soyez pas naïve, madame. Il doit bien y avoir un million de gens comme moi dans le monde, des gens bien qui auront commis une grosse erreur et qui n'auront eu d'autre choix que de tirer un trait.

— Tirer un trait sur ses propres crimes ? Intéressant, comme concept.

De guerre lasse, Everett baissa les yeux.

— Et votre femme ? Elle ne s'est jamais doutée de rien ?

Il redressa brusquement la tête.

— Pas une seule seconde. Lucinda ne voit jamais le mal nulle part. Ni chez personne.

Que le ciel la protège !

— Et donc vous avez pu reprendre le cours de votre vie tranquillement. Tenir la main de votre épouse en salle d'accouchement, pleurer à la naissance de votre fille, mettre votre entreprise sur orbite et vous bâtir une jolie fortune.

— Oui, et après ? Si vous m'aviez rencontré par hasard, dans une entreprise ou dans un bar, je suis persuadé que vous m'auriez pris pour un type bien. Reconnaissez-le. On aurait parlé, on se serait découvert des points communs. Et vous n'auriez pas passé la soirée à trembler comme une feuille.

Ren refusa de répondre.

— Regardez Helen ! insista-t-il en lâchant ce nom d'une voix mal assurée. Elle ne m'a jamais considéré comme un tueur.

— Mais vous non plus, vous ne vous considérez pas comme un tueur ! C'est bien le problème ! Vous avez eu trente ans pour vous convaincre de votre innocence. L'esprit humain est une machine puissante : il vous a aidé à forger ce masque de gentleman et à le polir jusqu'à... jusqu'à la fin, en somme, c'est-à-dire jusqu'à maintenant. Je ne peux pas reprocher à Helen d'être tombée dans le panneau. Vous avez raison, Peter : on vous donnerait le bon Dieu sans confession. Mais, de grâce, n'ayez pas la bêtise d'y voir un compliment sur vos talents de comédien. Ni le signe que votre âme serait fondamentalement vertueuse, au point de briller à travers le voile de vos fautes passées. (Ren secoua la tête.) Ce que Hammond et vous avez fait est la chose la plus... la plus... Cette espèce de pacte tacite me laisse littéralement sans voix ! Et vous vous êtes revus, après ça ?

Everett secoua la tête.

— Non. Sauf quand l'un ou l'autre passait à la télé, bien sûr.

— Dans *Stars et couronnes mortuaires*, c'est ça ? Allez, dites-moi ce que vous savez sur son décès à lui.

— J'en sais ce que j'en ai lu dans le journal. Il a eu un accident de voiture et...

— OK, je laisserai à la police de Denver le soin de vous interroger là-dessus.

— Hein ? Mais pourquoi ?

— Ce n'était pas un accident, mais un homicide.

— Ah bon ? Mais... pourquoi la police de Denver voudrait-elle m'entendre ?

Elle le fixa d'un air las, puis se leva du canapé.

— Allons-y, Peter.

— Mais ce n'est pas moi ! protesta-t-il. Rien de tout ça ne me concerne. Je n'ai plus rien à voir avec l'homme qui a achevé Trudie.

— Si ça vous aide de croire que...

Elle se tut en voyant une ombre passer derrière la porte-fenêtre. Puis elle discerna le bruit d'un bibelot oscillant sur une étagère, comme effleuré par mégarde.

Il y a quelqu'un dans la pièce d'à côté.

Elle dévisagea Everett.

Est-il au courant ? Sommes-nous épiés depuis le début ?

Tout en gardant un œil sur Everett, Ren sortit son arme et se dirigea vers la salle à manger. Au moment où elle allait ouvrir la porte, celle-ci tourna brutalement sur ses gonds et lui heurta l'avant-bras. Le pistolet lui échappa et elle tomba sur le flanc. Voyant surgir deux hommes masqués, elle tendit la main vers son holster de cheville, mais une lourde botte lui écrasa le poignet. Elle parvint à se libérer en enfonçant son talon dans le genou du gars. Elle se remit aussitôt sur ses pieds, mais sa douleur au poignet l'empêcha de frapper de la main droite. Comme elle armait sa jambe pour continuer à coups de tatane, elle vit Peter Everett se jeter dans la bagarre.

Mais... c'est moi qu'il vient aider !

Everett attrapa l'un des types par les épaules cependant que la pièce s'emplissait de nouveaux arrivants.

Deux de plus.

Mais cela fit toute la différence.

La dernière chose que vit Ren fut un Peter Everett inconscient que l'on traînait hors de la pièce.

50

Ren se réveilla sur le sofa de Peter Everett. Elle promena son regard autour d'elle. Rien, personne, aucune trace de lutte. Elle n'avait pourtant pas rêvé : elle s'était battue dans cette pièce, à deux contre six. Elle consulta sa montre. Deux heures s'étaient écoulées depuis la bagarre, et il ne restait du tumulte qu'un douloureux battement dans son crâne. Elle se redressa et posa les pieds par terre. Il faisait nuit, mais le ciel était dégagé. Pas un flocon de neige en vue.

Elle laissa retomber sa tête contre le dossier du canapé.

Douglas Hammond et Peter Everett avaient tué Trudie Hammond. À présent, Douglas Hammond était mort, et Peter le serait lui aussi si les agresseurs l'avaient voulu.

Idem pour ma pomme.

Elle appela Gary Dettling au téléphone.

Ailleurs, pas davantage de traces d'intrusion. Les chambres étaient en ordre, les visiteurs avaient mis des gants, la porte de derrière n'avait pas été fracturée. Aucune empreinte de pas, faute de neige pour les accueillir. Et les voitures d'Everett et de Ren étaient toujours stationnées devant la maison.

Gary arriva, flanqué de Colin, de Cliff et de Robbie. Ren leur raconta les faits deux fois de suite, puis Cliff la prit à part.

— Comment tu te sens ? Ça va aller ?

— Oui, ne t'inquiète pas.

— Juste pour que tu saches : je me suis permis de prévenir Glenn Buddy moi-même, histoire de mieux faire passer la pilule.

— Mon Dieu ! Je l'avais complètement oublié ! Il va être…

— Salut, Glenn ! la coupa Cliff. Comment ça va, depuis tout à l'heure ?

Glenn arriva dans le dos de Ren. Mais il serra d'abord la main de son pote.

Il doit en avoir marre de me retrouver sur tous les mauvais coups.

— Que s'est-il passé ? demanda-t-il.

— Rien que vous ne puissiez étayer par des preuves matérielles, répondit Ren.

— On verra ça. Suivez-moi, s'il vous plaît.

Toute la bande regagna la brigade à peu près en même temps. Ren fit du café pour dix et en but les trois quarts. Le téléviseur chatoyait dans un coin de la salle. La disparition du beau millionnaire avait fait le tour des rédactions de Denver – qui ignoraient toutefois qu'Everett avait jadis aidé le juge Hammond à tuer sa femme. Ren s'assit devant son ordinateur, dépitée.

Le seul homme qui puisse confirmer tout ça s'est évaporé.

Elle ouvrit un fichier et retranscrivit son long échange avec Everett. Nul besoin de consulter son calepin : tout était gravé dans sa mémoire.

Il était 7 heures du matin lorsque Ren regagna la maison d'Annie dans le rougeoiement apaisant de l'aube. Elle s'affala sur le canapé moelleux avec un magazine pris sur la table basse. Celui-ci s'ouvrit sur le titre : « Comment désencombrer sa maison ». Après un rapide coup d'œil circulaire dans la pièce, Ren décida de laisser ce numéro en évidence pour le retour d'Annie.

De la même façon que maman avait laissé traîner le dossier du Times, *« Expliquer les choses de la vie à ses enfants », quand j'avais onze ans…*

Ren apprit des tas de trucs sur l'art de désencombrer, et elle se promit d'en appliquer certains à sa cervelle. Puis, suite à la lecture d'un article sur les trésors cachés – *tu dois en détenir des millions, Annie* –, elle se leva et s'intéressa aux placards d'un vieux buffet en chêne. Comme elle ouvrait et refermait rêveusement les portes, quelque chose retint son attention : une rangée de quatre boîtes en carton étiquetées « Bryce ».

Ren en sortit une au hasard et l'ouvrit. Elle contenait des photos, des lettres de sa mère à Annie, des cartes postales de vacances. Sur l'une d'elles, Ren reconnut sa propre écriture.

Juin 1981
Chère Annie,

Il fait super chaud. Je suis super contente de ne pas avoir école. Je fais du vélo, du roller, de la corde à sauter. Hier soir, on est allés voir un concert au parc. Sous une immense tente ! C'était génial !!! Avant, au dîner, on a eu des hamburgers, des frites et du lait. Super bon !!! Ensuite, au concert, on a pris du pop-corn et des glaces. Matt a renversé la sienne sur sa jambe, on ne pouvait plus s'arrêter de rigoler ! Beau était furieux parce qu'on ne faisait pas attention à la musique. Puis c'est maman qui s'est énervée. Après le concert, on est restés un peu dans le parc. J'ai fait un tour de manège et deux tours d'autos tamponneuses. C'était vraiment super !!!

Très, très gros bisous,

Orenda

L'innocence même. Aller sur ses dix ans sans téléphone mobile, sans jeux vidéo, sans gloss à lèvres, sans fringues de marque… Mais ce bel été fut aussi le dernier où les gosses du quartier pouvaient flâner librement. Et Ren se souvenait très bien d'une petite fille qui disait détester Louis Parry, parce qu'il avait tout gâché.

Ren rangea la boîte sitôt qu'elle reconnut une basket de Beau dans le coin d'une photo.

Pas ce soir. Pas toute seule.

Elle monta dans sa chambre et s'allongea avec les *Nocturnes* de Chopin sur son iPod.

Voilà ce que réclame ma migraine.

Le piano jouait toujours lorsqu'elle se réveilla en sursaut, deux heures plus tard.

Louis Parry. Louis Parry. Louis Parry.

La police de Catskill s'était concentrée sur la fête foraine. *Mais le dada de Louis Parry, c'était la musique.* Ce soir-là, à l'autre bout du parc, un orchestre jouait du Mozart et du Schubert sous un chapiteau. Sauf que c'était payant et que Louis n'avait pas d'argent. Alors il s'était faufilé en douce… Ou il avait volé des sous pour s'acheter un ticket… Ou bien on lui en avait donné… Ou bien on lui avait promis une entrée gratuite en échange de quelque chose.

Le ventre de Ren se noua.

Elle fit le numéro de Daryl Stroud.

— Salut, Daryl. C'est encore Ren. Désolée de te déranger.

— Mais je t'en prie. Comment ça va ?

— Un peu mieux. Dis, je crois savoir ce qui est arrivé à Louis Parry.

Un silence.

— Écoute-moi avant de penser que je perds la boule.

— OK, Ren.

— Eh bien, voilà. Tout le monde a pensé que Louis avait disparu à la fête foraine. Mais ce jour-là il y avait un concert symphonique dans le parc, or Louis était passionné de musique.

— D'accord, mais qu'est-ce que ça change ? On a passé le parc au peigne fin. On a interrogé tout le monde.

— Y compris les musiciens ?

— Que je me souvienne… Je crois me rappeler qu'ils étaient déjà repartis lorsque Louis a été porté disparu officiellement. Oui, c'est ça. Et j'ai vu qu'on avait appelé le directeur de la troupe pour qu'il demande à ses ouailles si elles avaient vu quelque chose. Mais ça n'a rien donné.

— Autrement dit, les membres de l'orchestre n'ont pas été interrogés individuellement ?

— Non.

— Et je suppose qu'on n'a pas vérifié leurs antécédents ?

— En 1981, dans une bourgade comme Catskill ? Tu penses bien que mes prédécesseurs n'avaient ni le temps ni les moyens d'éplucher les casiers de trente ressortissants tchèques !

— Et aujourd'hui ? Tu peux faire quelque chose ? À mon avis, cette piste mérite d'être explorée.

Daryl soupira.

— OK, s'entêta Ren, je te raconte le scénario. Louis se rend au parc en début de soirée pour assister au concert. Mais il n'a pas de quoi s'offrir le billet, alors il se glisse en douce sous le chapiteau. Là, quelqu'un le surprend. Mais, comme il est attendrissant, on le laisse quand même entrer, ou bien on lui fait visiter les coulisses, et à partir de là on peut tout imaginer. Je n'en sais rien, ce n'est qu'une hypothèse.

— Basée sur quoi ?

Si je lui lis ma lettre à Annie, il va me rire au nez.

— Sur mes réflexions, Daryl. Et sur les impasses de l'enquête. J'y étais, à ce concert, avec toute ma famille. Beau souhaitait inviter Louis et quelques autres de ses élèves, mais les places étaient chères, et mes parents ne pouvaient pas payer pour tout le monde.

Le silence de Daryl devenait assourdissant.

— Mais suppose que je relance l'enquête et que ce soit encore une fausse piste…

— Je n'ai pas l'intention de te bassiner avec ça tous les jours, Daryl. Mais je suis désespérée, je l'avoue. Je veux que Beau soit lavé de tout soupçon une bonne fois pour toutes. Je sais qu'on s'en fiche de savoir ce que les gens pensent, mais pas dans le cas présent. Là, on parle de mon frère formidable, de mon frère épatant et généreux, de mon frère qui n'aurait pas fait de mal à une mouche. Et puis je pense à mes parents, qui souffrent depuis tant d'années.

— Je sais, dit Daryl. Je les ai revus, ces jours-ci. J'ai trouvé ton père vieilli. Et ta mère s'efforce de faire bonne figure, mais on sent qu'elle en bave. Jay aussi était très présent.

— Qu'est-ce que tu dis ?

— Ton frère Jay. C'est un chouette gars. Un jour, il a un peu craqué, mais c'est normal.

— Tu dis que Jay est venu au commissariat ?

— Oui, une fois. Le reste du temps, il téléphonait.

— Ça alors… Tu as dû faire une overdose de Bryce !

— Mais non, je comprenais.

— Et puis, dernière chose, il y a les Parry, bien sûr. Ils n'ont jamais eu de réponse, et ça les a tous flingués. Alors s'il reste la moindre chance d'apprendre ce qu'est devenu leur fils…

— OK, je vais voir ce que je peux faire. Tu as eu raison de m'appeler. Tu aurais pu mener ces recherches toi-même, mais j'imagine que tu es débordée.

— Là n'est pas la question, Daryl. C'est ton enquête, pas la mienne.

— Oui, c'est vrai. Merci.

— C'est moi qui te remercie. Bonne chance et tiens-moi au courant.

51

Inutile d'essayer de dormir quelques heures. Elle n'y parviendrait pas, et elle n'en avait même pas envie. La manie se nourrit du manque de sommeil, or les bipolaires raffolent de la manie. C'est le côté festif de leurs maux.

Ça me rend tellement plus efficace...

L'automédication du bipolaire couvre un large spectre, allant du Coca à la coke. Peu de ces malades reconnaissent rechercher l'euphorie liée à la manie, et les psychiatres la déconseillent. C'est pourtant une expérience époustouflante : on a l'impression de revivre en boucle la journée la plus féconde de son existence, et le monde devient un endroit merveilleux. Vos soucis passent sur vous sans vous atteindre, vous n'êtes plus ni la victime ni le bourreau : plus rien ne vous affecte. Les bipolaires savent très bien chanter quand Rome brûle.

Jusqu'à ce qu'ils se réveillent un matin en regrettant d'être nés. Ils ont jeté des milliers de dollars par les fenêtres, couché avec une ribambelle d'inconnus, se sont fâchés avec tous ceux qui leur voulaient du bien. Le problème, c'est que cette phase de descente est comme la douleur de l'accouchement : on l'oublie d'une fois sur l'autre.

Quand la manie revient nous prendre par la main, on se dit que c'est pour toujours. L'euphorie ne retombera pas. Elle ne nous fera rien payer.

Ren engloutit le contenu d'une cafetière entière. Elle sentait l'hyperlucidité monter tout doucement.

Approche, cocotte, approche.

Ses pensées vaguèrent vers Mia Hammond, qui allait de nouveau mordre la poussière. À croire que les conneries de ses vieux devaient la poursuivre à jamais…

Elle fronça les sourcils.

Mais où était Mia Hammond pendant que sa mère se faisait sauter par Everett ? Trudie avait-elle laissé sa fille seule dans son lit, ou bien dans un coin du salon, en priant qu'elle ne se réveille pas ? Quel était l'usage, chez les parents infidèles ?

La petite Mia était la grande absente du récit de Peter Everett. Avait-il trop honte pour avouer qu'une fillette de deux ans les avait surpris ? Ou que celle-ci se trouvait dans la pièce depuis le début ? Et si c'était cela qui avait mis Douglas Hammond dans une rage folle ?

Elle empoigna son téléphone.

— Bonjour, Mia. Ici Ren Bryce. J'ai besoin de votre aide. C'est au sujet de vos parents.

— Je vous écoute.

— Le jour du meurtre de votre mère, vous étiez à la maison, mais vous ne vous êtes réveillée qu'à l'arrivée de la police, c'est bien ça ?

— C'est bien ça.

— Et votre mère vous gardait toute la journée ?

— Je crois, oui.

— Mais vous n'en êtes pas sûre ?

— Eh bien, je sais que j'ai eu ensuite une nounou, parce que mon père travaillait.

— Vous n'aviez pas de grands-parents dans le secteur ?

— Non. Pourquoi ?

Parce que j'ai du mal à croire que tu aies dormi tout du long, malgré le raffut.

— Non, pour rien. Navrée de vous avoir dérangée.

Sur le trajet du bureau, elle appela Billy pour lui donner rendez-vous le soir. Au programme : alcool et soutien moral.

Son poste sonnait lorsqu'elle arriva à la brigade. Elle courut pour le décrocher.

— Ren ? C'est Daryl. On s'est penchés sur cet orchestre, et je crois qu'on a bien fait. Sur huit mois de tournée à travers le pays, trois de leurs dates coïncident avec une disparition d'enfant.

— Putain, la vache...

— Comme tu dis. Et c'est ici que tu entres en scène. Je peux toujours essayer de contacter les autorités tchèques, mais je pense que tu es nettement mieux placée pour ça.

— OK, je m'en occupe sur-le-champ. Je te dirai ce que ça donne.

Pourvu qu'on tienne le bon bout...

Ren passa le reste de la journée à négliger les affaires qu'elle était censée traiter. Chaque fois que Gary montrait le bout de son nez, elle était prise de sueurs froides. Si jamais le chef recevait et visionnait une copie de ce foutu DVD, elle était bonne pour la porte. Elle avait les nerfs en pelote, les veines saturées de caféine. Et la pendule était d'une lenteur désespérante.

Billy Waites l'attendait dans un bar de Larimer Street. Elle lui parla de Louis Parry, puis de Peter Everett. Mais pas un mot sur Javier Luis et James Laker. Elle était trop meurtrie pour évoquer cet épouvantable échec, même devant lui.

Lorsqu'elle eut terminé, Billy lui remit une boîte en carton.

— Qu'est-ce que c'est ? Je peux l'ouvrir ?

— À ton avis ?

Elle découvrit à l'intérieur un disque de bois grand comme une assiette et creusé de sillons concentriques. Reliés entre eux, ceux-ci menaient au centre du disque où était gravée une fleur à six pétales.

— C'est un labyrinthe, constata Ren.

Billy sortit de sa poche un sachet de sable et le versa dans les sillons.

— Ça vient de Chartres, en France. Le tracé reprend le motif du labyrinthe qui orne le sol de la cathédrale.

— Il n'y a pas de haies, c'est déjà ça.

— Non, ici, tu te laisses guider pour aboutir au centre.

— Comme au Trivial Pursuit.

— Si tu veux. Et quand tu es arrivée, tu t'arrêtes dans chacun des six pétales pour exprimer ta gratitude envers une personne ou un événement agréables. Regarde…

Il lui prit l'index et le promena le long du circuit ensablé.

— C'est un peu comme un jardin zen, si tu préfères.

— Un labyrinthe zen. Dans le genre absurde…

— Justement, Ren. C'est pour te montrer qu'il y a toujours plusieurs façons d'envisager les choses.

Le dédale effrayant de l'un sera le chemin de sérénité d'un autre.

Ren le remercia d'un baiser sur la joue.

— Je t'envie, Billy. Tu as une très belle philosophie de la vie.

— Eh ! j'espère que tu n'en attendais pas moins de la part d'un métamphétomane repenti.

— Que veux-tu, il fallait bien que tu aies quelques qualités pour que je m'abaisse à sortir avec toi.

— Tu plaisantes ? C'est moi qui me suis abaissé. Une flic du FBI ? Beurk !

Elle se lova contre lui.

— Je me sens toujours bien, avec toi.

— Ma petite poulette de batterie...

— Mon petit cartelman défoncé...

— Ce n'est pas un vrai mot, ça.

— Non, c'est un style de vie.

— Ferme-la.

— Toi-même.

— Tirons-nous d'ici.

— Appelons Edith.

— Tiens-toi tranquille.

Billy engagea la voiture sur Taylor Street. À la radio, Tom Waits espérait ne plus jamais tomber amoureux, et Ren et Billy n'avaient pas pipé mot depuis le début du morceau.

— C'est fou comme une simple chanson peut mettre tout le monde mal à l'aise, observa Billy.

— Comme quand on mange une banane : on ne sait jamais où poser les yeux. En fait, je crois que cette chanson donne l'impression d'être amoureux de la personne avec qui on l'écoute, quelle qu'elle soit.

Un ange passa.

— Attention, se reprit-elle, je ne dis pas que… Enfin, bref.

— Il n'empêche que c'est une chanson magnifique.

— Espérons juste que la prochaine ne sera pas *Voulez-vous coucher avec moi ?*

Au feu rouge suivant, Billy lui prit la main. Ren le laissa faire et se tourna vers lui.

— Et Edith ?

— C'est fini.

— Ah bon ? Mais je croyais…

— Ce n'était plus tenable. Ce n'était pas loyal.

— Pourquoi ?

— Ne bouge plus.

Il lui posa une main sur la cuisse, se pencha sur elle et l'embrassa à pleine bouche.

Ah bon.

Le feu repassa au vert. Billy se redressa sur son siège et appuya sur le champignon. Ren lui caressa la nuque.

— Waouh ! souffla-t-il. C'est fou comme ça m'a manqué.

— À moi aussi, répondit Ren.

— Cool. Alors on va chez moi ? (Elle lui sourit.) Tu te rappelles ces grands miroirs, à l'hôtel ? Attends un peu de voir celui que j'ai à la maison.

Ils s'arrêtèrent devant le pavillon mais restèrent à bord de la voiture. Long baiser enflammé. Puis, d'une main, Billy ouvrit sa chemise, de l'autre il dégrafa le soutif de Ren.

— T'es trop fort, lui dit-elle.

— Simple coup de bol.

Les yeux dans les yeux, il s'attaqua à ses seins.

Ren s'adossa contre la portière.

Mais où est-ce qu'il a appris tout ça ?

— Stop ! fit-elle en le repoussant.

Le sourire de Billy s'évanouit.

— Si tu continues, je vais...

— Tu vas quoi ?

— Je ne sais pas. Je ne suis pas sûre que ce soit très...

— Calme-toi.

— Mais...

— Qu'est-ce que tu as, ce soir ? Calme-toi, je te dis !

— Je suis nerveuse.

— Pourquoi ? Tu n'as rien à craindre.

Il lui caressa tendrement la joue.

— Oui, tu as raison. Sortons de cette caisse.

Dès le couloir, Billy plaqua Ren contre le mur et la souleva jusqu'à ce qu'elle puisse passer les jambes autour de son cou. Il la porta dans cette position jusqu'au salon où il l'allongea par terre, dans le noir.

— La moquette est mouillée, dit Ren.

— Quoi ?

— La moquette est mouillée, répéta-t-elle en se passant la main derrière le crâne. Mes cheveux sont tout... bizarres.

Pour la première fois depuis le baiser du feu rouge, elle avait retrouvé une respiration normale.

Billy alluma la lampe. La main de Ren était barbouillée de sang. Puis il écarquilla les yeux en voyant ce qui se trouvait derrière elle.

— Quoi ? fit Ren. Qu'est-ce qui...

— Ne bouge pas, dit-il en éteignant la lumière. Je t'interdis...

Il lui bloquait les jambes avec l'avant-bras, mais elle parvint à s'asseoir. Avant de se figer.

— Seigneur ! hurla-t-elle.

Derrière Billy, dans le miroir géant qu'il lui avait promis, elle voyait le corps en charpie de Peter Everett. Et le sang qui gouttait de ses propres cheveux sur son épaule nue.

52

Assise sur le lit, Ren paraissait minuscule dans le jogging de Billy. Elle avait pris une douche et noué ses cheveux mouillés derrière sa nuque.

Billy s'accroupit et lui prit les mains.

— Alors ? Tu as décidé quelque chose ?

Elle secoua la tête d'un air morne. Son visage était gris.

— Peter Everett gît dans le salon d'une baraque louée par Billy Waites, ancien criminel et ami proche de l'agent spécial Ren Bryce, elle-même proche de Helen Wheeler qui est morte et qui sortait avec Peter Everett qui est mort et qui connaissait Ren Bryce. Laquelle peut d'ores et déjà se considérer comme morte.

Elle se laissa choir sur la couette.

— J'ai l'impression d'être dans un de ces films où le héros s'enfuit à travers les jardins en accrochant sur son passage toutes les cordes à linge.

Billy s'assit à côté d'elle.

— Alors ? Tu vas appeler le bureau ?

— Oui, pour me faire porter pâle.

Il sourit.

— Quelqu'un veut ma peau, dit Ren. Et je ne sais pas qui. Qu'est-ce qu'on peut faire ? Quitter cette scène de crime, verrouiller la porte et prier pour que les voisins ne remarquent pas l'odeur ? Mais ils la sentiront tôt ou tard : que fera-t-on alors ? Je n'avais aucune raison de mettre les pieds ici. Officiellement, nous n'avons plus aucun contact.

— La bonne nouvelle, c'est que le bail n'est pas à mon nom. Personne ne peut savoir que je crèche ici. Pas tout de suite, en tout cas.

— Et tes affaires ? dit Ren en examinant la pièce.

— Les voilà, mes affaires. (Il indiqua un grand sac de sport à demi ouvert.) Souviens-toi.

— Tu vis comme un fugitif.

— Ou comme un vagabond. Un déraciné de l'amour…

— Arrête ton char.

— Quoi ? J'essaie juste de détendre l'atmosphère.

Ren alla à la fenêtre.

— Ça ne fait pas longtemps qu'Everett est ici, dit-elle tout en scrutant la rue. Une ou deux heures, au grand maximum.

— Et on l'a dessoudé sur place.

— Oui, comme en témoignent tes jolis murs mouchetés.

— Alors on fait quoi ?

Ren contempla les flocons de neige et les lumières blanches de la ville. Puis elle en vit aussi des rouges. Et des bleues. Intermittentes. Accompagnées d'une sirène. Et elles venaient dans leur direction.

— On décampe ! répondit-elle.

La rue étroite à l'arrière des pavillons était à peine déneigée. Ren savait courir, mais pas dans ces conditions – pieds nus sur un sol inégal et glacé, tirée par un homme dont les foulées faisaient le double des siennes. Chaque fois qu'elle trébuchait, Billy la soulevait dans les airs comme une enfant.

— Ralentis, Billy ! Tu vas me déboîter l'épaule !

Elle s'arrêta pour remonter son pantalon de survêtement.

— Et puis je flotte, dans ce truc…

— Tant pis si tu dois courir le cul à l'air, Ren. Il faut se barrer dare-dare. Dès que les flics auront trouvé le corps, ils vont se répandre dans tout le quartier. Il est évident qu'ils ont été appelés, mais comme on ne sait pas si c'est par les tueurs d'Everett ou par des voisins, on ignore s'ils nous ont déjà dans le collimateur, toi et moi. Et il n'est pas question de rester pour le vérifier. Espérons seulement qu'il s'agit d'un voisin.

Ils repartirent à toutes jambes.

— Au moins, haleta Billy, on n'a pas à esquiver des cordes à linge !

Quarante-cinq minutes plus tard, il la portait sur son dos, dans une cité pourrie du quartier de Five Points.

— On va où ? demanda Ren.

— On va dire coucou à mon pote Eddie l'Errant.

— Je suppose que ce n'est pas son nom d'état civil…

— Non, et ce n'est pas non plus un tireur d'élite.

— Ne me dis pas qu'on va chez un fêlé de la gâchette !

— Si, mais il rate souvent son coup.

— Il ne faut pas qu'il sache que je suis flic, alors.

— Sans blague ! Là, je suis sûr qu'il atteindrait sa cible.

— Et que vas-tu lui dire ?

— La vérité, une partie de la vérité, et rien qu'une partie de la vérité. On a les flics au cul et t'es ma poule. Il n'a pas besoin d'en savoir plus. Il nous gardera le temps qu'il faut, et au besoin il a des bagnoles.

Mais qu'est devenue ma vie ?

— Ne t'inquiète pas, Ren. C'est un mec cool.

— Bien sûr. Et quand il vise à côté, c'est juste une façon de faire tope là avec Jésus.

L'appartement d'Eddie l'Errant ressemblait à une annexe de boîte de nuit. Après avoir répondu à l'Interphone, il leur avait laissé la porte ouverte afin de pouvoir regagner le canapé. Billy connaissait les lieux, mais il guettait la réaction de Ren. Elle réussit à lui sourire. Les murs et les plafonds étaient enduits d'une sorte de résine brillante. Des spots de couleur faisaient varier la lumière dans les différentes pièces, et Ren n'aurait pas été surprise de tomber sur un numéro de lesbiennes au détour du couloir.

— Je suis là ! gueula Eddie depuis le salon.

Le copain de Billy avait une peau bronzée, des cheveux noirs peignés en arrière, encore mouillés de la douche, et un pyjama Calvin Klein gris du plus bel effet. Cet homme était peut-être un mauvais tireur, mais, question matos, il se défendait.

— Salut, vous, dit-il d'une voix suave.

— Salut, murmura Ren en levant les yeux.

— Je te présente Ren, dit Billy.

Mon vrai prénom ? Comme c'est malin !

Eddie hocha la tête d'un air pensif.

— J'ai eu une copine qui s'appelait comme ça. Naaan, je déconne ! C'est quoi ce nom, sérieux ?

— Je ne sais pas, Eddie l'Errant.

— Ha ! fit-il en se calant sur les coussins. Alors, quoi de neuf ? De quoi avez-vous besoin, toi et ton amie va-nu-pieds ? Vos panards saignent, au fait.

Ren baissa les yeux et vit les traces laissées sur le lino.

— Je suis vraiment confuse.

— Bah ! Si vous devez perdre du sang, c'est le revêtement idéal.

— Il y a un corps tout frais sous mon toit, déclara Billy.

Eddie renifla.

— Langue de bois point com.

— Mais non, ce n'est pas nous qui avons buté le mec. Quelqu'un essaie de nous baiser.

— Voyez-vous ça. Mais bon, je peux quand même…

— Non, pas besoin de nettoyage. Les flics sont déjà là-bas. J'aurais juste besoin de squatter ici quelque temps et d'emprunter une bagnole. Et sûrement un peu de fric.

— Squatter ici, pas de problème. Pour la tire, t'oublies.

— Merde. Pourquoi ?

— Elles sont toutes sorties.

— Mais comment c'est possible ?

Eddie haussa les épaules.

— Faut attendre qu'il y ait un retour.

— Tu fais chier, *man*, sourit Billy.

Et toi aussi, tu fais chier ! Comme si c'était le moment de se poiler…

Billy remarqua l'expression de Ren.

— Tout va bien se passer, promit-il.

— Je suis curieuse de savoir comment.

— Hmm, fit Eddie en se tortillant de plus belle sur son sofa. Il semblerait que la demoiselle ici présente soit plus dans la merde que toi, Waites…

— Détrompe-toi. Nous y sommes tous les deux jusqu'au cou.

53

Ren se leva du canapé.

— Dites-moi, Eddie, y a-t-il une pièce dans laquelle je pourrais m'isoler ?

— Pour quoi faire ?

— J'ai juste besoin de réfléchir au calme.

— Bien sûr, trésor. Au bout du couloir.

Elle capta le regard qu'il lança à Billy : « Qu'est-ce qu'elle a, ta meuf ? »

Au bout du couloir se trouvait une chambre, style hôtel moderne. Sur les quatre ambiances lumineuses proposées, Ren choisit la rose. Le lit était impeccable, sans un pli, ce qui raviva le souvenir de Domenica incendiant sa bonne : « Si tu veux réussir dans ce pays, tu dois donner le meilleur de toi-même. Toujours, quoi qu'on te demande. Regarde-moi : je ne serais jamais arrivée là où je suis si je ne m'étais pas appliquée. »

Ren se figea. Après toutes ces années, une question toute bête l'assaillit : Domenica avait-elle commencé comme employée de maison, elle aussi ? C'était probable, puisqu'elle connaissait l'art du lit au carré. Mais alors…

Elle reprit le couloir.

— J'ai besoin de passer des coups de fil, dit-elle à Eddie. Quel est le meilleur endroit pour ça ?

— Vous voulez un téléphone ?

— Non, non.

Elle agita son mobile.

— Je parle d'un prépayé, dit Eddie.

Suis-je bête.

— Ah oui, ça je veux bien. Merci beaucoup. Au fait, il est tard ?

— 23 heures, répondit Billy.

Eddie regarda Ren.

— J'ai lu quelque part que Bernard Madoff portait deux Rolex, dit-il. Une à l'heure de New York, l'autre à l'heure de Londres.

— Rien ne vous échappe, répondit-elle.

— Et ils vivent où, ceux que vous voulez appeler ? C'est qui ? Ils seront couchés ? Ils en seront déjà au petit déjeuner ?

Ren regarda Billy, puis de nouveau le copain.

— Tu sais, Sherlock, étant donné qu'on se connaît en tout et pour tout depuis moins d'une demi-heure, je vais partir du principe que tu n'as pas à savoir qui j'appelle, et ce quel que soit le fuseau horaire concerné.

— Y a pas de problème, ma jolie. J'aime savoir, c'est tout. Je suis fait comme ça. N'importe quels trucs, ça m'intéresse.

— Eh bien, je tâcherai de trouver un truc excitant à te raconter à mon retour. Je peux utiliser quelle pièce ?

— La même que précédemment, au bout du couloir.

Ren repartit d'un pas décidé.

— Tu sais ce qu'elle mijote ? demanda Eddie à Billy.

— Mon souci, pour l'instant, c'est de dégoter une caisse. Et de foutre le camp de cette ville.

— Tu ne vas pas t'énerver, toi aussi ! La situation est presque sous contrôle...

Billy leva les yeux au ciel.

— Je te taquine, reconnut Eddie. Mais c'est pas parce que tu flipperas ta race que ça s'arrangera plus vite. Allez, *man*, détends-toi. On va se mater un bon petit film. Personne ne sait que t'es ici, de toute façon. (Il claqua la cuisse de Billy.) Mais c'est dur comme du béton, ma parole ! Je me suis niqué la main !

Billy partit rejoindre Ren, mais il se fit chasser de la chambre d'un revers de main.

Désolée, Billy. Là, c'est secret de chez secret.

— *Ferris Bueller,* dit Eddie en montrant la télé lorsque Ren revint au salon. Alors, les nouvelles de Taïwan sont bonnes ?

— Très bonnes. Ils viennent de terminer le dernier morceau de crépi brillant pour vos murs.

— Super, approuva Eddie. Je commençais à en avoir marre de ce carré de brique derrière les chiottes. (Il tapota le canapé.) Viens t'asseoir, Renaldo.

Ren s'installa de l'autre côté de Billy.

— Je ne crois pas avoir commandé un sandwich au Billy, protesta Eddie.

— Et je ne crois pas que Ren ait commandé une garniture italienne, renvoya l'autre.

À la faveur d'une image sombre, Ren vit furtivement leur reflet dans l'écran.

Trois adultes vautrés sur un canapé, devant un film qui leur rappelle le temps où le pire crime que l'on pût commettre était de sécher l'école.

La voiture, une limousine avec chauffeur, s'arrêta derrière l'immeuble.

Ren fit des yeux ronds.

— C'est une blague ou quoi ?

— Non, non, dit Billy en souriant. Eddie est en cheville avec plusieurs loueurs de luxe. Pour quand les gens ont un coup de blues.

— Nous ne sommes pas abattus à ce point ! rétorqua Ren en tournant le dos à la limousine. Et il n'est pas question que je me fasse conduire par un inconnu qui risque de me reconnaître ou de mémoriser mon visage. À quoi il pense, ton copain ?

Billy baissa la voix.

— Je te rappelle qu'Eddie ne connaît pas ton métier. À ses yeux, nous sommes tous unis *dans* le crime, et non *contre*.

— Je m'en fiche. Arrange-moi ça.

Vingt minutes plus tard, Billy était au volant. Il lança :

— Je peux savoir maintenant à quoi rimait ce petit manège, chez Eddie ?

— Je regrette, Billy, mais… je ne peux pas.

— T'es drôlement gonflée, quand même. Je t'ai aidée dès la première minute, et maintenant que tu m'as bien mis dans la mouise tu passes des coups de fil dans ton coin – dans l'appart de mon pote, sur le téléphone de mon pote – et tu refuses de me dire ce qui se passe ? Sincèrement, tu trouves ça honnête ?

— Non.

— Jamais tu n'accepterais ça de ma part.

C'est juste.

— Bien sûr que si.

— Mon cul !

— Écoute, je n'ai pas d'autre solution. Alors on peut en rester là ?

— Ai-je vraiment le choix ? soupira-t-il. C'est quoi, la suite ?

Ren se détourna vers la vitre.

— J'ai besoin que tu me reconduises chez toi.

Billy s'étrangla.

— Dis-moi que tu plaisantes !

— Non, il faut que je vérifie un truc.

— Jamais de la vie. Toute la police de Denver doit être là-bas.

— Regarde la route, s'il te plaît. Je ne te demande pas de retourner dans la baraque, mais juste de me déposer un peu avant. Je crois que j'ai perdu quelque chose dans le jardin.

— C'est la tête, que tu as perdue ! Et la faculté d'inventer des prétextes crédibles. Mais tu les retrouveras sans doute dans la neige, quand les flics t'auront plaquée au sol…

— Tout ira bien, je te dis. Tu n'as qu'à me lâcher trois rues plus haut.

— Et tu feras le reste du chemin à pinces ?

Ses yeux obliquèrent vers les pieds de Ren, lâchement chaussés d'une vieille paire de baskets d'Eddie.

— Au moins, je ne laisserai pas d'empreintes de semelles, juste de longues traînées…

— Mais pourquoi tu t'infliges tout ça ?

— Et pourquoi ça t'intéresse ?

Il secoua la tête.

— Alors écoute, Ren. Trois choses. Premièrement, je vais garder à l'esprit que tu subis une pression terrible.

Elle le regarda d'un air sombre.

— Deuxièmement, je n'oublie pas que tu es bipol…

— Je n'en crois pas mes oreilles ! Alors c'est ta réponse à tout, hein ?

— Troisièmement, je savais que tu réagirais comme ça.

Va au diable, Billy Waites.

— J'essaie juste de t'aider. Et je ne suis pas certain que tu aies les idées très claires.

— Merci, Billy. C'est vachement sympa.

— Mais enfin, Ren ! Avoue qu'il y a de quoi s'arracher les cheveux ! Pourquoi se réfugier chez Eddie si c'est pour revenir traîner sur la scène du crime ? C'est de la folie furieuse.

— Oui, si tu veux. Maintenant sois gentil, dépose-moi à trois rues de la maison.

— Et ensuite ? Je t'attends ?

— Oui, attends-moi. Et si je ne suis pas revenue au bout d'une heure tu retournes fissa chez Eddie.

— Une heure ? Comment sais-tu qu'il te suffira d'une heure ? Et tu feras quoi, si ça dure plus longtemps ? Du stop ? (Il la regarda dans les yeux.) Tu n'as aucun plan défini, pas vrai ?

— Je t'en prie, Billy. Tu me prends pour qui ?

— La question est la suivante. Est-ce que je dois t'empêcher de faire une connerie, oui ou non ?

— Non, répondit-elle.

Alors Billy céda. Et se résolut, deux heures plus tard, à redémarrer la limousine pour rentrer seul chez Eddie.

Billy Waites et Eddie l'Errant étaient attablés dans un café bondé de Colfax Avenue. Il faisait jour, mais on se serait cru la nuit. Une faune de noctambules épuisés défilait derrière la vitre sous le regard intrigué d'Eddie.

— Ça va ? demanda-t-il.

Billy hocha la tête avant de réclamer du rab de café à la serveuse. Puis il prit le sucrier et le frappa du plat de la main pour décoller les morceaux du fond. Après quelques secondes de ce manège, Eddie lui confisqua l'objet pour l'échanger avec celui de la table voisine.

Eddie ramena son regard vers la rue et tous ces fêtards aux habits non destinés à être vus en plein jour.

— Tu te la tapes ? lança-t-il.

— Qui ça ? demanda Billy en regardant dehors.

— Je ne te parle pas d'une gonzesse sur le trottoir, crétin. Miss Ren.

— Non, Eddie. Non.

— Mais t'aimerais bien.

Billy fut trahi par son sourire.

— Ça m'a l'air d'être une belle cochonne, ajouta Eddie.

— Tu dis ça de toutes les nanas.

— Parce que je ne remarque pas les autres. Et c'est qui, cette meuf ?

— Si seulement j'arrivais à le savoir…

— Les femmes sont vraiment graves. Eh, mate un peu !

Il pointa le doigt vers le téléviseur fixé au mur derrière Billy. Une photo de Peter Everett occupait la moitié de l'écran.

« Coup de théâtre dans la disparition du riche homme d'affaires Peter Everett. Un agent du FBI, membre de la Brigade mixte des Rues sûres de Denver, vient d'être placé en garde à vue suite à la découverte du corps d'un homme de cinquante-trois ans dans un pavillon de Walker Street. Cet agent, dont le nom n'a pas été divulgué, a été interpellé sur les lieux du crime... »

— C'est votre macchabée, pas vrai ?

— Chut ! fit Billy pour entendre la suite.

Mais le commentaire s'en tenait à retracer la vie de Peter Everett.

— C'est votre macchabée, répéta Eddie. J'ai pas raison ?

Billy était livide. Il hocha la tête.

— C'est ta future femme qui a fait le coup ? Tout ce sang sur ses pattes...

— C'était son sang à elle. Elle venait de courir pieds nus.

— Tu m'étonnes qu'il ait fallu courir. Avec un fédé pourri dans la place...

— Eh ouais...

— Sauf si vous étiez de mèche avec le keum.

— Tu rigoles ou quoi ?

— Enculés de fédés, maugréa Eddie. Faut toujours qu'ils se couvrent entre eux. (Il but une gorgée de café et grimaça.) Si c'était moi qu'on avait trouvé près d'un cadavre, tu peux être sûr qu'on verrait défiler mon nom, ma tronche et l'adresse des dernières chiottes où je me suis posé. Mais un des leurs ? Pas de nom, pas de visage, que dalle. Black-out complet. Affaire classée.

— Comme tu dis. Affaire classée.

54

Ses pas résonnaient comme ceux de Ren quelques jours plus tôt, lors de la découverte du cadavre de Javier Luis. Catherine s'arrêta pour passer la tête dans la pièce fermée par un ruban jaune. Révulsée par les taches de sang et l'odeur nauséabonde, elle reprit son chemin dans son long manteau crème, cramponnée à la lanière de son sac noir, précédée par la fumée blanche de son haleine. Parvenue au bout du couloir, elle pénétra sur la droite dans une salle toute grise où se devinait encore le tracé d'un terrain de basket.

Au fond, à droite, était assise Domenica Val Pando, les jambes croisées, une cigarette et un gobelet de café à la main. Elle se leva et s'assit sur le coin de la table pour accueillir sa visiteuse.

Catherine traversa la salle et lui serra la main.

— Gregory jurait que vous ne saviez pas qu'il travaillait pour nous, commença Domenica.

— C'est mon mari, répondit Catherine. Il me disait tout.

Domenica sourit. Lentement, longuement. Sans sincérité.

— J'imagine que le FBI vous a donné du fil à retordre, dit-elle.

— Je savais que Gregory avait mis le plus grand soin à dissimuler ses activités et que les enquêteurs ne découvriraient rien de ce côté-là. Alors, s'ils pouvaient retrouver mes fils...

— Cette tâche sera désormais la mienne. Vous avez quelque chose qui m'intéresse, et vice versa.

Dehors, le vent sévissait. Catherine leva les yeux vers la rangée de vitres. La neige heurtait les carreaux et s'accumulait dans les coins, comme des barbes de coton.

Ren Bryce croupissait dans le noir, sur un banc de fer cabossé. La pièce puait, le sol était sale et la peinture aux murs se craquelait. Elle avait très peu dormi depuis trois jours, et son esprit galopait.

Lui revinrent ces mots de Helen : « Vous devez limiter ce qui déclenche la manie : éviter le stress, faire de longues nuits, réduire la caféine... » Mais connaître ses points faibles est une arme à double tranchant : cela vous indique surtout où appuyer pour vous envoyer en l'air. Ren n'aurait jamais osé dire cela devant sa psy, mais c'était la vérité.

Une vérité déplorable, mais une vérité quand même.

Cette fois-ci, la manie était montée en puissance à coups de nuits blanches, de peur, de stress, de voyages en avion et de caféine, jusqu'à lui offrir la révélation. La clé de l'énigme. D'heure en heure, son écriture s'était faite plus sautillante sur la page, ses doigts plus agiles sur le clavier, sa vitesse plus grande sur la route. Elle arrivait partout plus vite. Pour aboutir ici.

C'est terminé. Tout est fini.

Domenica lâcha son mégot dans son gobelet et repoussa celui-ci au bout de la table.

— Vous pouvez me remettre les dossiers de votre mari, Catherine. Je prendrai les dispositions nécessaires pour que votre fils vous soit rendu. Après ça, nous pourrons nous dire adieu.

Les yeux de Catherine s'emplirent de colère.

— Et cet homme qui m'a violée ? C'est vous, la responsable !

— Il n'était pas censé vous agresser, objecta Domenica. Il avait pour mission de vous intimider, vous et votre mari, en l'absence des enfants. Le but était de dissuader Gregory de coopérer avec les autorités, en lui faisant comprendre que ce serait suicidaire. Je savais qu'il avait déjà sauté le pas, et je voulais lui laisser une chance de se raviser. Mais Erubiel Diaz s'est conduit comme un animal. Dès lors, il était évident que vous n'oublieriez jamais son visage et que vous le reconnaîtriez immédiatement sur un tableau de fugitifs. Si Diaz s'en était tenu à ce qu'on lui demandait, votre mari serait peut-être encore de ce monde, vous et vos enfants auriez été tranquilles, et je ne me serais jamais retrouvée dans cette situation. Mais bon, on ne peut pas revenir en arrière. L'erreur d'Erubiel lui a coûté la vie, et la vôtre fut d'alerter le FBI. Fricoter avec l'agent Ren Bryce était bien la dernière des choses à faire.

— J'avais besoin de comprendre ce qui était arrivé à ma famille !

— L'élimination de Gregory et la disparition des enfants n'étaient que la suite logique du premier message. (Domenica haussa les épaules, impassible.) Après l'intervention de Diaz, nous espérions que votre mari allait se ressaisir. Mais, quand nous avons vu qu'il s'entêtait, nous avons pris cela pour une provocation. Comment pouvions-nous savoir que Diaz ne lui avait pas délivré le message initial ? Cet imbécile s'est bien gardé de nous dire qu'il vous avait violée et qu'il n'avait même pas croisé votre mari.

— Où est mon fils Michael ?

— Je ne sais pas.

— Comment ça ? Bien sûr que vous le savez !

— Je n'évolue pas dans ce monde-là.

— Vous vous fichez de moi ?

— Pas aussi bas, je veux dire. Je pourrais charger quelques personnes de poser la question autour d'elles, à la rigueur.

— Et vous croyez que je vais me satisfaire de ça ?

— Mais j'espère bien ! Si vous me donnez ce que j'attends, il ne vous arrivera plus rien. Vous n'obtiendrez pas mieux.

— Et que pourrait-il m'arriver de pire, après tout ce que vous m'avez déjà infligé ?

— Si Michael refait surface, vous tiendrez à être là pour lui. Je sais que vous êtes comme ça.

— Toutes les mères sont comme ça !

Domenica ne releva pas.

— Si vous ne pouvez même pas promettre de ramener Michael, pourquoi vous donnerais-je quoi que ce soit ?

— Et supposez que je le trouve. Je suis la seule qui soit en mesure de le localiser. Vous en seriez bien incapable, et le FBI ne saurait par où commencer. Vous allez me donner ce que je réclame, parce que si je débusque Michael, il est à ma merci.

Le cœur de Catherine battait la chamade. Mais que répondre à ce chantage ? Les mots ne pouvaient rien contre une femme comme Domenica.

La porte à côté de Ren s'ouvrit sans bruit ni lumière. Ren discerna dans le noir les traits de Gary Dettling. Puis ceux de Colin, de Cliff, de Robbie et des autres de la brigade. Ils étaient tous là. Elle leur fit signe de rester muets, puis elle se rassit sur son banc et ôta ses écouteurs. Elle les remit à Gary, qui acquiesça sans un mot.

Ren sourit. Son moral montait en flèche. Le monde était merveilleux. Tout était sous contrôle. Elle ne s'était jamais sentie aussi clairvoyante et maîtresse d'elle-même. Elle se leva et passa devant ses coéquipiers, qui la saluèrent en silence. Robbie lui frotta même le bras.

Son sourire s'élargit. *Je vous adore, les gars. J'adore mon boulot. J'adore la terre entière en cet instant.*

Ren se savait en plein pic euphorique. Elle quitta la pièce. Dieu bénisse le stress, le café, la faim, le Red Bull, et l'éclair blanc qui lui courait dans la cervelle et rendait tout si net.

À la tienne, Helen.

— Voici ce que je veux savoir, dit Domenica.

Elle plongea une main dans sa veste et sortit un pistolet.

Catherine sentit mollir ses jambes. Elle crut qu'elle allait s'évanouir.

— Pitié, non...

— Je veux savoir en détail ce que votre mari a fourni et révélé aux autorités mexicaines. Et je veux savoir quand précisément il a commencé à trahir.

Catherine était au bord de l'infarctus. Elle ignorait que son mari avait pris contact avec la police mexicaine. Elle ne connaissait pas les faits. Tout ça, c'était du bluff. Elle était seule face à cette folle furieuse, et elle n'avait rien à lui offrir !

— Merde ! fit Gary.

Les membres de la Brigade des Rues sûres se regardèrent. Personne n'était au courant de ça. S'ils avaient su que Greg Sarvas était allé trouver la police mexicaine pour commettre l'affront suprême aux yeux de Domenica – la trahison –, jamais ils n'auraient envoyé Catherine au casse-pipe.

— Fonce, ordonna Gary.

Ren fit irruption dans la salle.

La stupeur se dessina sur le visage de Domenica.

— Lâche ton arme ! lui cria Ren.

Les yeux de Val Pando naviguèrent d'une femme à l'autre.

— Lâche ton arme, j'ai dit !

Elle obtempéra.

— Maintenant, veuillez nous laisser, Catherine.

— Je veux savoir où est mon fils !

— Je m'en occupe, assura Ren.

— Tu parles ! siffla Domenica. Elle n'en a rien à battre.

— S'il vous plaît, Catherine, insista Ren.

— Et si tu racontais à Mme Panzón tes petits exploits ? Hein, *Remy* ?

— Ferme-la.

Ren fixa Catherine d'un air implorant.

Je vous interdis d'échouer, lui répondit le regard de la mère de famille, qui trouva le courage de quitter les deux seules personnes à même de retrouver son garçon.

Ren attendit que Catherine soit sortie pour reprendre la parole.

— Où est Michael Sarvas ?

— Je suppose que tu m'auras entendue dire que je n'en savais rien…

— Qui a tué Helen Wheeler ?

Domenica sourit.

— Je ne connais pas de Helen Wheeler.

— Que ce soit Javier Luis, James Laker ou Erubiel Diaz qui ait fait le coup, c'était forcément toi la commanditaire. Mais quel besoin avais-tu de t'en prendre à Helen ?

— Mais je n'ai rien fait de tel !

— Tu es la pire des garces…

— Oh ! ça te va bien de dire ça. Tu as couché avec James Laker et Javier Luis. Puis tu as laissé Luis s'enfuir et il a commis une série de crimes. Alors tu lui as réglé son compte. Il t'a aussi fallu tuer Douglas Hammond pour protéger ton dossier psychiatrique. Ensuite, tu as tué Peter Everett parce que…

— Qui est Peter Everett, Domenica ?

— Voyons, Ren, dit-elle en souriant. Tout le monde connaît Peter Everett.

— Mais tout le monde ne sait pas ce que tu l'as vu commettre, ni que c'était toi, la nounou clandestine qui a administré un peu trop de sirop pour la toux à la petite Mia Hammond, afin qu'elle dorme à poings fermés pendant que son papa et Peter Everett achevaient sa maman.

Domenica se renfrogna.

— Qu'est-ce que… ?

— Je le sais, Domenica. Je sais que tu bourrais Gavino de sirop pour qu'il te fiche la paix. Et je sais que tes premiers frissons au pays du chantage datent de ce jour où tu as surpris Douglas Hammond et Peter Everett devant le cadavre d'une femme. C'est grâce à ça que tu les as gardés à ta botte pendant toutes ces années. Everett pouvait trafiquer les dossiers de Helen de façon à me discréditer et à disqualifier tout ce que je racontais sur toi. Et Douglas Hammond, du haut de son fauteuil de juge, était là pour valider la manip. Mais ça n'a pas très bien marché, n'est-ce pas ? Tu avais sous-estimé le poids de ses remords vis-à-vis de sa femme, et je pense qu'il refusait d'avoir davantage de sang sur les mains. Il savait ce que tu ferais si mon dossier restait bloqué. Alors il a essayé de me rendre service.

— Tu es réellement malade, répondit Domenica. Une vraie paranoïaque. Je n'ai jamais entendu parler de ces gens.

Voyant Ren se rapprocher, Domenica gronda :

— Tu t'es immiscée dans ma maison, dans ma vie, dans celle de mon fils !

— C'était déjà plus que tu n'avais jamais fait.

— Oh, ça suffit, les leçons de puériculture !

— Je me contentais d'accomplir le travail pour lequel j'étais payée. Mais toi, quand t'es-tu occupée de Gavino ?

Domenica frappa la table.

— C'était *mon* fils, sale chienne. Et tu as brisé le cœur d'un enfant de six ans !

Je rêve…

— C'est toi qui es cinglée, Domenica. Tu ne sais donc pas que j'étais là, dans les bois, quand tu t'es enfuie du QG avec Gavino dans les bras ? Je t'ai vue le repousser alors qu'il s'accrochait à tes jambes. Tu voulais l'abandonner.

— C'est faux.

— Allons, Domenica. Ne me fais pas croire que tu as oublié. Un jour, tu as lâché que Gavino était la plus grande erreur de ta vie !

— Je n'ai jamais dit ça.

— Alors j'arrive trop tard : le déni a fait son office. Mais Gavino, il croit à tes salades ? (Elle haussa les épaules.) Pourquoi je te demande ça, d'abord ?

— Tu me demandes ça parce que, au fond de toi, tu aimes toujours mon fils.

Ren allait démentir, mais à quoi bon ?

— Et après ? Qu'est-ce que tu en déduis ? Que nous sommes pareilles, toi et moi ?

Le regard de Domenica brûlait de rage.

— J'ai gagné, Ren. Et tu as perdu. Tu as perdu la boule.

Ren lui flanqua son poing dans la figure. La tête de Domenica partit en arrière et heurta le mur. Elle voulut se redresser, mais ses jambes cédèrent, et elle s'affaissa sur le ciment. Elle saignait sous l'œil droit.

Ren se planta devant elle et la regarda pleurer. Ce n'étaient pas des larmes d'émotion, juste de l'eau salée.

Domenica se releva péniblement.

— Ton manque de sang-froid est pathétique ! cracha-t-elle.

Ren sourit.

— C'est ta chute qui est pathétique, Domenica.

— Et c'est toi qui dis ça ? Tu n'as rien, Ren. Tu n'as personne. Tu ne seras jamais heureuse, et tu le sais.

— Et d'où sors-tu ces conneries ?

— J'ai lu ton dossier.

— Ah oui ? Et tu connais le refrain préféré des psys ? « Nous ne sommes pas télépathes. Ce que nous savons, c'est ce que les patients nous disent. » Alors tu penses bien qu'à raison d'une demi-heure par semaine, dont une bonne moitié meublée de silences et d'esquives, Helen était loin d'avoir fait le tour de ma personne. Tu ne sais rien du tout, Domenica.

— Tu m'as pris le père de mon enfant !

— Je l'ai sauvé, nuance.

— James m'aimait, et tu me l'as enlevé !

— Mais qu'est-ce que tu racontes ? Tu as quasiment violé cet homme !

Domenica voulut la gifler, mais Ren lui bloqua le poignet.

— James Laker m'aimait !

— Ne sois pas ridicule. Tu ne lui inspirais rien de plus que de la crainte. Tu étais sa geôlière et il était ton prisonnier, point à la ligne. Si je l'ai aidé à s'enfuir, c'est pour qu'il puisse devenir un vrai père pour Gavino et qu'il retrouve une vie normale. James s'est taillé de chez toi comme tu t'es taillée du Mexique. Clandestinement, en rêvant à des jours meilleurs. Que veux-tu ? Tu n'avais qu'à mieux surveiller tes frontières…

55

Une porte s'ouvrit à droite de Ren. Les collègues n'avaient pas bouclé cet accès-là, puisque la pièce située derrière était en cul-de-sac.

Ren se remémora le plan du bâtiment.

La lucarne. Une lucarne donnait sur la rue.

Gavino Val Pando s'avança dans la salle.

La dernière fois que Ren l'avait croisé, elle avait découvert, sans grande surprise, un jeune homme plein d'allure. Cheveux courts, peau hâlée, silhouette athlétique, jolies fringues… Une vraie gravure de mode.

Mon Dieu, que t'est-il arrivé ?

Le beau garçon n'était plus que l'ombre de lui-même. Pâle, amaigri, l'air complètement déphasé. Ren et Domenica échangèrent un regard et, durant un instant, partagèrent quelque chose d'humain. Gavino se tenait penché sur le côté, les bras ballants, le regard oscillant entre les deux femmes.

— Comment oses-tu ? rugit-il en direction de Domenica.

Sa véhémence fit tressaillir sa mère.

— De… de quoi parles-tu ? bredouilla-t-elle.

— De quoi je parle ? Sale menteuse ! Comment as-tu pu ?

Domenica ouvrit les paumes.

— Je ne sais pas de quoi tu parles, Gavino !

— C'est parce que tu as l'embarras du choix, avec les millions de saloperies que tu m'as infligées depuis que je suis né !

— Il prend des médicaments ? demanda Ren sans quitter le garçon des yeux.

— Quoi ? réagit-il. Qu'est-ce que tu viens de dire ?

— Je demandais à ta mère si tu prenais des médicaments.

Gavino leva les yeux au plafond.

— Comment veux-tu qu'elle le sache ? s'esclaffa-t-il. Demande-lui donc quelle est mon émission de télé préférée, ce que j'écoute comme musique, qui est mon meilleur ami… Ah non, c'est vrai, je n'en ai aucun ! (Il ramena son regard sur Ren.) C'est drôle, non ? C'est elle ma mère, et pourtant c'est toi qui as repéré que je gobais des cachetons. Et il t'a suffi de trente secondes pour ça. Bien joué. T'as vu ça, maman ? Elle est forte, hein ? Oui, agent spécial Bryce, je prends des médocs. À cause de cette enfoirée !

— Ah ! les gosses ! soupira Domenica. Quoi qu'on fasse, on a tort…

Outré, Gavino regarda Ren. Elle secoua la tête d'un air implorant, pour l'exhorter au calme.

— Mon père est un connard et ma mère est un monstre, scanda le jeune homme. Sans déconner, combien de personnes ont une mère violente ? Un demi pour cent de la population, peut-être ? C'est dire si j'ai de la chance ! Alors voilà, j'ai eu une enfance malheureuse, et patati et patata, mais quand je suis devenu un peu plus grand, il s'est produit un truc dingue : mon père s'est aperçu que j'existais !

— Allons bon ! dit Domenica. Qu'est-ce qu'il va nous sortir, encore ?

— On t'écoute, assura Ren. Dis-nous ce que tu as sur le cœur, Gavino. On ne te coupera plus la parole.

Domenica fit la grimace. Elle n'avait pas l'habitude qu'on lui dicte sa conduite.

— Mon père a commencé à m'associer à certaines activités. Toi aussi, maman, et j'adorais ça. J'avais l'impression de compter un peu. Puis j'ai merdé. J'ai pété sa Ferrari télécommandée. Oui, j'ai eu le malheur de casser le joujou de mon papa en grimpant dessus, et Augusto m'a flanqué la dérouillée de ma vie. Après ça, ma mère m'a négligé encore plus qu'avant, si tant est qu'il puisse y avoir des degrés dans l'indifférence. J'avais alors onze ans, et je n'oublierai jamais ce que j'éprouvais. Ce n'est même pas que je me sentais rejeté ou mal-aimé. Je me disais juste : *Je suis une erreur de la nature. Le rejeton de deux êtres ignobles.* (Gavino se tut quelques instants, le regard vague.) Vous saviez que Ted Bundy avait une gosse ? Il s'est marié dans le couloir de la mort et sa nouvelle femme lui a donné un enfant. Si bien qu'aujourd'hui, dans ce pays, il y a une fille qui sait que son père était un tueur en série et sa mère une tarée qui en pinçait pour les assassins. Vous imaginez comme elle doit être bien dans sa peau ? J'imagine très bien, moi. Quand on est un garçon de onze ans, c'est le genre de truc qui vous pousse à vous isoler dans une grange avec un couteau de cuisine pour… (Ses yeux s'emplirent de larmes.) Je savais d'où venaient les bébés, et je savais que pour rien au monde je…

— Oh, mon Dieu, dit Domenica en se couvrant la bouche. Tu n'as quand même pas…

Ren la regarda, sidérée. *Comment peux-tu ignorer une telle chose ? Ton propre fils, Domenica !*

— Si, répondit Gavino. Si, je l'ai fait. En tout cas suffisamment pour ne plus pouvoir… Mais ça saignait tellement que je suis tombé dans les pommes. Quand j'ai repris connaissance, j'étais allongé dans mon lit avec un gros pansement. Une des femmes du village était à mon chevet.

— Et moi, j'étais où ? demanda Domenica d'une voix sourde.

— Mais on s'en fout de savoir où t'étais ! gronda Gavino. Tu ne comprends pas ? Tu ne représentais plus rien pour moi. Sinon ma plus grande honte, le détail qui me rappelait sans cesse que je n'étais qu'une merde. Pendant des années et des années, j'ai rêvé d'en finir, mais je manquais de cran. Puis, l'an dernier, je suis allé flamber avec du fric volé, et ça t'a mise hors de toi. L'ironie de l'histoire, c'est que j'essayais juste d'emballer les filles – de la seule façon que je connaisse. Certains gars les font boire pour qu'elles acceptent de coucher. Moi, je suis obligé de les soûler un peu plus, pour éviter qu'elles remarquent mon… handicap. J'éteins la lumière et je dis à la fille que je la respecte trop pour abuser de son ébriété. Alors il ne se passe rien, mais au moins j'ai une présence à côté de moi, ne serait-ce que pour quelques heures.

Il dévisagea Ren comme si elle était la dernière à lui avoir tenu compagnie.

Mon pauvre Gavino…

— Puis, un beau jour, qu'est-ce que j'apprends ? Que toutes ces années de torture et de souffrances quotidiennes auraient pu être évitées si seulement tu m'avais dit, maman, qu'Augusto n'était pas mon vrai père, et que tu avais choisi un autre gars pour la qualité de ses gènes. As-tu idée de ce que ça m'a fait d'apprendre ça ? James Laker ! Un homme svelte, raffiné, intelligent et doux. Mais oui, bon sang ! C'est évident que je ressemble davantage à ce mec-là qu'à ce porc d'Augusto. Mais où est-il, aujourd'hui ? Hein, maman ? Il est aussi introuvable que toi le jour où je suis allé dans cette grange.

Gavino sortit un flingue de sa poche et le braqua sur sa mère.

— Tu ne peux pas savoir comme ça me démange, grogna-t-il.

Ne fais pas ça, Gavino. Vis ta vie !

56

— Non, je t'en supplie, geignit Domenica en tombant à genoux. *Santa Maria…*

— Comme si tes prières avaient une chance d'être entendues, sortit Gavino d'un ton méprisant.

Il se rapprocha et lui agrippa les cheveux.

— Lève-toi. Lève-toi, sale garce !

Domenica obéit. Il lui fourra le canon de l'arme dans la bouche.

— J'en crève d'envie, dit-il avec un sourire. Mais tu sais ce qui m'excite encore plus ?

Il tourna la tête vers Ren.

Non, pas moi. Pitié, Gavino. Je t'aimais sincèrement. Je ne voulais pas t'abandonner, mais je n'ai pas eu le choix. S'il te plaît, pas moi…

Une volée de souvenirs s'échappèrent du grenier de Ren : les grands yeux du petit Gavino, sa douce voix entonnant des comptines, le contact de sa main potelée, sa démarche rigolote… Des tranches de pureté innocente dans un univers de violence.

S'il te plaît, Gavino, ne te venge pas sur moi…

— Je t'aimais tellement, dit-il.

S'il te plaît…

Ren sentit son cœur palpiter, son regard suinter la peur.

— Et tu sais quoi ? poursuivit le garçon. Ça ne m'est jamais vraiment passé. Je t'aime toujours. (Il repoussa Domenica, toujours sur le sol.) Parce que, certes, tu faisais ton boulot en sabotant le business de ma mère, mais quand tu étais avec moi ce n'était plus vraiment du travail, et encore moins de la comédie. Là, tu redevenais toi-même. Après tout, tes chefs ne t'ont jamais demandé de trahir un gosse de sept ans, pas vrai ?

— Non, bien sûr.

— Tu étais bonne avec moi. Tu ne pouvais pas t'en empêcher. Tu voyais la façon dont j'étais traité, alors tu me choyais.

— Oui, c'est vrai. Mais je n'aurais pas dû, Gavino. Parce que je savais dès le départ que ce serait éphémère. Je suis désolée.

— Ne le sois pas, Ren. C'est toujours ça que j'aurai reçu. Allez, approche.

Elle s'avança jusqu'à lui. Il la dévisagea de ses pupilles dilatées et humides. Puis, soudain, il ouvrit les bras.

Elle accepta son accolade secouée de sanglots.

— Merci, dit-il. Merci pour tout.

— Je suis navrée, Gavino. Mais ça va aller, maintenant. (Elle lui tapota le dos.) Tu peux compter sur moi.

— Alors c'est quoi, cette chose qui t'excite tant ? lança Domenica en se redressant.

Gavino se détacha de Ren pour considérer sa mère.

— Je pourrais te supprimer sur-le-champ, dit-il. Mais ce qui me botte plus que tout, c'est de t'imaginer assise à côté d'un avocat noyé sous les pièces de l'accusation, des pièces signées par un témoin de première main, à savoir le fils de l'accusée. Des rapports archidétaillés sur la vie et l'œuvre de Domenica Val Pando. Une montagne de preuves à charge, que j'ai déjà rédigée.

Le visage de Domenica n'était plus qu'un magma haineux.

Il t'a eue, ma vieille. On t'a eue. Tu es cuite.

— Ton père est mort, lança Domenica.

Gavino vint coller son front contre le sien.

— Bien essayé, maman. Mais ça ne sert à rien d'en rajouter. Je ne te tuerai pas.

Il rangea le flingue dans sa poche et se tourna vers Ren.

— C'est bon, je te la laisse.

Ren menotta Domenica puis réclama l'arme de Gavino.

— Non, répondit-il. J'attends qu'elle soit partie.

— Ne crois pas que je vais te laisser seul avec ce flingue, Gavino.

— Pourquoi ? Tu n'as pas confiance ?

— Là n'est pas la question.

— Il me tuera si on nous laisse seuls ! jura Domenica.

— Non, maman, je ne te ferai pas cette fleur. Je te réserve ce qu'il y a de pire pour les gens de ton espèce : tu vas devoir rendre des comptes.

— Allez, Gavino, dit Ren. Soit tu me donnes ton arme, soit on sort tous les trois ensemble. Tu choisis.

— Non, je veux la voir s'en aller. Il y a du monde, à côté ? Tu as des renforts ?

Elle confirma d'un signe de tête.

Domenica tira brusquement sur ses menottes et rua dans les tibias de Ren. Celle-ci manqua tomber et lâcher sa proie. Gavino empoigna sa mère par le bras et la poussa vers la sortie. Ren les suivit en maintenant les poignets de Domenica très haut dans son dos, pour lui faire passer l'envie de regimber.

— Je vous accompagne jusqu'à la porte, dit Gavino. Mais après, Ren, je préférerais que ce soit un de tes collègues qui m'embarque.

— D'accord. Mais ne t'inquiète pas pour la suite. J'ai promis que je t'aiderais, et je tiendrai parole. Je t'envoie mon ami Robbie.

Ren poussa la porte battante et confia la prévenue à Gary et à Colin. Puis elle dit à Robbie :

— Tu veux bien t'occuper de Gavino ? Il est…

Attends un peu. Pourquoi Gavino s'est-il embêté à écrire tout ça, alors qu'un témoignage oral ferait aussi bien l'affaire ? Il peut même déposer sur bande vidéo, s'il ne souhaite pas venir au procès. À moins que… Merde !

Comme elle se jetait sur la porte, le coup de feu lui vrilla les tympans.

Ren recula et s'adossa au mur. Ses deux coéquipiers étaient déjà dans la salle, mais le corps de Robbic faisait écran derrière le hublot de la porte.

— Il y a qui, là-dedans ? s'étonna un flic, alerté par le bruit. On avait placé des gars partout et fouillé tout le bâtiment…

— Gavino Val Pando, répondit Ren. Et il était tout seul.

57

De retour à la brigade, Ren consulta ses mails. Un attaché du ministère de la Justice tchèque lui demandait de rappeler d'urgence. Elle vérifia l'heure locale sur Google : 8 heures du matin. Le type lui répondit à la première sonnerie. Elle nota soigneusement ce qu'il lui indiquait, puis elle le salua et récita une prière silencieuse.

Daryl n'apprécierait pas d'être dérangé à 3 heures du matin, mais tant pis pour lui.

Son « Allô ? » pâteux fut assorti d'un bruissement de draps ou de pyjama.

— Salut, Daryl. C'est Ren. Je viens d'avoir Prague. Il se pourrait qu'on tienne notre homme.

Elle lui laissa le temps de s'ébrouer.

— Hein ? Euh… oui, raconte.

— Ils détiennent un certain Jakub Kral, soixante et un ans, condamné pour pédophilie et relâché en 1978, ce qui signifie qu'il était libre en 1981, lorsque Louis a disparu. Il était alors le régisseur de l'orchestre. Il est retourné en prison deux fois, toujours pour les mêmes motifs, de 1982 à 1987 et de 1989 à 1993. Il vient d'être placé en garde à vue pour interrogatoire.

Elle entendit Daryl se redresser sur son lit.

— Espérons que ce soit lui.

— Et qu'il se souvienne de Louis Parry.

— Oui, comme tu dis.

— Excuse-moi d'avoir appelé au milieu de la nuit, Daryl. Mais je voulais que tu saches.

— Ce n'est rien. Je sais ce que cette histoire représente pour toi.

Ren reposa le combiné. Les autorités tchèques allaient sans doute se heurter à un mur : pourquoi ce Kral irait-il confesser un crime pour lequel il n'avait jamais été inquiété ? Il crierait à l'acharnement policier, invoquerait ses droits civiques, jurerait avoir changé et se poserait en vieil homme brisé par la vie.

La foutaise habituelle.

Ren expira lentement.

Faites que ce soit lui, Seigneur. Et qu'il assume ses fautes.

Le lendemain matin, c'est dans l'affaire Sarvas qu'il y eut du nouveau. Alors que Gary s'apprêtait à en informer la première intéressée, Ren l'en déchargea.

— Laisse-moi faire. La continuité des soins, tu te rappelles ?

Ren regagna son bureau pour passer le coup de fil. Catherine décrocha immédiatement, et Ren espéra que son numéro à la brigade ne finirait jamais sur la liste noire des Sarvas.

— On a retrouvé Michael, Catherine. Mais je crains que les nouvelles ne soient mauvaises. Il est mort hier.

La maman poussa un cri insoutenable.

— Que lui est-il arrivé ? gémit-elle.

— Il était à Tijuana. Deux jeunes garçons l'ont retrouvé inanimé dans la rue. Il est mort d'une infection bactérienne causée par une aiguille contaminée.

— Une aiguille ?

— Oui. C'est comme ça qu'ils procèdent : ils rendent leurs serviteurs accros.

Sous les sanglots, la voix se durcit.

— Tout est la faute de Greg. C'est mon mari qui est à l'origine de tout ça.

Ren laissa Catherine Sarvas à son chagrin. Puis elle lança à ses collègues :

— Supposez que votre fils disparaisse pendant huit mois et qu'on vous apprenne sa mort. On ne vous annonce pas qu'il a été tué le jour de son enlèvement, ni même quatre mois plus tard, mais seulement la veille : « Votre fils est décédé hier. » Inévitablement, vous vous dites qu'il aurait pu être sauvé, et que ça ne tenait à presque rien…

— Tu parles de Catherine Sarvas, comprit Cliff.

— D'un autre côté, poursuivit Ren, comment cette femme pouvait-elle ignorer les activités de son mari ? Gregory Sarvas ne laissait jamais traîner de papiers ? Il n'évoquait jamais son travail ? Cet homme se levait en même temps que son épouse, prenait le petit déjeuner en famille, conduisait ses fils au lycée puis rentrait bosser à la maison comme comptable et avocat pour l'un des plus gros cartels mexicains ! Comment a-t-elle fait pour ne rien voir ?

— Je pense qu'elle savait, dit Colin.

— Mais non, je t'assure, elle ne se doutait de rien. Tu aurais dû voir son visage, ça faisait peine à voir. « Salut, je suis venue de Denver pour vous révéler que votre mari était un menteur qui se fichait pas mal de vous et de vos gosses – et qui, accessoirement, vous aura précipités dans un des bourbiers les plus dangereux de la planète. »

— Arrête de te mettre à la place des gens, s'agaça Colin. « Moi j'aurais vu ceci, moi j'aurais fait cela. » Tu ne peux pas savoir quelle serait ton attitude dans la même situation. Greg Sarvas cachait à son épouse la vraie nature de ses activités ? Admettons. Mais en dehors de ça c'était visiblement un bon mari, et elle était amoureuse de lui, non ?

— Oui, mais comment a-t-elle...

— C'était peut-être la seule chose importante à ses yeux. Avoir un mari aimant et attentionné. Toutes les femmes n'ont pas cette chance.

Ren secoua la tête.

— Excuse-moi, Colin, mais tu n'y connais rien. Pour toi, toute conversation avec une femme commence et se termine par « Mmm, jolis nénés ». Franchement, tu devrais éviter de t'approcher de nous. Sauve-toi, Naomi, sauve-toi tant qu'il en est encore temps !

Colin haussa les épaules et retourna à son ordi.

— El Coyote Panzón, rumina Cliff en pianotant sur son bureau.

— Eh oui, répondit Ren. *Le Coyote ventru*... Gregory Sarvas aura décidément leurré tout le monde : sa femme, ses fils, nous. Chapeau, l'artiste ! Le seul détail qui semble justifier ce surnom, c'est le ventre : ce barbu grisonnant avait effectivement une sacrée bedaine.

— Mais je ne comprends pas bien, avoua Robbie. Sarvas travaillait comme avocat pour le cartel de Puente ?

— Oui. Il en connaissait les arcanes et voyait transiter d'énormes sommes d'argent. Le cartel devait le payer grassement pour ses services, mais avec tout ce qu'il savait il pouvait espérer bien plus. Alors il s'acoquine avec Domenica Val Pando, qui rôde dans le secteur depuis quelque temps. Il connaît son parcours et sait qu'elle ne commettra pas deux fois les mêmes erreurs. Bref, c'est lui qui la recrute, et non l'inverse. Mais, dans le même temps, Sarvas se tourne vers les autorités mexicaines : il souhaite retirer ses billes du cartel, et il a besoin d'une protection. Contrairement à ce que pense la police mexicaine, ce n'est pas pour rentrer dans le droit chemin que Sarvas trahit ses employeurs, mais uniquement pour faire place nette à son nouveau réseau, celui que Domenica Val Pando dirigera en sous-main tandis que lui jouera les avocats honnêtes, pour la façade.

« Le problème, avec ces cartels, c'est qu'il suffit de couper une tête pour qu'une autre repousse, et encore plus affreuse que la précédente. Quant aux fidèles du chef déchu, ils s'égaillent dans les bois, mais tôt ou tard ils sortent de l'ombre pour reconstituer leur clique et reconquérir le trône.

« Je pense que Michael Sarvas a surestimé son pouvoir de nuisance et de tromperie. Et, lorsque la situation est devenue trop tendue, il a lancé l'offensive contre le cartel avant même d'avoir balancé tout ce qu'il savait aux flics – donc, avant de s'être assuré leur protection. Il s'est cru invincible, et plus malin que tout le monde.

— Mais pourquoi Domenica aurait-elle voulu jouer les seconds rôles ? demanda Colin. En était-elle seulement capable ?

— À ses yeux, Sarvas représentait une mine d'informations. Le milieu avait bien changé depuis la chute de l'empire Val Pando, et Sarvas avait onze années d'avance sur elle. Il connaissait les nouvelles règles le long de la frontière, et les différents protagonistes.

Colin secoua la tête.

— Il était fou de se croire à l'abri.

— Que veux-tu, ces gars-là carburent tous au même cocktail : adrénaline et pulsion de mort. Ils ne vivent pas dans le monde réel, ou alors ils n'y ont qu'un seul pied. Ils sont sans cesse sur le qui-vive, ce qui les pousse à aller toujours plus loin, jusqu'à ce que ça casse.

Gary arriva.

— Le labo vient d'appeler. L'analyse ADN est formelle : le cadavre de l'entrepôt est celui de notre numéro quatre, Javier Luis.

Ren s'efforça de paraître surprise.

58

Le mobile de Ren sonna au moment où elle tournait la clé dans la serrure. C'était l'attaché tchèque.

— Jakub Kral est bien l'auteur de l'enlèvement, dit-il. Il est passé aux aveux.

Le coupable avait également donné de vagues indications géographiques quant à l'endroit où il s'était débarrassé du corps, à partir d'une station-service située à quatre-vingts kilomètres à l'ouest de Catskill. Mais, trente ans après cette nuit funeste, il faudrait un miracle pour retrouver quoi que ce soit.

Dans l'entrée, Ren marcha sur une petite enveloppe blanche libellée à son nom. Elle la ramassa et l'ouvrit. L'écriture était inconnue, mais jolie.

Chère Ren,

Je ne voyais pas d'autre façon de procéder, tellement c'est douloureux. J'aimerais pouvoir me contenter des cinquante pour cent que tu m'offres, mais avec toi il m'en faut plus. Rien ne garantit qu'un jour je rencontrerai une femme prête à se donner à cent pour cent, ni que je serai dans les mêmes dispositions vis-à-vis d'elle, mais tant pis, je prends le risque. Parce que toi et moi, ça me détruit. Je ne pense pas que tu mesures à quel point ça fait mal. Et c'est d'autant plus douloureux que tu es quelqu'un de bien, et que tes paroles, je le sais, sont aussi sincères que tes actes.

Quand tu me regardes, tu as toujours cette pointe de culpabilité au fond des yeux. J'aimerais la chasser, mais c'est impossible. Et je refuse d'être le gars qui reste dans l'ombre, parce que, avec une femme aussi merveilleuse que toi, se cacher est la dernière chose dont on ait envie.

Quoi qu'il arrive, sache que je serai toujours là s'il le faut… mais sur un autre mode.

Affectueusement,

Billy

Ren reposa la lettre et se planta derrière la vitre. Billy était parti. Billy l'avait quittée. *Mais je ne suis pas prête pour ça.* Laissant ses pensées voleter parmi les flocons de neige, elle songea à tout ce qu'ils avaient partagé dans cette relation à la fois parfaite et bancale.

Et puis merde.

Elle attrapa ses clés et courut jusqu'à la Jeep. Elle sauta derrière le volant, mit le contact et roula vers le quartier de Five Points. Eddie l'Errant saurait lui dire où trouver son vieux pote.

Elle traversa la ville en imaginant l'instant où elle sauterait au cou de Billy, et tout l'amour qui s'ensuivrait. Des lumières multicolores balayaient le pare-brise, gaies, brillantes et claires. Ren se sentait libre. Elle voyait déjà tout ce qu'ils feraient ensemble, et où ils le feraient.

Tu es ma vie, Billy Waites.

Non, elle n'allait pas laisser filer Billy. Elle allait lui dire de rester, et lui promettre cent pour cent d'elle-même.

On ira dîner, on se dégotera un hôtel, on boira du champagne et on baisera toute la nuit.

Elle négocia pied au plancher la courbe menant à Five Points.

Billy sera là. Ça va marcher. Je ne peux pas rester seule. Je ne peux pas rester seule.

Elle s'arrêta sur le parking en bas de l'immeuble d'Eddie. *Je ne peux pas rester seule.* La limousine n'était nulle part en vue. *Je ne peux pas rester seule.* Elle examina les vitres noires de l'appartement. *Où es-tu, Billy ? Je ne peux pas rester seule.*

Ren était déjà passée par là : poursuivre un amant déserteur dans un sursaut d'espoir aveugle, jusqu'à ce qu'une voix intérieure énonce ses vraies motivations. Non pas « J'aime Billy », ou « Jamais je n'en aimerai un autre », ou encore « Je veux passer le reste de ma vie avec lui », mais juste « Je ne peux pas rester seule ».

Billy Waites méritait mieux qu'une femme abîmée et allergique à la solitude. Alors, derrière un rideau de larmes, Ren ralluma le moteur et fit marche arrière.

Je veux un homme dont je porterai l'anneau jusqu'à la fin de mes jours. Mon prince charmant à moi. Un homme avec une cravate jaune.

À trois mille kilomètres de là, les enquêteurs déterrèrent le squelette de Louis. Deux heures plus tôt, Rita Parry avait rendu son dernier soupir.

Aux alentours de minuit, allongée sur son lit, Ren envisageait le scénario de la soirée du 20 juin 1981.

Louis descend l'allée ombragée de la maison. Dans sa poche, un tract plié en deux : « L'Orchestre national tchèque joue Haydn. Concerts à 16 heures, 18 heures et 20 heures. » Louis a sa leçon de piano à 16 heures, et la famille dîne tous les jours à 18 heures, mais pour une fois il va se permettre de rentrer un peu plus tard. Sa mère pensera simplement que Beau le retient plus longtemps que d'habitude, sans doute en prévision de l'examen de la semaine prochaine...

Son cours de piano terminé, Louis gagne le parc. Il grimpe dans un arbre près du chapiteau et attend le début du concert. C'est alors que Jakub Kral émerge de la tente pour replanter un piquet. Avisant le blondinet perché sur sa branche, il lui fait un grand sourire et lui explique qu'il verrait bien mieux s'il se cachait tout au bord de la scène, dans un coin qu'il va lui montrer. Louis Parry est aux anges, et il l'est doublement lorsque, le concert terminé, Kral propose de le reconduire chez lui, ce qui diminuera son retard de dix précieuses minutes. Le technicien démarre sa camionnette et Louis monte à bord. Le garçon commence à indiquer le chemin de sa maison, sans se douter qu'à partir de cet instant l'homme ne l'écoutera plus. Il n'empruntera pas les rues demandées, ne le laissera pas descendre, ne le lâchera pas, n'écourtera pas son supplice, et refusera de lui laisser la vie sauve.

Kral avait gardé un souvenir vivace de ces vingt-neuf heures passées en compagnie de Louis Parry – même si, curieusement, il fut incapable de reconnaître son visage en photo. Ce n'était pas l'image qui l'avait marquée, mais l'émotion ressentie.

Dans quel monde sordide vivons-nous ?

Ren fondit en larmes.

Et arrête de chialer, bon sang.

59

Ren frappa et entra.

— Pardon, dit-elle en voyant Gary sursauter. Je ne voulais pas te faire peur.

— Ce n'est pas toi, répondit-il d'un ton préoccupé.

Elle s'assit face à lui.

— Tout va bien, Gary ?

Il ouvrit le premier tiroir et jeta un prospectus sur le bureau.

— Regarde.

La couverture montrait un cheval dressé sur ses jambes arrière, avec ce titre en lettres bouclées : *Peux-tu t'élever à ta juste hauteur ?* À l'intérieur du dépliant s'alignaient des visages d'ados souriants, coiffés de ce bandeau : *Tu es ta propre vérité*.

Ren considéra son chef.

— Ça vient de notre Messie des Éternels Fugitifs ?

— Jonah Jeremiah Miller, confirma Gary.

— Je vois qu'il n'a rien perdu de sa verve. Comment les gamines peuvent-elles mordre à l'hameçon d'un discours aussi creux ? C'est ça que recherche la jeunesse désenchantée ?

— Tu veux savoir où j'ai trouvé ce machin ?

— Dis-moi.

— Dans le sac à dos de Claire.

— Claire, ta fille ?

Il hocha la tête.

Merde.

— Tu sais, les jeunes se font bombarder de tracts à longueur de journée. Elle l'aura pris comme ça, machinalement, pour ne pas le jeter par terre…

— C'est gentil de vouloir me rassurer, Ren, mais il y a un numéro de portable en bas de ce torchon, et elle a déjà appelé quatre fois. Sans compter un texto à un certain Ruben.

Merde de merde.

— Et tu lui en as parlé ?

— Parfois, la jeunesse désenchantée est assise devant toi, à la table du petit déjeuner…

— Mais tu lui en as parlé ? insista Ren.

— Il y en aurait pour des années de déminage avant que je puisse rétablir une telle proximité.

— Ah… Mais alors, qu'est-ce que tu comptes faire ?

— Je vais commencer par choper ce sale clown lubrique de mes couilles, dit Gary en rangeant le papelard.

— Les adolescentes sont très naïves, tu sais, même celles d'aujourd'hui. Claire a dû se sentir flattée. Les gamines…

— … devraient être suffisamment épanouies et sûres d'elles pour ne pas tomber dans ce genre de panneau. Et c'est mon rôle, ça. C'est le rôle d'un père de faire en sorte que sa fille se sente suffisamment aimée, respectée et protégée pour ne pas avoir à chercher tout ça auprès d'un vieux pervers.

— Ce ne serait quand même pas allé aussi loin. Claire est une gosse intelligente.

— Précisément, c'est une gosse. Avoir ce prospectus dans son sac, c'est déjà un pas de trop.

— Oui, tu as raison. Alors c'est quoi, ton plan ?

— On l'attrape et je le bute.

— Ce serait dommage d'en arriver là.

— Je n'aurais aucun scrupule, crois-moi. (Il secoua la tête.) Tu me connais, Ren. Je n'ai jamais été porté sur les grandes effusions…

— Mais… ?

— Mais rien. Quand je rentre le soir, on ne peut pas vraiment dire que j'enfile ma combinaison de Superpapa.

— Allons, Gary, tu n'as rien d'un père indigne. Les enfants ont besoin de comprendre que leurs parents ont leurs propres soucis. Nos vieux à nous ont voulu nous faire croire que tout allait pour le mieux dans le meilleur des mondes, mais ça ne nous a pas forcément rendu service.

— Mon père couchait avec deux copines de ma mère, et à trois reprises il m'a demandé de le couvrir.

— OK, je n'ai rien dit.

Gary sourit.

— Merci quand même, Ren. Alors, qu'est-ce que tu voulais ?

— Je venais juste te piquer des élastiques géants pour canarder Robbie.

— Ren Bryce, sauveuse de la nation…

— Tu en as ou pas ?

— Sur le classeur, soupira-t-il.

— Merci, lança Ren en brandissant une pleine poignée d'élastiques.

— Une dernière chose, ajouta Gary. J'aurais une petite mission d'agent double à te confier.

— Aïe ! Je t'écoute.

— J'ai dit à Claire que tu pourrais lui donner un coup de main en espagnol.

— Eh bien…

— Elle n'abordera jamais ses histoires de cœur avec sa mère. Mais avec toi, qui sait ? Je pense qu'une fille comme Claire pourrait te trouver cool.

— Comment ça, « une fille comme Claire » ? Mais, oui, Gary, aucun problème.

— Merci, Ren.

— En même temps, elle sait que tu es mon boss. Ça risque de freiner les confidences.

— Si ça peut vous aider à devenir complices, vous n'avez qu'à vous liguer contre moi. Invente des crasses que je t'aurais faites.

— Pourquoi en inventer ? dit Ren avec un sourire.

Là-dessus, le téléphone sonna, sifflant la fin de l'entrevue.

En début de soirée, Ren se gara sur le parking du centre administratif de Golden et appela Janine Hooks.

— Bonjour, Janine. Ren Bryce à l'appareil. Je souhaitais de nouveau vous présenter mes plus plates excuses.

— Il n'y a vraiment pas de quoi, vous savez.

— Si, je tiens à me racheter. Je suis au pied de votre immeuble et…

— Pardon ?

— Oui, je suis en bas. Vous auriez un instant à m'accorder ?

Un silence.

— D'accord, mais…

— Si vous pouviez descendre, j'aimerais vous présenter quelqu'un.

— Vous n'avez qu'à monter.

— Non, je ne peux pas. S'il vous plaît, Janine, c'est l'affaire d'une minute.

— Bon. Si vous y tenez. Mais je trouve ça un peu bizarre.

— Normal, c'est ma marque de fabrique.

Ren descendit de voiture dès qu'elle aperçut Janine. Celle-ci traversa le parking en regardant la Jeep d'un air méfiant.

— Sur le plancher, indiqua Ren avant d'ouvrir la portière.

Misty se dressa sur ses pattes.

— Oh ! s'illumina Janine. Comme elle est belle ! Bonjour, jolie demoiselle…

Elle s'accroupit, et la chienne lui sauta dans les bras.

— J'ai remarqué les photos de toutous sur les murs de votre bureau, expliqua Ren.

— Alors vous m'avez acheté une chienne ? Vous devez être bourrelée de remords !

Ren gloussa.

— Oui, j'ai des remords, mais, non, je ne vous offre pas cette chienne. Je vous présente une collègue.

— Pardon ?

— Misty est spécialisée dans la détection de cadavres. Vous m'aviez parlé de sites susceptibles de receler des corps. Eh bien, sachez que nous sommes à votre disposition, Misty et moi.

Janine se releva.

— Vous parlez sérieusement ?

— Mais oui. Elle est très bien entraînée.

— Ça alors… J'ai toujours rêvé de travailler avec un chien de recherche. Merci infiniment. Vous êtes absoute, Ren Bryce !

— Allez, on vous laisse. Envoyez-moi un mail et on verra comment on s'organise.

Janine la regarda pousser Misty dans la voiture.

— Vous savez, Ren, pour ma toute première affaire dans ce service, j'ai rencontré une vieille dame de quatre-vingt-deux ans, un amour de mamie. Je soupçonnais son fils d'avoir tué sa petite copine après l'avoir mise enceinte, en 1972. Le gars s'est volatilisé le jour même de la découverte du corps, et nous avons complètement perdu sa trace. Je suis donc allée sonner chez cette dame en me faisant passer pour une automobiliste perdue. Elle voyait si mal qu'elle m'a prise pour une jeune fille de dix-neuf ans ! Elle m'a invitée à prendre le thé, puis je suis revenue lui offrir des fleurs, un autre jour je l'ai emmenée au supermarché, etc. Aujourd'hui, grâce à mes efforts, son fils est derrière les barreaux. Quand les choses s'étaient un peu tassées, il avait repris contact avec sa vieille mère. Depuis des années, il lui téléphonait et lui rendait visite de temps à autre, en toute discrétion. Eh bien, ce fils, je le lui ai repris. Tout ça pour dire que je comprends très bien, Ren. Quand on sait ce qu'on a à faire, on le fait. Sans se poser de questions.

— Quoi ? Vous avez roulé une vieille dame ? Ne vous approchez pas de ma chienne, espèce de monstre !

Le mobile de Ren vint abréger leurs rires.

— C'est mon patron. Je dois répondre.

— À bientôt, alors.

— À bientôt, Janine.

Ren appuya sur la touche verte.

— Ramène-toi, dit Gary. Immédiatement.

Une demi-heure plus tard, Ren s'engouffrait dans le couloir. Le chef patientait devant son bureau, les bras croisés et le visage fermé.

Merde.

— Qu'est-ce qui se…

— On va à Stout Street.

Ce nom désignait les locaux du FBI, dans le centre de Denver.

— Pourquoi ?

— Un certain James Laker s'est présenté là-bas avec une vidéo du meurtre de Javier Luis, qu'il attribue à Val Pando.

Quoi ? James Laker est vivant ?

— Tu ne demandes pas pourquoi je t'emmène ? dit Gary.

— Je crois qu'on le sait l'un comme l'autre, non ?

— Ah non, je doute que tu sois au courant. Laker raconte qu'on l'a forcé, sur ce même enregistrement, à raconter des craques sur le compte de l'agent spécial Ren Bryce. Il veut faire une déposition sous serment pour rétablir les faits.

Merci, mon Dieu. Merci.

Gary la dévisagea.

— Je ne connais pas le contenu de cette vidéo, Ren, mais ce que je sais, c'est que tu as neuf vies. Et que tu les enchaînes à une vitesse vertigineuse.

9641

Composition
PCA

Achevé d'imprimer en Slovaquie
par NOVOPRINT
le 7 août 2011.

Dépôt légal août 2011.
EAN 9782290034132

ÉDITIONS J'AI LU
87, quai Panhard-et-Levassor, 75013 Paris

Diffusion France et étranger : Flammarion